THE
MOON
AND
SIXPENCE

# 月亮和六便士

〔英〕威廉·萨默塞特·毛姆 著

任梦 译

江苏凤凰文艺出版社
JIANGSU PHOENIX LITERATURE AND
ART PUBLISHING, LTD

THE
MOON
AND
SIXPENCE

# 目录
CONTENTS

# 第一部

# 伦敦

# 第一章

说实在话，我刚认识查尔斯·斯特里克兰那会儿，丝毫没有察觉他有什么超凡脱俗之处，但如今，几乎没有人不说他伟大。

然而，我所说的伟大，既不是指某个平步青云的政治家所取得的政绩，也不是指某个功勋卓著的士兵所取得的成就；这些都应当归功于那个人的身份，而非那个人本身；而一旦时过境迁，那种伟大也就云淡风轻了，一位离任的首相往往只是个夸夸其谈的演说家，而一位退役的将军不过是市井中的和蔼英雄罢了。

但查尔斯·斯特里克兰的伟大却是真正的伟大。也许你并不喜欢他的艺术，但无论如何你很难拒绝窥探一二。他会让你不知所措，又会让你深受吸引。

如今，一切都过去了，他不再是人们取笑的对象，为他辩护不再是怪异的行径，颂扬他也不再是离经叛道。他的缺点已被看成与他的优点相辅相成。探讨他的艺术地位仍然可行，尽管仰慕者对他的崇拜反复无常，正如诋毁者对他的污蔑反复无常一样；但有一点始终不容置疑，那就是他确实很有天赋。

在我看来，艺术当中最吸引人的部分是艺术家的个性；如果那人的个性独一无二，那么纵使缺点有一千个，我也愿意原谅。我想，与画家埃尔·格列柯[①]相比，委拉斯凯兹[②]也许更出色吧，但他中规中矩的性格，让人们对他的崇拜多少变得有些逊色了，而格列柯这位克里特岛人却活得极尽享乐又极尽悲惨，他把自己灵魂的秘密呈现在大家面前，像一场持续的献祭。

演艺家、画家、诗人和音乐家以其绝妙或美丽的作品满足着人们的美感。这与性本能相似，同样那么粗暴，而艺术家还在你面前呈现了自身的过人之处。去探求他的秘密，就像破案那么精彩——这是个谜，和宇宙之谜一样，贵在没有答案。

虽然在斯特里克兰的作品中，最不起眼的就是某种个性，某种奇怪、沧桑而复杂的个性，但恰恰就是这种个性，让那些即便不喜欢他画作的人也无法漠然置之，也正是这种个性让人们对他的生活与性格产生了强烈的好奇心。

直到斯特里克兰去世四年之后，莫里斯·胥瑞才写了一篇文章，发表在《法兰西信使》上。那篇文章挽救了这位不出名的画家，使其免于被湮灭的命运，也开辟了一条道路，让后来的作家们或多或少顺从地跟了上来。长久以来，胥瑞在法国评论界的权威无可置疑，所以他的评论不可能不让人印象深刻；他那些称赞看起来言过其实，后来却被人们的论断所证实了，而现在查尔斯·斯特里克兰的声誉已经牢牢地建立在了这位评论家所写的每一行文字之上。斯特里克兰的声名鹊起是艺术史

---

① 埃尔·格列柯（1541—1614），西班牙文艺复兴时期著名的幻想风格主义画家，生于克里特岛。

② 委拉斯凯兹（1599—1660），西班牙十七世纪巴洛克时期的写实主义画家。

上最浪漫的事。

但我并不打算诠释查尔斯·斯特里克兰的作品，除非这涉及他的性格。我不同意那些画家的想法，他们曾高傲地宣称，门外汉对绘画一窍不通，所以最好用沉默或支票来表达自己对艺术作品的欣赏。这是一种荒谬的误解，认为艺术是一种只有艺术家才能完全理解的技艺。实际上，艺术是一种情感的表现；而情感用语，所有人都可以懂。不过我承认，在艺术技巧上缺少真才实学的批评家很少能够探讨真正有价值的主题，而我对绘画确实一无所知。所幸我没有必要去冒险，因为我的朋友爱德华·雷佳特先生不仅是一位令人钦佩的画家，也是一位很有能力的作家，他已经十分详尽地探讨了查尔斯·斯特里克兰的作品，并把内容写进了一本小册子[①]，大体上看，这是本令人钦慕的读物，具有鲜明的风格，然而在英国却没有在法国那么受欢迎。

莫里斯·胥瑞在他那篇著名的文章中简要地介绍了查尔斯·斯特里克兰的一生，其精简程度刚好让那些兴趣浓厚的人胃口大开。出于对艺术大公无私的热情，他真正想要做的是唤醒那些智者，让他们都注意到一位原创力达到了巅峰的天才画家。而胥瑞实在是一位出色的新闻记者，他不可能不意识到文章中的“人情味”将会让他更轻松地达到目的。因此，过去曾与斯特里克兰有过接触的人，那些在伦敦认识他的作家、在蒙马特尔[②]咖啡馆见过他的画家都吃惊地发现，他们曾经认为的那个失败的艺术家，一个和别人没什么不同的人，竟然是一位

① 《一位现代艺术家：关于查尔斯·斯特里克兰作品的注解》，作者爱德华·莱格特，A.R.H.A Martin Secker出版社，1917年出版。（原书注解）

② 巴黎市的一个区。

真正的天才，但这个人已经和他们失之交臂；而在法国和美国的杂志上则出现了一系列文章，这个人写的回忆，那个人写的赏析，这些都让斯特里克兰名声日隆，而让公众的好奇心越来越难以满足。这一切都来得太及时了，所以笔耕不辍的魏特布雷希特–罗特霍尔茨在他那本惊人的专著[①]中得以列出一份可圈可点的权威人士清单。

杜撰神话的天赋是人类与生俱来的。但凡谁的生涯与别人稍有不同，这种天赋就能如饥似渴地抓住其中的某些插曲，要么令人惊奇，要么神秘莫测，借此杜撰出一个传说，再附之以某种狂热的信仰。这就是浪漫情感对平庸生活的抗争。传说中的这些插曲于是变成了万无一失的通行证，让英雄得以永垂不朽。这位深谙嘲讽之道的哲人会带着微笑反思，曾经的沃尔特·罗利爵士在人类的记忆中被奉若神明，更有可能是因为他把自己的斗篷铺在地上，让那位童贞女王[②]踏脚而过，而不是因为他带着女王的名字，去了一些不曾有人发现的国度。查尔斯·斯特里克兰曾过着不为人知的生活。他结下了一些仇家，而不是朋友。那事情就没什么好奇怪的了，以他为写作题材的人本来就会用生动的想象力来弥补自己记忆的稀缺，而且这是明摆着的，他的已知经历尽管聊胜于无，但也足够给这位想入非非的誊写员提供机会了；他的一生中有太多离奇可怕，他的性格中有某种离经叛道，而他的命运则处处让人悲怆怜悯。于是传说适时出现，细节又那么详尽分明，就连那些明智的历史

---

① 《查尔斯·斯特里克兰：生平与作品》，雨果·魏特布雷希特–罗特霍尔茨博士著，1914年莱比锡的施温格勒与哈尼施出版社出版。（原书注解）

② 指英国女王伊丽莎白一世，也即亨利八世与安博林的女儿，都铎王朝的最后一位统治者。

学家们也迟迟不敢反驳。

但罗伯特·斯特里克兰牧师恰恰不是什么明智的历史学家。他公然撰写他的生平①，“以消除某些已成大势所趋的误解，”来澄清他父亲的后半生，因为这些误解“给那些仍然健在的人带来了相当大的痛苦”。可见，在之前广为流传的斯特里克兰的生平中，有太多内容可以让一个体面的家庭蒙羞了。

我读了这本著作，而且读得有滋有味，真是可喜可贺，因为这本书实际上沉闷无趣。斯特里克兰先生描绘了一位出色的丈夫和父亲，一个和蔼可亲、勤勤恳恳、规规矩矩的男人。这位当代的牧师，在他所做的那种我相信叫作“诠释”的科学研究当中，已经掌握了一种为事情开脱的惊人天赋。罗伯特·斯特里克兰牧师“诠释”了父亲生活中可能会让一个孝顺的儿子感到不便回忆起来的所有事实，待到时机成熟时，他在文中那些微妙的遣词造句，一定会让他走向教会中至高无上的荣耀。我似乎已经看见他那双肌肉结实的小腿裹在了一双圣公会的护腿中。

他的行为虽然英勇可嘉，后果却十分危险，因为这个众所周知的传说很有可能是让斯特里克兰声名鹊起的重要因素；其实很多人对他的艺术作品感兴趣是出于厌恶或同情，人们在厌恶中容忍了他的个性，又抱着同情对他的死亡给予了尊重；但这位儿子出于善意的所作所为却让父亲的崇拜者们尤感寒心。所以后来发生的这件事也就不是什么意外了：斯特里克兰的这本传记出版后引起众说纷纭；再后来该画家最重要的一幅作品

---

① 《斯特里克兰：画家与画作》，斯特里克兰之子、罗伯特·斯特里克兰著，威廉姆·海涅曼出版社，1913年出版。（原书注解）

《撒玛利亚的女人》[1]在佳士得拍卖行出售，只拍得比九个月前某著名收藏家购买此画的价格低得多的235英镑；而这位收藏家不久前忽然逝世，又让这幅画重新回到了拍卖槌下。

原本，无论查尔斯·斯特里克兰多么有影响力，多么有独创性，也都难以再让局面扭转乾坤了。幸亏人类有出类拔萃的杜撰神话的天赋，这种本能让人急不可耐，无法漠视一个堕入平庸的故事。所以没过多久，魏特布雷希特·罗特霍尔茨博士写了一本书，终于打消了所有艺术爱好者的顾虑。

罗特霍尔茨博士属于那一类认为人性不仅恶劣，而且恶劣至极的历史学家；所以，毫无疑问，读者们更有可能从他们那里，而不是那些把有血有肉的伟人写成家庭道德楷模来恶意取乐的作家那儿获得乐趣。就我而言，安东尼与克莱奥帕特拉之间除了金钱关系什么都没有的话，会让我觉得非常难过；而且，要让我相信提比略大帝与乔治五世国王一样，是一位无可指责的君主的话，需要有大量的真凭实据，而不是什么捕风捉影（感谢上帝）。

罗特霍尔茨博士评论那本无辜的传记所用的语言，让人很难不对那个不幸的作者感到同情。他的惜墨如金被标榜为虚假伪善，他的婉转铺陈被斥为满纸谎言，他的缄默之处则被贬为大逆不道。这样极力地吹毛求疵，对作者当然无可厚非，但对儿子则大可不必，否则，整个盎格鲁-撒克逊民族都可以被指控为扭捏作态、巧言令色、装腔作势、矫言伪行和厨艺败坏了。

---

① 该作品在佳士得拍卖行的目录中被描述为："这个裸体的女人正躺在一条小溪旁，她是社会群岛上的一位土著。在她身后是一片热带景色，那里有棕榈树和香蕉等植物。60英寸×48英寸。"（原书注解）

我个人认为，斯特里克兰牧师为了驳斥人们已经相信的，关于他父母相处“很不愉快”的论述，而声称查尔斯·斯特里克兰曾在一封从巴黎写来的信中描述他太太“是个极好的女人”，这样的做法其实有些草率，因为罗特霍尔茨博士可以刊印出这封信的复本，而信中所指的内容实际上是这样的：“我那该死的妻子。她是个极好的女人，我希望她能下地狱。”所以，这与教堂在鼎盛时期对付那些不受待见的无神论证据的情况还是有所不同的。

罗特霍尔茨博士是查尔斯·斯特里克兰的狂热崇拜者，而且完全不必担心他会给这位画家涂脂抹粉。他有一双锐利的眼睛，能准确无误地从那些看起来纯真无邪的行为中找出卑劣的动机。他既是一位艺术领域的学生，也是一位精神病领域的病理学家，所以任何潜意识都瞒不住他。杜撰神话的人是不能从普通事物中看出更深层意义的，他们看见的往往是一些难以名状之物；而精神病领域的病理学家看见的，则是一些不可言喻之物。你会如痴如醉地看着这位博学的作者孜孜不倦地搜罗出每一个会让他的偶像颜面扫地的细节。每当他可以举出某个残酷或卑劣的事例时，他的心就狂跳不止。每当他可以用某个被遗忘的故事来挫败斯特里克兰牧师的孝心时，他就会喜不自胜，像是一位在对某个隐士执行火刑的审判官。他勤奋得令人吃惊，再微小的细节都无法从他手里逃脱，所以，你可以放心，即便查尔斯·斯特里克兰只留下了一张洗衣店的账单没付，这张单据也会原封不动地呈现在你面前；哪怕他只是不想归还那借来的半克朗[1]，这笔钱的来龙去脉也不会有任何细节被遗漏。

---

① 英国银币名，值二先令六便士。

# 第二章

既然有太多文章写到了查尔斯·斯特里克兰，我似乎毫无必要再多写一笔。画家的纪念碑是他的作品。事实上，我私下里比大多数人更了解他：我初次遇见斯特里克兰的时候，他还没有成为画家呢。那些年，他在巴黎艰难度日，我见过他的次数还不少；如果不是战争的危局让我来到了塔希提岛，我可能早就放下了对他的回忆。那座岛屿如今已经人尽皆知，他在那儿度过了生命的最后一段岁月；而我在那儿遇见了曾经与他相熟的一些人。这让我发现了自己所处的位置，我可以明明白白地让大家看到他的那段惨淡生涯，而这部分内容之前一直不为人知。如果那些相信斯特里克兰伟大的人都是正确的，那么实实在在认识斯特里克兰的人所讲述的事便更不能算是多余的了。如果有人像我认识斯特里克兰一样，与埃尔·格列柯有私交，那么为了此人的回忆，人们有什么代价是不会付出的呢?

但我不想在这样的借口中寻求庇护。我忘记是谁曾这样劝说众人：出于为自己的灵魂着想，每天要做两件不喜欢的事。这是一位智者的话，也是我一直严格遵守的戒律。因此，我每天起床，每天睡觉。但我的个性还带着那么一点儿苦行主义，所以每个星期，我都让自己的肉体经受一种更残酷的凌辱：我毅然决然地阅读《泰晤士报》文学副刊。想想有海量的书被源源不断地写出来，想想作者们在书籍出版时的殷切期待，想想正等待着这些书的种种命运，这是一项颇为有益的训练。一本书在人群中流传起来的可能性有多大呢？那些获得成功的书也只是一时的成功。天知道那位作者曾经写得多么痛苦，曾经有过什么惨痛经历，曾经为此绞尽脑汁到头疼，才给了一些有缘的读者几个小时的轻松，才打发了一段旅程中的沉闷无聊。如果我可以根据这些书评来下断语的话，那么其中的许多书都写得很好，也很用心；大部分思考都转化成了篇章；有些书甚至成了作者一生呕心沥血的结晶。但我从阅读中认识到，作者应该在写作的乐趣和思想负担得以释放的过程中寻求自己的回报，他得漠视其他一切事物，毫不在意是誉是毁，是成是败。

如今战争时代已经到来，新思潮也应运而生。年轻人开始崇尚我们早年闻所未闻的神祇，这些追赶着我们的人会朝哪个方向走，已经可以看出端倪。后辈们浑身是劲，骚动喧嚣，他们不再敲门了；他们直接涌了进来，坐上了我们的位置。空中都是噪音，充斥着他们的喧哗。老一辈们模仿着年轻人的另类模样，努力让自己相信他们的时代并没有过去；他们和精力充沛的年轻人一起呐喊，但这些呐喊在他们的口中听起来却空空荡荡；他们就像可怜的放浪女人，浓妆艳抹，寻欢作乐，只为重现自己的青春幻象。那些聪明人行事则多了几分体面，他们老练的笑容里藏着几分纵容的嘲弄。他们记得自己也践踏过一代志得意满的前辈，也曾如此高声叫嚷，也曾如此不屑一顾，于是，他们看到了未来，这些勇敢的火炬手们很快也会让出他们的位置。没有什么言论会是定论。当尼尼微城肆意扩张之时，上帝不再毁城的福音已成了过去[①]。那些在宣讲者看来仿佛从未说过的豪言壮语，其实已经说了上百遍，几乎连腔调都没改变。历史的钟摆来回摇荡。这场循环世代更迭。

有时候，人可以活相当长的一段时间，从一个他功成名就的时代，活到一个让他觉得陌生的时代，然后，好事者会见到人间喜剧中最奇特的一幕。比如，谁现在还想得起来乔治·克雷布[②]呢？他曾经是一位著名的诗人，所有人都不约而同地认可他是天才，这种不约而同在更复杂的现代生活中早已不常有了。这位诗人继承了亚历山大·蒲柏学派的技艺，会用韵文来写寓言诗。后来，经历了法国大革命和拿破仑战争，诗人们都开始吟咏新诗了。但克雷布先生仍在用韵文写寓言诗。我想，他肯定读过了那些把世界搅得天翻地覆的年轻人写的新诗句，我猜想他一定觉得这些诗句都很蹩脚吧。当然，大部分确实很蹩脚。但济慈和华兹华斯的颂歌、柯勒律治的一两首诗，还有雪莱的几首作品都发现了不曾有人探索过的一片广阔的精神领域。那位克雷布先生已经死气沉沉了，可他还在用韵文写寓言诗。我曾杂乱无章地读过一些当代年轻人的作品。也许在他们中间，某个更热情洋溢的济慈，或更超凡脱俗的雪莱已经出版了数篇让全世界都愿意铭记的诗作。这我不太清楚。我欣赏他们作品的上乘意境——他们的年轻已经是成就了，再夸赞

① 尼尼微是亚述帝国的都城，在《圣经》中曾数次提到。根据圣经的《约拿书》，上帝曾派先知约拿送信，要毁灭尼尼微城，但该城君民全部虔心改过，于是上帝原谅了他们。根据《那鸿书》，150年后，上帝让先知那鸿再次送来音讯，要毁灭尼尼微城，这次大限已到，尼尼微人改过也没用了，全城尽毁。

② 乔治·克雷布（1754—1832），英格兰诗人，韵文故事作家，博物学家。

他们的成就指日可待似乎很荒谬——我感叹他们笔下的巧妙措辞；但他们下笔虽然洋洋洒洒（他们的词汇量说明他们从小熟读《罗氏词典》），文章却言之无物：在我看来，他们所知过多，而体会过浅；我无法忍受他们对我拍拍背的那种热忱，或向我怀里扑来的那种情谊；在我看来，他们的热情似乎有些苍白无力，他们的梦想似乎有些琐碎无趣。我不喜欢他们。我已经是个老古董了。我要继续用韵文写我的寓言诗。然而，若非纯粹为了自己开心而写，我就傻得不能再傻了。

# 第三章

不过，上述一切都是顺便提一下罢了。

我很年轻时便写了自己的第一本书。机缘巧合，这本书得到了关注，于是有各种各样的人找上门来，想和我认识。

那时候，我虽然羞怯，但积极活跃，后来经人引荐，初次踏入了伦敦文坛。这些往事现在回想起来不免有些伤感。我已经很久没出入伦敦了，如果现在描写伦敦的小说都是写实性的，那么伦敦的诸多方面已经发生了巨变。首先，活动场所变得大不一样了。切尔西[①]和布卢姆斯伯里[②]已经取代了汉普斯特德[③]、诺廷希尔门和肯辛顿的高街。其次，在过去那个年代，有才华而不到四十岁的人往往引人注目；而现在，超过二十五岁便荒谬可笑。我想，在我那个年代，大家应该有点儿羞于表露自己的情感，人人都担心成为笑柄，于是越发明显地装腔作势。我可不信那时候的老派波西米亚族们[④]有什么强烈的贞

---

① 英国伦敦市西南部旧区自治市，许多艺术家和作家居于此地。

② 20世纪初曾为伦敦市中区的文化艺术中心。

③ 伦敦西北部的旧自治市。

④ 这里指过去那些特立独行的作家和艺术家们。

洁观，但我也真不记得旧日的风流韵事像今天这样不堪。但如今，大家都用体面的沉默来掩饰自己的异常，没有谁觉得这是虚伪。人们现在喜欢拐弯抹角，铁锹不叫铁锹。女人们也还没独立。

那时候，我住在维多利亚车站附近，每次得坐很长时间的巴士，才能到殷勤好客的文学界人士家里拜访。我胆子小，常在门外那条街上来来回回地徘徊，等走了好几趟，才鼓起勇气按响门铃。然后，我便被人领着，一路忐忑不安地来到了一间让人喘不过气来的拥挤房间。经人引荐，我认识了一个个名人，他们纷纷称赞我的作品，但那些恭维话听得我直起鸡皮疙瘩。我觉得他们大概都想听我说些漂亮的话吧，但直到派对结束我也没能想出半句来。我给大家递过去一杯杯茶水和切得奇形怪状的黄油与面包，以此掩饰自己的困窘尴尬。我希望没人注意我，那样我就可以随心所欲地观察这些名人，听听他们的高谈阔论。

我还记得那些个子高挑、脾气执拗的女人们，她们鼻子硕大，眼神贪婪，把那身衣服穿得像盔甲；我也记得那些个子小巧、胆小羞怯的老姑娘们，她们声音柔弱而又目光警觉。我总是津津有味地看她们坚持戴手套吃黄油吐司的样子，我还常常带着几分景仰，看她们若无其事地在椅背上擦擦手指，自以为神不知鬼不觉。这肯定是在糟蹋家具，但我估计，下次女主人去拜访她们时，也一定会如法炮制，以泄心头之恨吧。有些女人打扮入时，她们说，她们活上一辈子也不懂，你为什么写了小说就要这样古板；如果你有匀称的身段，为什么不尽量把它显示出来呢？俊俏的小脚上就算穿上时髦的鞋子，也绝不会妨碍编辑采用你的稿件。然而，另一些女人认为这样不够庄重，她们穿着艺术性的纺织品，戴着颇具原始异域风情的珠宝装饰。男人们在外表上则很少显得古怪。他们尽量让自己看上去不像作家，他们希望被当成上流社会的人，也许还真在什么地方被人认为是某个商行的管理层。这些男人似乎总是一副疲倦的样子。我以前也没结交过很多作家，所以觉得他们都很奇怪。但这一切对我而言，似乎并不真实。

我记得那时候觉得他们的谈话很精彩，我经常目瞪口呆地听到他们说些打趣儿的刻薄话，他们会在某位同行作家刚一转身时就把那人批评得体无完肤。艺术家相对其他人在这方面尤其突出，所以他的朋友们不仅嘲讽他的外表与个性，还会嘲讽他的作品。但我向来无法如此敏锐流畅地表达自己的想法。在我那个年代，谈话仍像艺术一样要悉心造就；一句巧妙的应对比荆棘在锅底烧得噼里啪啦响[①]更有价值；而格言警句还没有被那些无趣的人生搬硬套，只为让自己的言谈像个智者，或让温文尔雅的闲聊变得更生动一些。很可惜，当时所有灵光乍现的交谈我一句也没记住。但我想，只要话锋一转，提起这笔买卖的各项细节，也就是我们文字艺术实践的另一面，大家的交谈就会让人舒服许多了。每当我们讨论完一本新书的品质，自然而然会想到这本书卖了多少册，作者预支了多少稿费，总共能拿到多少钱。然后，大家再谈谈这家出版商，说说那家出版社，评一评这家如何慷慨大方，那家如何吝啬小气；大家会争论是去一家版税丰厚的出版社更好，还是去一家能挖掘卖点来推销图书的出版社更好。有些出版社的宣传做得很差，但有些

① 典出《圣经》旧约传道书第七章：愚昧人的笑声，好像荆棘在锅底噼里啪啦燃烧的声音，这也是虚空。

做得很好。有些出版社与时俱进，但有些传统守旧。大家还会谈谈版权代理人和他们争取到的价格；再谈谈编辑和他们喜欢的那类稿件，他们为每千字支付多少钱，付款是否及时等等。我觉得这些都很浪漫，像加入了某个神秘的兄弟会，忽然有了一种亲密感。

# 第四章

那时候，对我最友善的人是罗斯·沃特福德。她既有男人的知性，也有女人的任性；而她写的小说，不仅让人耳目一新，也让人心绪不能平静。那一天，我正是在她家中遇见了查尔斯·斯特里克兰的妻子。沃特福德小姐当时正在办茶会，她的小屋比往常拥挤了许多。每个人似乎都在说话，只有我一声不吭，尴尬地坐在一旁。他们似乎都聊得十分投入，我就不好意思贸然打断他们的谈话。沃特福德是个好心的女主人，她看出了我的局促不安，朝我走了过来。

“我想让你和斯特里克兰夫人谈一谈。”她说，“她对你的书赞不绝口。”

“她是做什么的？”我问。

我知道自己孤陋寡闻，如果这位斯特里克兰夫人是位知名作家，我最好还是在交谈之前把情况弄清楚。

罗斯·沃特福德向我低了低头，这让她的回答更显得庄重。

“她时常举办午宴派对。待会儿你只要大笑几声，她便愿意邀请你了。”

罗斯·沃特福德是个洞穿世事的女人。她把生活看成是一个创作小说的机会，把众人看作自己创作的原始素材。只要人们对她的才华有所欣赏，而且应酬起来落落大方，她便时不时邀请其中一些来家里聚会。她总是拿那些人对大人物的好奇心来打趣，但在他们面前又规规矩矩地扮演着自己的才女角色。

我被带到了斯特里克兰夫人面前，在接下来的十分钟里，我们一起聊了聊。我对她印象不深，只记得她有非常动听的嗓音。她在威斯敏斯特区有一套公寓，正对着那座还没完工的基督教堂，由于我们都住在那一带，彼此便觉得亲近了许多。那里的海陆军百货大楼是一条纽带，连着所有住在泰晤士河与圣詹姆斯公园之间的人。斯特里克兰夫人要了我的住址，几天后，我便接到了一封午宴邀请函。

我的邀约不多，所以就愉快地接受了。那天我去得晚了些，因为之前担心到得太早了，我便在教堂周围绕了三圈，结果到了那儿却发现，午宴已经结束了。沃特福德小姐也在，另外还有杰伊太太、理查德·特文宁和乔治·罗德。我们都是作家。那天赶上了好天气，又正值早春，大家都有说有笑，聊了很多很多。

沃特福德小姐在打扮上可谓费尽心思，她一边要将就自己早年常常穿成灰绿色、拿朵水仙花去参加派对的审美，一边还得顾及自己成年后偏爱穿高跟鞋与巴黎连衣裙的窈窕身姿。今天，她戴了一顶新帽子，这让她情绪高涨。我以前从未听她如此“称道”过我们共同认识的那些朋友。

杰伊太太深知，谈话风趣的要旨在于不说动听的话，她道出自己的种种见解，语调低得像在窃窃私语，却锋利得可以把雪白的桌布寸寸染红。理查德·特文宁哇里哇啦说了一堆动听的废话；而乔治·罗德认为自己没必要展现什么才华，因为这几乎是明摆着的嘛，所以他每次张嘴都是为了把食物塞进去。斯特里克兰夫人说话不多，可她很擅长让谈话保持融洽，每次说到冷场的时候，她总能来句恰到好处的评论，促使谈话继续下去。她已经三十七岁，身材高大丰满，却不显肥胖。她长得虽不漂亮，容貌却很讨人喜欢，也许是因为她有双棕色的眼睛吧。她的肤色偏黄，发髻梳得很精致，在三个女人当中，她是唯一素颜的，所以和她们比起来，她看上去单纯而质朴。

这间餐厅在当年非常有品位。餐厅里的装修十分素雅，墙面上贴着高高的白色护墙板和绿壁纸，墙上点缀着几幅纯黑边框的惠斯勒蚀刻版画。几处垂成一道道直线的孔雀纹绿色窗帘，和地上印了数只浅色兔子在树丛间嬉戏的绿地毯，都略带威廉·莫里斯[①]的设计风格。壁炉台上还摆着几件代尔夫特蓝陶。当年，伦敦至少有五百间餐厅与这间一模一样，装修得高雅、精致，却很呆板。

离开的时候，我与沃特福德小姐同行。考虑到晴朗的天气和她的新帽子，我们决定漫步穿过圣詹姆斯公园。

“这是一次愉快的聚会。”我说。

“你觉得那些吃的还不错是吗？我曾对她说，要想和作家们来往，你得让他们吃得好。”

“真是高明的建议，”我回答，“但她为什么想和作家们来往呢？”

沃特福德小姐耸了耸肩。

“她觉得作家们很有趣吧。她想投身文学运动。我觉得她

① 威廉·莫里斯（1834—1896），十九世纪的英国设计师、诗人及工匠。

太单纯了，小可怜儿，她觉得我们都很了不起呢。无论如何，请我们参加午宴让她开心，对我们也没什么不好。我就喜欢她这一点。”

现在回想起来，上至汉普斯特德的显赫门第，下至切恩沃克街的底层画室，在所有奔走其间的名人追逐者当中，斯特里克兰夫人是最没有恶意的。她在乡村地区度过了一段非常平静的青春时光，那些从米迪书屋[1]租来的图书不仅给她带来了书中的爱情故事，还带来了伦敦的浪漫气息。她真心热爱阅读（这在她的同类人中非常罕见，其他人更关心作者而非图书，更在意画家而非画作），她还创造了一个幻想的世界，在那里，她过着现实生活中从未享受过的自由生活。自从认识了一些作家之后，她就冒险登上了一座舞台；而在此之前，她一直只是那座舞台下的观众。她身临其境地看着他们，仿佛自己也过上了更豪迈的生活，因为她不但款待过他们，还去过他们的堡垒。她接纳了他们游戏人生的种种规则，认为那对他们合情合理，却丝毫没有想过要跟着他们亦步亦趋。他们的种种离经叛道，比如奇怪的打扮、狂野的理念和悖论，在她看来都是一件有趣的事，可以作为生活的消遣，但绝不会影响她的信念。

“还有位斯特里克兰先生吧？”我问。

“哦，没错。他在伦敦工作。我听说是股票经纪人，闷得很。”

“他们相处得好吗？”

“他们很相爱。如果你留在那儿吃晚餐的话就会见到他，但她不常请人共进晚餐。他十分安静，而且对文学或艺术一点儿也不感兴趣。”

---

① 米迪书屋，1842年建于伦敦，是一种以收费租借图书来盈利的图书馆。

“为什么好女人总是嫁给笨男人呢？”

“因为聪明男人不娶好女人。”

我想不出任何话来反驳她，于是问斯特里克兰夫人是否有孩子了。

“是的，她有一儿一女，都在上学呢。”

至此已无话可说，于是，我们聊起了别的。

# 第五章

那年夏天，我见到斯特里克兰夫人的次数还不少。我隔三岔五就去她的公寓参加愉快的午餐小聚，也去参加一些更高规格的茶会。我们对彼此有一种莫名的好感。我那时候太年轻了，想到可以指引我走上这条艰辛的文学之路，她也许觉得很快乐。而且我觉得，有个人既是体贴的听众，又是理智的顾问，每次碰上小麻烦的时候都可以去求助，总是一件开心的事。斯特里克兰夫人懂得如何同情和安慰别人。这是一种魅力，但有些人意识到了自己有这种魅力之后往往会去滥用：他们的热情之中掺杂了一些极其可怕的东西，他们会凭着这种热情一把抓住朋友的痛处，以便锻炼自己的敏锐。他们的热心会汩汩地涌出来，犹如冒出了一口油井；然后，安慰者们义无反顾地泼出他们的同情，但对伤者而言，这样的同情有时候却令人尴尬。那些沾了太多泪水的胸膛，让我无法对其挥洒自己的泪水。斯特里克兰夫人巧妙地运用了她的优势，你会觉得接受她的同情是帮了她的忙。我当时年少气盛地对罗斯·沃特福德说出这些话时，她道：

“牛奶的确很不错，尤其加上一滴白兰地，但那头驯养的奶牛却巴望着奶水被挤出去呢。肿胀的乳房太不舒服了。”

罗斯·沃特福德向来以毒舌著称。没人能说出如此刻薄的话，但也没人能说得比她更妖娆了。

斯特里克兰夫人还有一点我很喜欢。她能把周围的一切布置得很优雅。她的公寓总是整洁干净，令人愉悦，还用花儿点缀得很鲜艳。客厅里的印花布尽管朴素，却很亮丽。在精巧的餐厅里吃饭是件开心的事，那张餐桌非常漂亮，两名佣人毕恭毕敬，菜肴也做得十分可口。所以，你不可能看不出来，斯特里克兰夫人是一位出色的女主人。你还可以同样肯定她是一位令人钦佩的母亲。客厅里有几张照片展示了她的儿子和女儿。她的儿子——名叫罗伯特——是个十六岁的橄榄球队的小伙子；你还会看见他身穿法兰绒、头戴板球帽的样子，以及穿着燕尾服、束着立领的样子。他继承了母亲平坦的额头和灵动的眼睛，看上去健康阳光，就是一个普普通通的男孩。

“我不知道他是不是很聪明，”有一天，我在看照片的时候，她忽然说道，“但我知道他是个好孩子，性格很招人喜欢。”

照片上的女儿十四岁。她的头发同母亲一样又黑又多，蓬蓬地散落在肩膀上，她还有和母亲一样亲切和蔼的面容，与同样宁静宽和的眼神。

“他俩和你长得一模一样。”我说。

“是的，我也觉得他们更像我，而不是他们的父亲。”

“为什么你从来没有让我见过他？”我问。

“你想见他吗？”

她笑了起来，笑得那么甜，还有些脸红；女人到了她那样的年纪还那么容易脸红实在很罕见。也许，她的纯真就是她最有魅力的地方吧。

“你知道吗，他一点儿也不文艺，”她说，“他是个彻头彻尾的俗人。”

她说得毫无轻蔑之意，倒是饱含深情，似乎承认他最大的缺点，是希望保护他不受到她朋友的中伤。

“他在证券交易所工作，是个典型的经纪人。我想他会把你给闷死的。”

“他让你觉得很闷吗？”我问。

“你知道，我凑巧成了他的妻子。而我很喜欢他。”

她笑了笑，以掩饰自己的羞涩，我猜她可能担心我会打趣她；要是换了罗斯·沃特福德，听见她这样坦白，肯定会挖苦讽刺几句的。她犹疑了片刻，眼神变得更温柔了。

“他没有假装自己是个天才。就是在证券交易所，他挣的钱也不多。但他真的是个好人，心地很善良。”

“我想，我应该会非常喜欢他。”

“等哪天没外人的时候，我请你来一起吃晚餐。不过我得提醒你，你是自愿冒这个风险，如果那天晚上太无聊了，你可别怪我啊。”

# 第六章

但我最后和查尔斯·斯特里克兰见面时，却并非她当时说的情况。除了她丈夫外，我还见了其他几个人；而迫于当时的情况，我只和他打了个照面。那天早上，斯特里克兰太太差人送来一张便条，她说晚上要办晚宴，但有位客人临时有事，不能赴约。她邀请我补上这个缺。纸条上写道：

“我要预先声明，你也许会闷到生无可恋。从最开始我就知道，这将是一次相当沉闷的晚宴。但是如果你愿意来的话，我将非常感激。咱们两个总还是可以谈一谈的。”

我理当友好地接受她的邀请。

斯特里克兰太太把我介绍给她丈夫时，他淡淡地和我握了握手。斯特里克兰太太的情绪很高，转身和他说了句俏皮话。

“我请他来是想让他看看，我可真的有个丈夫呢。不然他就要开始怀疑了。”

斯特里克兰礼貌地笑了笑，人们那样笑往往表明，他们听出来这是个玩笑，但并不觉有趣，却又不说破。络绎而来的客人们需要女主人去招呼，于是我被撇在了一边。终于，大家都聚集了起来，等待晚餐开始。我一边与那位让我负责“照应”的女士聊着天，一边在心里琢磨：文明社会总是这样消磨自己的心智，把短暂的生命浪费在这些无聊的应酬上，实在是令人费解。这是那种让你百思不解的聚会，你不明白主人劳师动众地请客人来是为了什么，而客人们不辞劳苦地来参加又是为了什么。在座的有十个人。大家都客客气气地相聚，再如释重负地离开。当然了，这纯粹是完成了一次社交义务。斯特里克兰夫妇在人家吃过饭，欠下了许多人情，他们也许对那些人本来没有兴趣，可是却不得不邀请他们前来，而那些人也接受了。为什么？为了避免晚餐时总是夫妻对坐，无聊地闲话家常吗？还是为了让仆人们可以休息一回？只不过，他们没有理由拒绝，因为他们的确被“欠”了一顿晚餐。

这间餐厅挤得几乎坐不下了。他们请了一位皇家法律顾问和他的太太，一位政府官员和他的妻子，斯特里克兰夫人的姐姐和她的丈夫麦克安德鲁上校，还有一位国会议员的太太。正是因为这位国会议员发现自己无法从议院抽身，才让我得到了这次邀请。但这场聚会办得实在有些牵强。女人们过于彬彬有礼而没有盛装打扮，又过于端着身份而不苟言笑。男人们则十分沉稳内敛。总之，这里所有人都有一种志得意满的富足感。

每个人说话时都抬高了嗓门儿，出于本能地想让聚会不冷场，所以屋子里一片喧哗，但大家始终没有共同的话题。每个人都和邻座的人交谈，他们喝汤、吃鱼、品尝主菜时与右边的人说说话，吃烤面包、甜点和开胃小菜时与左边的人聊聊天。他们谈论政局，谈论高尔夫，谈论孩子们和最近的剧目，也谈论在皇家艺术学院展出的绘画，还谈论天气变化和他们的度假计划。这场谈话一刻也没停过，噪音也越来越大。斯特里克兰夫人可能会庆幸她的聚会办得很成功。她的丈夫也在循规蹈矩地扮演着自己的角色。但他可能很少说话，所以我很有趣地发现，坐在他旁边的两个女人都一脸倦容。她们发现他阴沉沉的，很难和他谈论些什么。斯特里克兰夫人会时不时地看他一两眼，眼神中带着几分焦虑。

最后，她站起身，把女士们都请到了另一个房间。斯特里克兰在她身后关上了门，然后走到了桌子的另一端，坐在了皇家法律顾问与那位政府官员的中间。他又一次把红葡萄酒传了一圈，给客人们递雪茄。那位皇家法律顾问对刚才的红酒赞不绝口，斯特里克兰便告诉我们，他是从哪儿弄来的这瓶酒。于是我们聊起了陈年佳酿和烟草。皇家法律顾问说起了他正在协办的一个案件，上校谈起了打马球的事。我没有什么事好说，所以只是默默坐着，出于礼貌装作津津有味听别人谈话的样子。因为知道没人会在意我，所以就从容地打量起斯特里克兰来。

他比我想象中的要高大一些，我也不知道为什么会认为他纤弱、其貌不扬，但事实上他魁梧敦实，膀大腰圆，所以晚礼服穿在身上显得有些笨拙，给人的感觉像是一个穿着正装来参加宴会的马车夫。他年龄约四十岁，相貌谈不上好看，但也不丑，因为他的五官都很端正，只是比寻常人大了一号，所以显得有些笨拙。他刮了胡子，整张大脸看上去光秃秃的。他的头发偏红，修得极短，眼睛很小，看不出是蓝色还是灰色的。他看上去太普通了。我不再奇怪为什么斯特里克兰夫人谈起他来会有些不好意思了；对于一个想跻身文学艺术界的女人而言，他的确很难为她增光添彩。他明显没多少社交天赋，但男人没有那些也无所谓，他甚至没有丝毫古怪的地方让他显得出众；他只是个平庸无趣、诚恳朴实的男人。你会仰慕他的许多优秀品质，却对他敬而远之。他是空洞的，毫不引人注意。他也许是个值得尊敬的社会成员，是个好丈夫和好父亲，是个诚实的股票经纪人，但你没有任何理由把时间浪费在他身上。

# 第七章

喧嚣纷扰的社交季节逐渐接近尾声，我认识的每个人都在安排离开伦敦的行程。斯特里克兰太太计划把家人带去诺福克郡海边，给孩子们洗洗海水浴，丈夫可以在那里打打高尔夫。我们本来已经互相道别，相约秋天再会。但在离开伦敦的前一天，我刚走出海陆军百货大楼，便遇见她带着自己的儿子和女儿，她和我一样，也赶着在离开伦敦前最后做一次采购。我们都又累又热，于是，我提议大家一起去公园吃些冷饮。

我想，斯特里克兰夫人大概很高兴能让我认识她的孩子们，她畅快地接受了我的邀请。这两个孩子比照片上的更可爱，她确实应该为他们感到骄傲。我那会儿也年轻得很，所以他们在我面前也没有拘束，只顾高高兴兴谈他们自己的事，一会儿说这，一会儿说那。他们都是活泼健康的好孩子。歇息在那片树荫底下，令人感到十分惬意。

聊了一个小时之后，他们搭乘马车回家了，我一路闲逛着，往俱乐部走去。也许因为有些孤独吧，我想到刚才窥见的那些，想到他们快乐的家庭生活，心里难免有些嫉妒。这一家人似乎深爱着彼此，感情非常融洽。他们说着那些只有彼此才能领会、外人却听不明白的小笑话，这让他们快乐极了。也许从纯粹从是否善于辞令的标准来判断，查尔斯·斯特里克兰的确是个木讷的人；但对于他周围的人来说，他的智慧绰绰有余，不仅是事业成功的敲门砖，还是幸福生活的保障。斯特里克兰夫人是个很有魅力的女人，而且她爱他。我想象着他们的生活，没有不顺遂的事情干扰，彼此坦诚，过得体面；此外，他们还有两个规矩可爱的孩子，所以注定会沿袭正常的传统，延续他们的种族和身份。这样的生活并非毫无意义。他们会不知不觉地变老；他们会看着自己的儿女长大成人，然后步入婚姻——这个漂亮的女孩将来会成为几个健康孩子的妈妈；那个帅气的男孩，很有男子气概的小伙子，显然会成为一名军人；到最后，他们会体面地退休，过着富裕的生活，膝下儿孙满堂。在度过快乐而充实的人生后，直到年寿日高，他们才会安然地告别人世。

这一定是世间无数夫妻的写照。这种生活自有一种朴实的美。它让人想起一条平静的溪流，蜿蜒穿过绿色的草地，与一路郁郁葱葱的树荫交相辉映，直到最后汇入一片汪洋大海。但是大海却总是那么平静，那么安宁，那么波澜不惊，让人隐约感到不安，因而生出疑惑。也许是我本性多疑（这在早年间就很突出了），我总觉得，在这样一种芸芸众生的普遍生活模式中，似乎有些东西不太对。我认可这种社会价值，我也看到了其中按部就班的幸福，但我那股澎湃的热血在寻找一条更狂野的路。在这种轻而易举的快乐中，有些东西在我看来似乎令人警惕。我心里有一种强烈的渴望，我想活得更惊心动魄一些。假如我可以经历那些变迁和无法预见的未知，为此，我已经准备好翻越那些满是嶙峋怪石的山崖，奔赴那些满是暗礁激流的海滩。

# 第八章

回过头来，重读我写下的这些关于斯特里克兰家的回忆，我清醒地认识到，他们的形象还不太清晰。要想书中的人物鲜活生动，需要把他们的性格特征写出来，我却一直没有赋予他们任何特色。我在想这是不是我的过错，所以我绞尽脑汁地去追忆那些能让他们生动起来的特质。我觉得多写写他们的口头禅或某个特殊习惯，或许就能突出他们的特点了。他们现在就像一张旧挂毯上的人物，完全交织在背景中，从远处看连轮廓都辨别不出，只剩下一团花花绿绿的颜色。但我只能说，他们留给我的就是这种印象。他们身上确实有一团蒙眬的影子，而这团影子你在其他人的身上也能发现，这些人都生活在一个社会有机体中，他们为其存在，也赖以生存。他们就像人体中的细胞，只要仍然健康，就必不可少，但都被吞噬在这个有重大意义的整体中。斯特里克兰一家是普通的中产阶级家庭，这样的家庭有一个殷勤好客、喜欢结交名人的快乐的妻子；有一个平庸无趣但兢兢业业、恪守本分的丈夫；还有两个漂亮健康的孩子。这些再平常不过了。我不知道他们有什么可以激起好奇者的关注。

想想后来发生的一切，我不禁问自己，当初是否太愚钝了，以至于没有看出，查尔斯·斯特里克兰身上那些与常人不同的地方？或许是吧。时隔多年，我认为我已经通晓人情世故，但即便我在刚遇见这家人时就已经有了现在这些经验，我对他们的判断相信也不会有什么不同。只不过有一点和当年不一样：现在我已经深知人是不可预料的，所以时至今日我再听到那个消息，就不会像那年刚入秋我回到伦敦时那么惊讶了。

回到伦敦还不到二十四小时，我就在杰明街遇见了罗斯·沃特福德。

“你看上去兴高采烈的，”我说，“发生了什么事吗？”

她笑了起来，眼里闪着邪恶的光。这说明她又听到了关于某个朋友的丑闻，这让她文学女性的直觉变得骤然灵敏。

“你确实见过了查尔斯·斯特里克兰，对吧？”

我发现她不仅脸上有一种快意，整个身体都带了一种快意。我点了点头，心想这个倒霉鬼不是在证券交易所栽了跟头，就是让一辆公共汽车给轧伤了吧。

“他竟然抛下妻子走了，你说是不是很可怕？”

沃特福德肯定是觉得没有办法把这些话在杰明街说个清楚，所以她像艺术家似的，猛然把这个赤裸裸的事实扔给了我，然后宣称她一点也不知道其中的细节。我当然不能埋没她的口才，她怎么会因为这种无关紧要的环境而三缄其口呢；但她就是执拗地不肯说。

“我告诉你我什么都不知道，”她一句话就打发了我的一大堆问题，然后轻快地耸了耸肩，“我相信伦敦哪家茶点店准有个年轻姑娘刚把工作给辞了。”

她对我浅浅一笑，道歉着说约了牙医，便得意扬扬地走了。这个消息与其说让我难过，还不如说让我很感兴趣。那时候，我的生活经历还很有限，所以，我认识的人身边遭遇了书中才有的那种意外时会让我感到兴奋。随着时间流逝，我得承认，与这位主人公交往中的种种意外已经让我习惯了。但我当时感到很震惊。斯特里克兰那年肯定有四十岁了吧，男人到了他那样的岁数还牵扯到爱情瓜葛里未免让人觉得恶心。我那时候年少轻狂，认定男人陷入爱河而不算犯傻的极限年龄是三十五岁。

这个消息对我个人而言还有些尴尬，我在乡下给斯特里克兰夫人写过一封信，说我即将返回伦敦，还说除非她不回信另作安排的话，我会去找她喝茶。今天就是我说的那个日子，但我却没收到斯特里克兰夫人的任何消息。她到底想不想见我呢？很有可能在这样心烦意乱的时候，她早就把我的事抛到脑后了。我也许应该放聪明些，不去打搅她。

但从另外一个角度想，她可能有意想把这件事瞒住，如果我露出了任何马脚，让她发觉这个不寻常的消息已经传到了我的耳朵里，那就太不谨慎了。我左右为难，既怕伤了一个好女人的心，又怕去了碍手碍脚。

我想她一定很痛苦，我不想看着别人痛苦却爱莫能助。可我心里又藏着一个念头，我觉得这有点卑鄙，但我真的很想看看，她会怎样面对这件事。

我完全没了主意。

最后，我忽然想到，其实我可以照常过去，就像什么都没发生过一样，然后让佣人去捎个话儿，问问斯特里克兰夫人是否方便见我。这样可以让她有机会打发我。我把想好的话对佣人说了一遍，还是有些浑身不自在。当我在幽暗的过道里等待回复时，心里却窘迫得恨不得夺门而出。这时候，那位女佣回来了。她的神情举止令我忍不住揣测，她一定知道这场家庭灾难的详细情况。

“先生，请跟我来。”她说。

我跟着她走进了客厅。那扇百叶窗半掩着，房间里有些昏暗。斯特里克兰夫人正背光坐着。她的姐夫麦克安德鲁上校站在壁炉前，背对着一堆煴火[1]取暖。我走进房间，觉得尴尬极了。我猜想我的到来肯定会让他们大吃一惊，斯特里克兰夫人让我进来，只是因为她忘了推掉和我的约定。我估摸着这位上校很讨厌忽然有人打断他们。

“我不太清楚，你是否在等着我。”我尽量显得若无其事。

“当然，我在等你。安妮马上会给你上茶。”

尽管身处昏暗的房间，我还是看见了斯特里克兰夫人哭肿了的脸。她的气色从来就不太好，现在更加面如土色。

“你还得我的姐夫吗？度假之前，你们在晚宴上见过。”

我们握了握手。我有点忐忑，想不到该说什么。斯特里克兰夫人帮了我一把，她问我今年夏天都做了什么。有了这个话题，我好歹和他们聊了几句，直到佣人把喝的端了进来。上校要了一杯威士忌加苏打水。

“你最好也来一杯，艾米。”他说。

“不用了，我还是喝茶吧。”

这是第一个迹象，表明她有些不顺心的事发生了。我没去理会，仍与斯特里克兰夫人闲聊天。上校也仍然站在壁炉前一言不发。我在想应该什么时候跟他们告别比较合适，可是又好

① 煴火，无焰的微火，意指没有燃旺的火炉。

奇斯特里克兰夫人究竟为什么要见我。房间里没有再摆放鲜花了，他们为度假而收拾起来的各种小摆设也没有再陈列出来；这间一向舒适惬意的屋子如今变得单调呆板，仿佛与之只有一墙之隔的房间里停放着一具死尸似的。我喝完了杯里的茶。

“你要来根雪茄吗？”斯特里克兰夫人问。

她看了看周围，没找到那个雪茄盒。

“这里恐怕没有雪茄了。”

她忽然哭了出来，匆匆离开了房间。

我心里一惊，想想可能是她丈夫常备的雪茄没有了这件事又勾起了她对他的回忆，然而意识到她过去习惯了的小日子如今已不复存在，这让她感到一阵刺痛。她发觉往日的生活已经一去不复返了，而且过去那种荣光体面也不可能再维持下去了。

“我看我还是走吧。”我站起身，对上校说。

“我想你应该听说了，那个混蛋抛弃了她。”他一下子爆发了。

我犹豫不决。

“你知道人们都怎样说长道短的，”我回答，“我只模模糊糊地听说出，这里出了点事。”

“他逃走了。他和一个女人私奔到了巴黎。一个便士也没留给艾米。”

“这太不幸了。”我不知道还能说些什么。

上校把威士忌一饮而尽。他是个五十五岁的瘦高个，胡须耷拉着，头发已经灰白。他有双淡蓝的眼睛，还有张苍白的嘴。我记得上次见到他时，他还呆头呆脑的，对自己退役前的十年间每周打三天马球，从未间断的事十分自豪。

“我想夫人这会儿可能不方便留我喝茶了，”我说，“可以请你帮忙转告一下，我很为她感到难过吗？如果我能做些什么，我会很愿意效劳。”

他完全不理会我。

“我不知道她今后该怎么办。还有这些孩子们。难道让他们去喝西北风吗？十七年啊。”

“什么十七年？”

“他们结婚十七年了，”他怒道，“我从来就不喜欢他。但他是我的妹夫，所以我只能勉为其难。你觉得他是个绅士吗？她根本就不该嫁给他。”

“难道这事没有挽回的余地了吗？”

“她只有一件事可以做，就是和他离婚。你进来的时候，我正在劝她。‘把你的离婚诉状递上去吧，’我说，‘为了你自己，也为了孩子们，你都该这么做。’那个混蛋，最好别让我再看见他，否则我会打得他只剩下一口气。”

我忍不住想，麦克安德鲁上校要做到这点可能很难吧，因为斯特里克兰在我印象中是个十分魁梧的家伙。但我没有说出来。毕竟，怒气冲冲的正义者却没有过人的臂力来直接惩罚罪人，这总会让人很沮丧。我正要再次告辞，斯特里克兰夫人却回来了。她已经擦干了眼泪，还在鼻子上补了点粉。

“不好意思，我刚才失控了。”她说，“我很高兴你还没离开。”

她坐了下来。我完全不知道该说些什么。我不太好意思去讨论那些与我毫不相干的事。我那时候还不知道女人有个易犯的毛病，她们热衷于和所有愿意倾听的人讨论自己的个人隐私。斯特里克兰夫人似乎在努力克制自己。

“人们都在谈论这件事吗？”她问。

我被她的想当然吓了一跳，她以为我对她的家庭悲剧了解得一清二楚。

“我才刚刚回到伦敦，只见过罗斯·沃特福德。”

斯特里克兰夫人把手一拍。

“告诉我，她到底说了什么。把她的原话一字不落地告诉我。”我犹豫不决，但她坚持要听，“我特别想知道。”

“人们只是随便说说罢了。她的话也不太可信吧？她说你的丈夫离开了你。”

“就说了这些吗？”

我不打算告诉她罗斯·沃特福德离开时提到的那个茶点店女招待。我撒了个谎。

“她半个字都没提他和什么人一起走了吗？”

“没有。”

“我唯一想知道的就是那个。”

我有点迷惑不解，但无论如何，我知道是时候离开了。我和斯特里克兰夫人握了握手，并告诉她，如果需要帮忙，我一定很乐意。她笑着与我道别。

“非常感谢，我不知道还有谁能帮得上我的忙。”

我实在不好意思再说一些同情的话了，于是转身向上校道别。但他没有和我握手。

“我也要走了。如果你去维多利亚街，我可以和你一起。”

“好吧，”我说，“那走吧。”

# 第九章

“真是太可怕了。”我们才刚走到大街上，他就说了起来。

我发现，他跟我一起走，只是为了再说说他和妻妹已经谈过好几个小时的话题。

“你瞧，我们根本不知道那个女人是谁，”他说，“我们只知道那个混蛋去了巴黎。”

“我一直以为他们夫妻的感情很好。”

“他俩的感情的确很好。刚才就在你进来那会儿，艾米还在说，他们结婚以来从没吵过架。你了解艾米，世上没有比她更好的女人了。”

既然他主动把这些隐私都告诉了我，那我再多问几个问题应该也无伤大雅。

“但你的意思是说，她什么也没怀疑过？”

“没有。他整个八月份都跟她和孩子们一起待在诺福克，还是和往常一样。我和妻子也去那儿住了两三天，我还陪他打了高尔夫球。他九月份回到伦敦，让他的合伙人去度假；艾米还待在乡下。他们租了一栋房子，打算住六个星期，租期快到时，她写信告诉他回伦敦的日子。但他的回信却从巴黎寄来的。他说已经下定决心，不再和她一起生活了。”

“他给了什么解释吗？”

“朋友，他没给解释。我看过那封信。总共不超过十行。”

“这太不合常理了。”

这时我们刚好要横穿马路，来往的车流让我们无暇聊天。麦克安德鲁上校刚刚对我说的那些话似乎不太可信，而且我怀疑，斯特里克兰太太出于私心，对他隐瞒了部分真相。一个男人在结婚十七年后离开妻子，不会不留下任何迹象，而这些迹象一定会让她猜测，他们的婚姻是不是出了问题。我正在思忖时，上校从后面跟了上来。

“当然，除了和一个女人私奔，他给不出任何借口。他大概以为她能自己发现吧。他就是那样的人。”

“那斯特里克兰夫人打算怎么办？”

“哦，首先是要找到证据。我会亲自去一趟巴黎。”

“他的工作呢？”

“这就是他狡猾的地方。他从去年起就一直在缩减开支。”

“他告诉了合伙人他要离开吗？”

“一个字都没提过。”

麦克安德鲁上校对证券交易方面的事所知有限，而我更是完全不懂，所以，我不太明白斯特里克兰留下一堆烂摊子之后会是什么情况。我听说那位被抛弃的合伙人暴跳如雷，还威胁说要起诉。看起来，要摆平一切，他至少要从口袋里掏出四百至五百英镑。

“好在屋里的家具都在艾米的名下，她无论如何都会得到那部分财产。”

“你刚才说她一个便士都拿不到，这是真的吗？”

“当然。她手上只有两三百磅和那些家具。”

“那她怎么生活？”

“天知道。”

这件事似乎变得更加扑朔迷离了，再加上这位上校一路上愤愤不平，一边还骂骂咧咧的，不但没有让我把事情弄清楚，反而让我越听越糊涂。幸亏他看见海陆军百货大楼上的大钟，忽然想起来还约了人在俱乐部打牌，于是，他和我分了手，径直穿过圣詹姆斯公园，扬长而去。

# 第十章

过了一两天，斯特里克兰夫人差人给我送来一张便条，问我晚上吃过晚餐后是否可以去她家一趟。我到那里之后，发现她一个人在家，穿着一条简单得近乎朴素的黑裙子，似乎像是为了让人想起她刚刚遭遇不幸。她现在虽然一蹶不振，却似乎还没忘记要遵照她所认为的规矩，把自己打扮成那个不得不演的角色。当时我不谙世故，还感到非常吃惊。

“你曾经说，如果我需要帮忙的话，你会很乐意的对吗。”她道。

“千真万确。”

“你可以去巴黎看看查尔斯吗？”

“我？”

这太突然了。我想起来自己只见过他一次。我不明白她想让我做些什么。

“本来弗莱德要去。”她说的是麦克安德鲁上校，“但我觉得他并不合适，他只会让事情变得更糟。我不知道还有谁能帮忙了。”

她的声音颤抖了起来，我觉得多犹豫一秒都是残忍。

“可我跟你丈夫只说过不到十句话。他并不认识我，可能只会把我轰走。”

“但这不会伤害到你。”斯特里克兰夫人微微一笑。

“你究竟需要我做些什么呢？”

她没有直接回答。

“我觉得，他不认识你倒是个好处。你瞧，他从来没有真正喜欢过弗莱德，认为他是个傻瓜。他并不了解军人。弗莱德很意气用事，他俩一旦吵起来，事情就越发不可收拾了。如果你说，你是代表我来的，他不会拒绝和你谈谈的。”

“我和你们认识的时间不长。”我回答，“除非知道知道全部情况，否则这种事是很难处理的。但我不想窥探与我无关的事。你为什么不亲自去找他？”

“你忘了吧，他并不是一个人。”

我哑口无言。我仿佛看到自己登门拜访查尔斯·斯特里克兰，递上名片；我仿佛看到他用大拇指和食指捏着这张名片，走进了房间：

“请问您有何贵干？”

“我来同您谈谈，关于您妻子的事。”

“是吗？等你再多长大几岁，肯定就能学会不去多管闲事了。如果你能把头略往左边转转，就正好可以看到大门。不送了。”

我预见到要让自己不被逐出去会很困难，我真希望可以等到斯特里克兰夫人解决了她的麻烦事再回到伦敦。我偷偷看了她一眼。她陷入了沉思。忽然，她抬起头来看我，深深地叹了一口气，然后笑了。

“这一切都那么意外，”她说，“我们结婚十七年了。我做梦都没想过，查尔斯是那种会被谁迷住的男人。我们一直都相处得很好。当然，我的很多兴趣爱好与他不同。”

“你是否查到了是谁？”——我不太知道该如何措辞——“那个人是谁，他和谁一起走了？”

“没有。似乎没人知道。这太奇怪了。通常一个男人爱上了谁，总会有人看见他们在一起，比如吃个午餐什么的，她的朋友们也往往会来告诉那人的妻子。但我却没有得到任何提醒——什么都没有。他的信对我而言像个晴天霹雳，我还一直以为他生活得很幸福呢。”

她开始哭了起来。可怜的女人，我也为她难过起来。但过了一会儿，她就平静了下来。

“把自己弄得像个傻瓜也没什么好处，”她说着，擦干了眼泪，“现在最要紧的是，尽快决定该怎么办。”

她不停地说了下去，有些语无伦次，想到什么便说什么，一会儿说起不久之前的事，一会儿又说起他们初次见面的情景，和他们的婚姻。这样一来，他们的生活仿佛在我脑子里形成了一幅鲜明的图画。看来我过去的推测也并非不对。斯特里克兰夫人的父亲在印度当过文职官吏，退休后决定在英国的偏远乡间定居，但他习惯每年八月都带着家人到伊斯特本市[①]去换换环境。就是在那儿，二十岁那年，她遇见了查尔斯·斯特里克兰。当时，他刚刚二十三岁。两人一起玩耍，一起在海边散步，一起听黑人歌手演唱；在他求婚前的一个礼拜，她已经下定决心要答应他了。他们婚后在伦敦定居，起初在汉普斯特德区，后来他事业做得更好了，生活逐渐富裕，便搬进了市中心区域。再后来，两个孩子来到了他们的生活中。

① 英国东南部港市。

“他似乎一直都很喜欢他们。即便他对我已经厌倦了，我也不明白他怎么能忍心抛下他们。这一切太不可思议了。哪怕到现在，我也不敢相信这是真的。”

最后，她把他写来的信拿给我看。我对这封信非常好奇，只是一直没敢提出来想要看。

亲爱的艾米，

我想你会发现家里一切都已经安排好。我已经把你的吩咐告诉了安妮，等你和孩子们回来时，晚餐已经准备好了。但我不会在那儿迎接你们了。我已经决定要和你们分开了，明天早上我就要去巴黎。等到了巴黎我会把这封信寄给你。我不再回来了。我的决定不会改变。

你永远的，

查尔斯·斯特里克兰

“没有任何解释或歉意。你不觉得这很不人道吗？”

“在这种情况下，这封信确实很奇怪。”我回答。

“只有一个解释，也就是说，他不是一个人。我不知道哪个女人迷住了他，把他变成了另外一个人。这件事显然已经有很长一段时间了。”

“是什么让你有这样的想法？”

“这是弗莱德发现的。我丈夫说他每周会有三四个晚上去俱乐部打桥牌。弗莱德认识那儿的一个牌友，有一次和他说查尔斯喜欢打桥牌的事。那个人非常吃惊，他说他从没在牌室里见过查尔斯。现在，这件事就清楚了，我以为查尔斯在俱乐部的时候，他其实是和那个女人在一起厮混。”

我沉默了一会儿，想到了孩子们。

“这件事一定很难对罗伯特解释吧。”我说。

“哦，我对他俩什么都没说。你瞧，我们回到伦敦的第二天，他们就开学了。我还没有失去理智，所以只说他们的父亲出差了。”

明明有件突如其来的烦心事，却还得装作心情开朗、若无其事的样子，还得方方面面地照顾周全，好让孩子们舒舒服服地背着书包去上学，这肯定很不容易。斯特里克兰夫人的声音又哽咽了。

“可怜的孩子们，他们以后怎么办呢？我们要怎样活下去啊？”

她努力地克制着自己，我看见她的双手攥紧了，又松开，反反复复地。她心里一定痛苦至极。

“好吧，我就去一趟巴黎，如果你认为我能帮得上忙的话，但你必须告诉我，有哪些事需要我去做。”

“我希望他回来。”

“但我听麦克安德鲁上校的意思，你已经决定和他离婚了。”

“我绝不会和他离婚，”她回答得斩钉截铁，“告诉他是我说的。他永远也别想和那个女人结婚。我和他一样固执，所以，我永远都不会和他离婚。我必须为我的孩子们着想。”

我想，她加上最后那句，大概是为了向我解释她为什么采取这种态度，但我却认为这样做，是一种非常自然的女性嫉妒，而因为不是母性的关怀。

“你仍然爱他吗？”

“我不知道。我希望他回来。如果他愿意回来，那过去的就让它过去吧。毕竟，我们已经结婚十七年了。我不是个心胸狭窄的女人。过去我一直被蒙在鼓里，只要我不知道，也就不会介意他所做的事。他必须明白，他的一时迷恋是不会长久的。如果他现在回来，一切都能妥善解决，那样就没有人会知道些什么了。”

斯特里克兰夫人对流言蜚语那么在意，让我有点不寒而栗，因为我那时候还不懂，其他人的看法在女人的生活中有多么大的影响。这让她们对于最深切情感的投入笼罩了一丝不真诚的阴影。

斯特里克兰人在何处已经弄清楚了。他的合伙人曾通过斯特里克兰的存款银行给他写过一封言辞激烈的信，奚落他躲躲藏藏；于是，斯特里克兰在冷嘲热讽的回复中告诉了他的合伙人究竟在哪儿可以找到他。他显然住在一座酒店里。

“我从来没有听说过那座酒店，”斯特里克兰夫人说，“但弗莱德却很清楚。他说那座酒店特别贵。”

她面色阴沉。我猜想她仿佛看见了丈夫住在一间豪华套房中，在一家又一家精致的餐厅里吃晚餐，还仿佛看见他白天在兴奋地赌马，晚上在尽情地享乐。

“这不是他那样年纪的人该做的事，”她说，“毕竟，他已经四十了。年轻人我还可以理解，但我觉得他到了这个年纪，孩子都快成年了，再这样就太可怕了。他的健康状况也不容许。”

愤怒与痛苦在她的心中较量着。

“告诉他，我们的家正在召唤他回来。一切还是和从前一样，虽然一切已经不同了。但我不能没有他，否则我很快会自杀。你跟他聊聊我们的过去，还有我们一起经历的岁月。以后孩子们问起来，我该对他们怎么说呢？他的房间仍然和他离开的时候一模一样，正等着他回来呢。我们都在等他回来。”

现在，她已经告诉了我究竟该说些什么。对于斯特里克兰有可能说到的事，她都给了我详细的回答。

“你会替我做到吗？”她问得让人怜悯，“请把我现在的处境告诉他。”

我明白，她希望我能尽己所能地唤起他的同情心。她终于不管不顾地哭了起来。我被深深地触动了。我对斯特里克兰的冷酷无情感到愤恨，于是我承诺，会尽一切力量把他带回来。我答应后天就出发，然后一直待在巴黎，不把事情办出个眉目绝不回来。转眼天色已晚，我们情绪激动，都感到筋疲力尽了，于是我就向她辞别，离开了她的家。

# 第十一章

旅途中，我惴惴不安地仔细想了想我的差事。由于远离了斯特里克兰夫人的不幸，也就摘下了这副有色眼镜，我便可以更理智地看待这个问题。我在她的行为中看见了一些互相矛盾的地方，这让我感到困惑。她的确很不开心，但为了激发我的同情心，她可以刻意将她的不幸表演给我看。她已经准备好了要大哭一场，这是显而易见的，因为她给自己备了足够多的手绢。我很佩服她的先见之明，但反过来想想，这也让她的泪水不那么感人了。我分辨不出她想让丈夫回来是因为她爱他，还是因为她害怕那些流言蜚语；我怀疑在她破碎的心中，那种爱情受到藐视的痛苦，被不伦不类地掺入了我在年轻时所不齿的那种名誉受损之痛，这让我深感不安。我那时还不了解人性有多么矛盾；我不知道真挚中含有多少做作，高尚里蕴含着多少卑劣，即便是堕落中多少也有善良的存在。

但我这趟旅行有一种冒险的成分，所以越接近巴黎，我的精神越亢奋。我还站在一个浪漫的立场上看待我自己，作为一个深受信任的朋友，把一个误入歧途的丈夫带回宽恕的妻子身边，我对自己这样的角色感到非常开心。我决定到巴黎的第二天晚上再去见斯特里克兰，因为我本能地感觉到，约见的时间一定要精打细算，想要在午餐前从情感上打动一个人，肯定收效甚微。在那些年代，我自己经常遐想一些爱情故事，但只有在吃过下午茶后，我才会幻想美好的婚姻生活。

我在入住的酒店里询问查尔斯·斯特里克兰住的地方，名字叫比利时酒店。但那个门卫竟然从来没有听说过，这让我觉得有些吃惊。我从斯特里克兰夫人那里得知，那是个豪华气派的地方，就在里沃利街的后面。我们在地址簿上翻了半天，唯一一座叫这个名字的酒店位于修士街。那条街区并不时尚，甚至不是什么体面的地方。我摇了摇头。

“我敢肯定不是那儿。”我说。

那个门卫耸了耸肩。巴黎再没有其他酒店叫那个名字了。我忽然想到斯特里克兰终究还是隐瞒了他的住址。他把这个地址给了合伙人，只是跟他要了个花招罢了。我不知道自己那时为什么会有这样一种印象，似乎斯特里克兰觉得把一个怒气冲冲的股票经纪人骗到巴黎，让他在一条猥琐的街道上找到一座烂房子扑个空是件很有趣的事。尽管如此，我觉得还是应该去看看。第二天大约六点，我租了一辆马车去了修士街，但我在那条街道的拐弯处下了车，因为我想步行到他的酒店前，先仔细看看周围的环境。这条街上有许多为穷人开的小商店，约莫在中间的位置，沿着我前进方向的左边，就是这座比利时酒店。我入住的酒店已经很一般了，但与这里相比，简直算得上是富丽堂皇。这是一栋高耸的破旧建筑，可能已经多年没有粉刷过了，看起来那么脏乱不堪，反而让两边的房屋显得干净整洁。楼上那些脏兮兮的窗户都关得紧紧的。查尔斯·斯特里克兰不可能和那位让他抛家弃子的美女一起住在这种地方，过那种千夫所指的奢侈生活。我很恼火，觉得受到了愚弄，差点掉头就走，连问都懒得问。我之所以还是走了进去，只是为了事后能告诉斯特里克兰夫人，我已经尽了全力。

酒店的大门就在一家商店的旁边。门敞开着，一进去就有块告示牌：管理处在二楼[①]。我走上狭窄的楼梯，看见有个四四方方的玻璃隔间，里面有一张办公桌和几把椅子。隔间外有一张长椅，晚上守门人多半是在这张椅子上度过了无数漫漫长夜吧。周围一个人也看不到，但在一个电子门铃的按钮下写着“服务生”字样。我按下了门铃，很快，一名侍者出现了。他是个年轻人，耷拉着一张脸，眼神鬼鬼祟祟的。他身上只穿了一件衬衫，脚上趿拉着一双绒拖鞋。

我不知道为什么，只随口问了一声。

“有位斯特里克兰先生住在这里吗？”我问。

“六楼，32号。”

我惊得半晌没答话。

“他在吗？”

这位侍者看了看管理处的一块面板。

“他的钥匙不在这里。你上去看看就知道了。”

我觉得还可以多问一声。

“夫人也在吗？”

“只有先生一个人。”

侍者一脸狐疑地看着我往楼上走去。楼梯间里又黑又闷，弥漫着污浊发霉的味道。爬到三楼的时候，有个头发蓬乱、身穿睡衣的女人开着门，一声不吭地看我经过。终于，我来到了六楼，敲了敲32号的门。查尔斯·斯特里克兰站在了我面前。

① 原文为法文。本文中原文是法语处，均以楷体标注，以下均同，不再专门列出。

他一言不发，显然不认识我。

我对他说了我的名字，尽量显得轻松愉快。

“您不记得我了吧。今年七月，我曾有幸与您共进午餐。”

“请进，”他开心地说，“很高兴见到你。请坐吧。”

我走了进去。这是一间非常小的房间，里面塞满了法国人才知道的路易·菲利普式家具。房里有一张木床，上面铺着鼓鼓囊囊的红色羽绒被，房间里还有一个大衣柜、一张圆桌、一个非常小的盥洗池，和两张包着红色棱纹平布的软垫座椅。每样东西都又脏又破，完全没有麦克安德鲁上校言之凿凿的那种奢侈挥霍的迹象。斯特里克兰把一堆衣服扔到了地上，腾出来一把椅子，于是我坐了上去。

“你找我有事吗？”他问道。

在这样一间小房间里，他看上去比我印象中的更高大。他穿着一件老式的诺福克上衣，已经好几天没有刮胡子了。上次我见到他时，他虽然衣着光鲜，看起来却很不自在，现在虽然邋里邋遢，看上去却像回了家那么舒服。我不知道他会怎样理解我准备好的这番话。

“我代表您的妻子来看望您。”

“我这会儿正准备出去呢，想在晚餐前喝一杯。要不你一起来吧。你喜欢苦艾酒吗？”

“我可以喝一点儿。”

“那咱们就走吧。”

他戴上了一顶圆顶礼帽。那帽子早就该刷洗了。

“我们还可以一起吃晚餐。要知道，你还欠我一顿饭呢。”

“那是当然。你一个人吗？”

我暗自窃喜，想不到能自然而然地问出那个相当重要的问题。

“哦，是的。实际上，我已经三天没说过半句话了。我的法语说得确实不好。”

在跟他一起下楼的时候，我忍不住很想知道，茶点店里的那个小姑娘怎么样了。他们是已经闹翻了吗，还是他已经不再迷恋她了呢？如果像看上去的那样，很难想象，他准备了一年的时间，就是这样没头没脑地跑来巴黎？我们步行到了克利希大道，在一家大咖啡馆摆在人行道旁的桌子旁坐了下来。

# 第十二章

这个时间，克利希大道上正熙熙攘攘，所以一个脑洞大开的人很容易从那些来来往往的行人身上，发现某些庸俗罗曼史中才有的角色。他们中间有小职员和女店员；有从巴尔扎克小说中走出来的老古董；还有在一些利用人性弱点赚钱糊口的行当中工作的男男女女。在巴黎的一些贫穷地区，街道上似乎有种不断涌动的活力让人们总是血液沸腾，随时准备为你演一出意想不到的好戏。

“你很了解巴黎吗？”我问。

“不太了解。我们度蜜月的时候来过，之后就再没来过。”

“你究竟怎么找到你那家旅馆的呢？”

“有人给我推荐的。我想住得便宜点。”

苦艾酒被端了上来，我们郑重其事地把酒倒在逐渐融化的方糖上。

“我觉得最好立刻告诉你，我为什么会来见你。”我并非一点都不觉得尴尬。

他眨了眨眼睛：“我想迟早要有人来的。我已经收到艾米很多封信了。”

“那你很清楚我要说什么了？”

“那些信我一封也没读过。”

我点了一支烟，让自己想了想。我现在已经不太知道要怎样着手处理这件事了。我之前想好的那些雄辩之词，无论是怜悯感伤，还是愤愤不平，在巴黎的克利希大道上说似乎都有些不合适。

他忽然轻轻一笑。

“很可恶的活儿对吧？”

“哦，说不上来。”我回答。

“好了，这样吧，你什么都别说了，我们会有一个非常愉快的夜晚。”

我犹豫了起来。

“你的妻子现在非常难过，你考虑过她的感受吗？”

“她会好起来的。”

我无法形容他说这句话时的麻木不仁。这让我很惶惑，但我尽量没有表露出来。我模仿起我叔叔亨利的说话腔调，他是个牧师，每次他请求哪位亲戚为候补牧师协会捐款时，都会用这种腔调。

“你不介意我对你直言不讳吧？”

他笑着摇摇头。

“你觉得这样对她合适吗？”

“不合适。”

“你对她有什么不满意的地方吗？”

“没有。”

“那么，结婚十七年后，找不出她的任何过错，你却这样离开他，这也太匪夷所思了？”

“确实。”

我吃惊地看了他一眼。他对我说的一切都由衷赞同，反而让我不知道该说什么了。这让局面变得复杂了，更不用说荒谬可笑了。我已经准备好了去劝服、感化、勉励、告诫和反驳，如果还需要去责骂、愤恨和挖苦，我也在所不惜；但是，当魔鬼扮演了导师的角色，当罪人毫不隐讳地承认了自己的罪行怎么办呢？我没有经验，因为我做错了事总是会矢口否认。

“然后呢？”斯特里克兰问。

我撇了撇嘴。

“好吧，既然你都承认了，那也就没什么好说的了。”

“的确如此。”

我感觉这次当说客技巧不太高明。我确实很恼怒。

“岂有此理，男人怎么能说走就走，一个便士也不留给女人。”

“为什么不能？”

“她以后怎么生活？”

“我已经养活了她十七年。为什么她不能改变一下，自己养活自己？”

“她做不到。”

“让她试一试。”

当然，对于这个问题，我有很多话可以说。我可以谈谈女人的经济地位，谈谈男人通过婚姻所接受的那个不成文的约定，谈谈许多其他道理；但我觉得，真正重要的只有一点。

“你已经不在意她了吗？”

“完全不在意。”他回答。

这个问题其实对牵涉到的各方都很重要，但他回答起来却那么幸灾乐祸、厚颜无耻，让人觉得好笑；我不得不咬紧了嘴唇，以免笑出声来。我提醒自己，他的行为非常恶劣。我终于激起自己的义愤来。

“见鬼去吧，你总该为孩子们想想。他们从来没做过任何伤害你的事，他们并没有求你把他们带到这个世界上来。如果你就这样抛下一切，他们会沦落街头的。”

“他们已经过了很多年的舒适生活，他们拥有的比大多数孩子多得多。除此之外，还有人会照顾他们，必要的时候，麦克安德鲁会帮他们交学费。”

“可是，难道你不喜欢他们吗？他们俩那么乖巧。你的意思是，你不想再和他们有任何关系了吗？”

“我的确很喜欢他们小时候的样子，但现在他们都长大了，我对他们也不再有什么特殊的感情了。”

“你太没人性了。”

“很中肯。”

“你简直不知羞耻。”

“没错。”

我换了个方法。

“所有人都会唾骂你。”

“随他们去。”

“你根本不在乎人们讨厌你，鄙视你吗？”

“是的。”

他三言两语回答得那么不屑，让我那些本来很自然的问题显得荒谬起来。我仔细想了一会儿。

“我想，如果一个人知道自己的亲朋好友都在责骂他，都不认可他的时候，他还能活得自在吗？你肯定这件事没有让你感到不安吗？每个人多少都有点儿良心，你迟早会受到良心谴责的。假如你的妻子死了，难道你不会遭受悔恨的折磨吗？”

他没有回答。我等了一会儿，想等他开口说话，但他始终没说。最后，我不得不自己打破了沉默。

“对此你有什么可说的吗？”

“我只想说，你是个蠢货。”

“无论如何，你有义务养活你的妻子和孩子们，”我有点生气地反驳了一句，“我想法律可以给他们提供一些保护。”

“法律能从石头里榨出油来吗？我没什么钱，身上只有大约一百磅。”

我比之前更迷惑了。当然，从他住的酒店来看，他的情况的确很窘迫。

“等这笔钱全花完了你该怎么办？”

“再去挣点儿。”

他十分冷酷，一双眼睛仍带着那种嘲讽的笑，像是我的话听起来很蠢似的。我沉默了一会儿，想着接下来该说些什么。但这次他先开口了。

“艾米为什么不改嫁呢？她还很年轻，也没有失去魅力。我可以推荐一下，她是个非常出色的妻子。如果她想和我离婚，我不介意给她一些充分的理由。”

这回轮到我笑了。他真的太狡猾了，但这显然是他的真正目的。他有理由隐瞒他和一个女人私奔的事实，而且他采取了一切防范行动来隐瞒她的下落。我斩钉截铁地回答了他。

“你的妻子说，你无论做什么，她都不会跟你离婚。她心意已决。你劝你还是死了这条心吧。”

他惊讶地看着我，这肯定不是装出来的。笑容从他的唇边消失了，他极其认真地说了一句话。

“但是，我亲爱的朋友，我根本不在乎。她离不离婚，跟我没有半点关系，我根本就无所谓。”

我笑了起来。

“哈，别逗了。你该不会真的以为我们都是蠢货吧。我们凑巧知道，你是带着一个女人离开的。”

他愣了一下，忽然放声大笑起来。他笑得那么大声，引得坐在附近的人都纷纷侧目，甚至有几个人也跟着笑了起来。

“我不觉得这有什么好笑的地方。”

“可怜的艾米。”他咧嘴笑着。

然后，他的表情变得更不屑了。

“女人究竟多没有大脑啊！爱。永远都归咎于爱。她们以为，一个男人离开她们，只是因为他喜欢上了别人。你觉得我蠢到了如此地步，会为一个女人再重复做这些我早已做过的事情吗？”

“你的意思是说，你并不是因为另一个女人而离开你妻子？”

“当然不是。”

“你发誓？”

我不知道为什么要让他发誓。现在想来，那样实在是太天真了。

“我发誓。”

“那么看在上帝的分上，你到底为什么离开她？”

“我想画画。”

我愣愣地看了他很久。我听不明白。我觉得他疯了。要知道，我当时还很年轻，我把他看作是一个中年男人。我除了吃惊，还是吃惊。

“但你已经四十了。”

“正是因为这样，我才觉得，现在还不开始就太晚了。”

“你画过画吗？”

“我小时候就很想当个画家，但我父亲坚持让我从商，因为他说，艺术不值钱。我一年前开始画了点画。从去年开始，我还参加了夜间培训班。”

“斯特里克兰夫人以为你在俱乐部打桥牌的时候，其实你在学画画？”

“没错。”

“那你为什么不告诉她？”

“我觉得这是我个人的事情，她还是不知道的好。”

“你画出什么了吗？”

“还不行，但我将来应该可以。这就是为什么我来到了巴黎。在伦敦，我得不到我想要的东西。在这里，或许可以。”

“你觉得像你这样的年纪开始学画画还能画得好吗？大多数人都是从十八岁就开始学画画了。”

“如果我是十八岁学，会比现在学得快一些。”

“你凭什么认为自己有这样的才华？”

他半晌没有回答。他的目光落在了来往的人群中，但我想他其实并没有看他们。最后，他回答我的其实根本算不上是答案。

“我必须画画。”

“你这不是完全在碰运气吗？”

他看着我，眼睛里有某些奇怪的东西，让我觉得非常不自在。

“你多大年纪了？二十三？”

这个问题似乎和我们谈的事情毫不相关。如果我想碰碰运气去做什么事的话，是极其自然的；但他的青春时代早已过去，他是个有身份有地位的股票经纪人，家里有个妻子和两个孩子。一条在我而言是自然而然的路，但他要是走的话，就会显得很荒谬。但我还是想尽量对他公道一些。

“当然了，也许会有奇迹发生，你也许会成为一位伟大的画家。但你必须承认，这个机会非常渺茫。如果到最后，你不能得偿所愿，还是一事无成，那你就后悔莫及了。”

“我必须画画。”他又说了一遍。

“如果你充其量最多也不过是个三流画家，你还会觉得放弃一切是值得的吗？毕竟，从事其他行业，你不是最好的，才华不出众，这些都不重要，你只要能胜任自己的工作就能过得很舒服了；但艺术家就不同了。”

“你这个该死的蠢货。”他说。

“为什么这么说，我只不过是把明摆着的事情说出来而已，怎么叫蠢。”

“我说了我必须画画。我无能为力。一个人要是掉进水里，他怎么游泳的，姿势是好是坏已经不重要了：他只能游上岸，要不然就会淹死。”

他的声音里有一种赤诚，我不由自主地被打动了。在他身上，我似乎感觉到了某种强大的力量正在他体内奋力挣扎；那种力量非常强大，压倒一切，紧紧地抓住了他，就像这样，让他不由自主。我无法理解。他似乎真的受到了魔鬼的操纵，我觉得他可能会一下子被撕得粉碎。可他看起来太普通了。我好奇地打量着他，他却丝毫没有觉得尴尬。我寻思着一个陌生人看他坐在那儿，会觉得他是什么人：他穿着一件破旧的诺福克上衣，戴着顶早就该刷的礼帽，裤子松松垮垮，双手脏兮兮的，还有那张脸，没刮过的下巴上长着红红的胡茬儿，一双小眼睛，一个突兀的大鼻子，显得粗俗笨拙。他的嘴巴很大，厚厚的双唇给人耽于色欲的感觉。不行，我无法判断他是哪一类人。

“你不会回到妻子身边了吗？”最后我开口说道。

“永远不会。”

“她愿意忘记已经发生的一切，和你重新开始。她对你绝不会有半句怨言。”

“让她见鬼去吧。”

“你不在乎别人都觉得你是个彻头彻尾的混蛋吗？你不在乎她和你的孩子们要上街乞讨吗？”

“和我无关。”

我沉默了一会儿，想把接下来的话说得更有力一些。我刻意一字一顿地说了出来。

“你简直是个不折不扣的混蛋。”

“行了，既然你已经把话都说出来了，那咱们可以去吃晚餐了。”

# 第十三章

我知道更体面的做法是拒绝他的邀约。我想，我也许应该让他看到我内心的愤愤不平，而且我敢肯定，如果我回去说自己坚决拒绝了和他那种人共进晚餐，麦克安德鲁上校至少会对我颇有好感。但我担心没办法自始至终装得那么正义凛然，也就不好意思再装得道貌岸然了。而且，在这件事中，我对斯特里克兰的感觉会变得有些迷茫，而且也知道即便我拒绝他的邀约，对他也不会有任何影响，这就让我更加把辞谢的话说出口了。只有诗人或圣人，才会坚信，在给一条柏油路辛勤浇水后会开出百合花，来回报他们的劳动。

我付了酒钱，然后和他去了一家便宜的餐馆，那里坐满了人，气氛很欢快，我们痛痛快快地吃了一顿晚餐。我们俩胃口都很好，当然了，我是因为年轻，而他则是因为没心没肺。然后，我们去了一家小酒馆，要了咖啡和酒水。

对于这个驱使我来到巴黎的问题，我已经说了所有要说的话，虽然我觉得不再探讨这个话题像是背叛了斯特里克兰夫人，但我实在斗不过他的漠不关心。要把同样的事重复再三而热情不减，你得有女人一样的耐心。我安慰自己，想着先弄清楚斯特里克兰的心理状态可能会很有帮助。再说，这也让我更感兴趣。但这并不是一件容易做的事，因为斯特里克兰并不是个能说会道的人。他表达起自己的意思来似乎很吃力，就像语言并不是他大脑运转所用的介质，而你必须通过那些古板的用词、俚语、模糊语和做了一半的手势来猜测他到底想说些什么。不过，虽然他说得没头没脑，但他的性格中却有些东西让他不至于给人乏味的感觉。或许是因为他非常真挚吧。他似乎对巴黎不太关心，尽管他是第一次看见这座城市（我没算他和妻子一起来的那次），但看到原本对他来说应该是很新奇陌生的景象，他却安之若素，没有任何惊奇的感觉。我已经来过巴黎无数次了，但这座城市仍然会给我一种令人兴奋的刺激感。我没有一次走在巴黎的大街上不感觉这是一场冒险，但斯特里克兰却显得十分平静。如今回过头再想这件事，也许那时候除了灵魂深处的骚动景象外，他对其他一切已经视而不见了。

当时发生了一件莫名其妙的事。这间小酒馆里有许多妓女：她们有些和男人们在一起，有些独自坐着。没过多久，我就发现有个女人总是在看我们。当她的眼睛和斯特里克兰的目光相遇以后，她笑了一下。但我觉得斯特里克兰根本就没有注意她。过了一小会儿，她向外走了出去，但很快又调转方向，经过我们身边时，很有礼貌地问我们要不要请她喝一杯。她坐了下来，于是我和她闲聊起来；但显而易见，她的兴趣在斯特里克兰身上。我解释说，他会说的法语恐怕不超过两个词，可她还是想跟他交谈，于是一边用手比画着，一边说着外国人常说的蹩脚法语，也不知道为什么，她似乎觉得这样会让他更容易理解，而且，她还能冒出几句英语。她让我把她只能用法语说的话翻译给他听，然后热切地想知道他那些回答都是什么意思。斯特里克兰倒非常有耐心，还觉得有点好笑，但是他明摆着对她没什么兴趣。

“我想你已经征服她了。”我笑了起来。

“我不觉得这是恭维。”

如果我在他的位置，我会觉得窘迫，而不是像他那样冷静。她有一双会笑的眼睛，还有一张特别迷人的嘴唇。她很年轻。我很奇怪斯特里克兰身上有什么地方吸引她。她毫不隐瞒自己的欲望，于是我奉命给她当起了翻译。

“她想让你带她回去。”

“我对她没兴趣。”他回答。

我尽量委婉地说了他的回答。在我看来，拒绝那样的邀请似乎有些太不礼貌了，于是，我跟她解释，他拒绝是因为没钱。

“但我喜欢他，”她说，“告诉他，这是为了爱情。”

我照着说了一遍，斯特里克兰不耐烦地耸耸肩。

“告诉她让她快滚蛋。”他说。

他的神情已经清楚地表明了他的意思，这个女孩忽然把头向后一扬。若不是因为胭脂，也许就能看见她脸红了。她站了起来。

“这位先生太没礼貌了。”她说。

她走出了这间酒馆。我有些懊恼。

“我看你也没必要侮辱她吧，”我说，“毕竟，她也是在讨好你。”

“那种事让我恶心。”他粗鲁地说。

我好奇地看着他。在他脸上果然有种厌恶的表情，但这仍然是个粗壮感性的男人面孔。我猜想刚才那个女孩就是被他脸上某种粗野的感觉吸引住的吧。

“我在伦敦要什么女人就有什么女人。我可不是为了女人来巴黎的。”

# 第十四章

在回伦敦的路上，关于斯特里克兰，我想了很多。我试着整理出要跟他妻子说的话，却不太令人满意，事情办得并不好，我想象得出，她不会对我满意的，我对自己也不满意。斯特里克兰让我感到困惑，我无法理解他的动机。我每次问他，最开始是什么让他产生了当画家的想法，他没能说清楚，也许是他压根儿就不想告诉我。我想不出所以然。我努力说服自己，或许他晚熟的心智中逐渐产生了一种莫名的抵触情绪，但让这个猜测难以成立的是一个不容置疑的事实，他对过去那种日复一日的单调生活从未表示过任何不耐烦。如果他只是因为无法忍受枯燥乏味的生活而决心成为一名画家，并试图挣脱那烦闷的枷锁，那就很好理解了，也司空见惯；但他恰恰没有给我那种司空见惯的感觉。最终，我还是编了个说法，也许因为我是个想法很浪漫的人，我承认有点牵强，但这个说法是唯一可以让我满意的。那就是：我怀疑他的灵魂中是否深埋着某种创作的欲望，这欲望虽然被他的生活环境掩盖了，却一直在残酷无情地膨胀壮大了起来，像肿瘤在生命体中生长一样，直到最后它彻底地占据了那个生物体，并迫使他采取行为，无法违逆。布谷鸟把蛋下在了别的鸟巢里，小布谷鸟破壳而出，把同窝的其他兄弟们都挤了出去，最后还毁了曾经为它遮风避雨的鸟巢。

但这件事多么奇怪啊，创作欲竟然落在了一个乏味的股票经纪人身上，不仅可能导致他自己走向毁灭，也导致依赖他的人遭遇不幸。但是如果和上帝感召人的方式比起来，倒也不足为奇。上帝对那些有权有势的人紧追不舍，又始终保持着距离，直到最后将他们完全征服，一举拿下，让他们抛弃了世俗的欢乐与女人的爱慕，甘心守在清苦的修道院中。人的皈依可能有各种形式，也可能有许多方法。对于有些人，皈依只需要一场突变，就像山崩石碎；但对于有些人，皈依是个渐变的过程，如同水滴石穿。斯特里克兰既有一名狂徒的直截了当，又有一名信徒的狂热不羁。

然而，出于实际考虑，这种迷惑了他的热情是否起了作用还未可知。我问他在伦敦上夜校时的同班同学们如何评价他的画时，他咧嘴一笑，回答说：

“他们觉得是个笑话。”

“你到这里后，开始去画室学画了吗？”

“是的。那家伙今早还到我住的地方看了一圈儿，我的老师。你知道，他看了我的画后，挑了挑眉毛，啥都没说就走了。”

斯特里克兰呵呵一笑，似乎并没有失去信心。别人的看法对他来说无关紧要。

在和他打交道的过程中，正是这一点最让我感到困惑。当人们说不在乎别人怎么想时，他们大多是在自欺欺人。通常，他们能够自行其是，只是因为他们确信别人不会知道自己的怪异想法；最有甚者，也不会是有身边人的支持，才敢违背大多数人的意愿。如果一个人违背传统，只是其所处阶层的常态的话，那么反传统其实并不是一件很困难的事。相反，这还让你有无上的荣光。你既可以志得意满地标榜自己的勇敢，又不会让自己身处险境遭遇不便。然而，对于认同的渴望也许是文明人最根深蒂固的本能。一个不遵循传统的女人，在惹怒了礼教招来唇枪舌剑之后，向规矩体面飞奔而去以求掩护的速度是谁都比不上的。那些告诉我他们完全不在乎别人看法的人，我压根儿就不信。这只是无知的虚张声势罢了。他们的意思不过是指，对于一些小过失，他们深信没有人会发现，因而他们也不害怕会受到斥责。

但斯特里克兰却真正不在乎别人怎么想，所以传统也拿他无可奈何；他就像一个摔跤手，胳膊上涂了油，让你根本抓不住他；这给了他一种让人恼火的自由。我记得我对他说：

“你瞧，如果每个人都像你一样，这世界就乱了。”

“这话简直是胡说八道。任何人都不想像我这样。大部分人都非常满足于做平平常常的事。”

于是我又挖苦他。

“你显然不相信这句格言吧：凡人行事，须处处以身作则。”

“我从来没听过，一句无稽之谈罢了。”

“瞧你，说这话的人是康德。”

“那又怎样，反正是无稽之谈。”

面对这样一个人，你怎么能指望唤醒良知会起作用，这就像不用镜子而想看到自己的反影一样。我认为良知是每个人心中的守护者，守护那些社会为自身存在而逐渐形成的规则。良知就是我们所有人心中的警察，它坚守在那儿，督促我们不做违法之事。它是安插在我们自我意识堡垒中间的那个暗探。由于人们寻求同类认同的欲望太强烈了，对同类责难的恐惧又太深切了，这让他主动地把自己的敌人领进了门；于是良知一直监督着他，时刻捍卫着主人的利益，把他离群的欲望扼杀在摇篮中。良知会让他把社会利益摆在个人利益前面。良知是把个人与全体联系起来的那条非常结实的纽带。每个人都说服自己，社会的利益高于他自己的利益，并对其卑躬屈膝，让自己成了这个监工的奴隶。他给了自己一个荣誉的宝座，最终却像弄臣讨好那根压在他肩上的权杖一样，为自己良知的敏锐而感到骄傲。因此，对于那些不受良知约束的人，他怎么骂都不会觉得过分，因为他已经是一名社会成员了，他相当清楚地意识到，他无力与社会抗衡。当我看到斯特里克兰果真漠视了他的所作所为必定会激起的责难时，我只能惶恐地缩了回去，就像看见了一个怪兽一样。

那天晚上和他道别时，他对我说了最后几句话：

“告诉艾米，到这儿找我是没用的。我快要换地方住了，到时候她就再也找不到我了。”

“以我的感觉，她摆脱了你是再好不过了。”我说。

“亲爱的朋友，我只希望你也能让她明白这一点。女人都太不开窍了。”

# 第十五章

我刚到伦敦就收到了一封急件，请我晚餐后去见见斯特里克兰夫人，越快越好。我看见她与麦克安德鲁上校和他的妻子在一起。斯特里克兰夫人的姐姐比她大几岁，样子差不多，只是更衰老一些。她有一种趾高气扬的神情，仿佛整个大英帝国都揣在了她的口袋里；这些高官太太们都带着这种神气，她们都很清楚她们跻身于更优越的社会阶层。麦克安德鲁太太言谈举止敏捷利落，但良好的教养却藏不住她固有的偏见，在她看来，如果你不是一名军士，就连站柜台的小职员都不如。她很不喜欢那些禁卫军，觉得他们目中无人，所以就更不愿意提及他们的夫人了，认为她们出身低微，做起事来那么马虎。她穿的礼服古板过时，却很昂贵。

斯特里克兰夫人显然很紧张。

“好了，说说你的见闻吧。”她说。

“我见到你的丈夫了。恐怕，他已经下定决心不回来了。”我顿了一顿，“他想画画儿。”

“你说什么？”斯特里克兰夫人大惊失色地喊了起来。

“你从不知道他对那种东西有兴趣吧。”

“他绝对是疯了。”上校惊呼道。

斯特里克兰夫人皱了皱眉。她努力地在回想些什么。

“我记得在结婚前，他去哪儿都带着一个颜料盒子，但他画的画非常难看。我们以前总笑话他。对于画画那种事，他绝对没有天赋。”

“当然，这肯定只是个借口。”麦克安德鲁太太说。

斯特里克兰夫人仔仔细细地想了一会儿。显而易见，她对我的话完全没有头绪。这间客厅如今布置得像样了一些，她的主妇本能终于还是占了上风；房间里再也没有刚出事那会儿我来看她所见到的冷清，不再像一座已经装修好了很久也没租出去的屋子。可是我已经在巴黎见过了斯特里克兰，现在很难再想象他会待在这样的屋子里了。我想，他们也不可能从来都没想过，斯特里克兰身上有某些怪异的地方吧。

“但是如果他想成为一名艺术家，为什么不说出来呢？”斯特里克兰夫人终于开口问道，“我可以说，我无论如何都不会对——对那样的抱负漠然置之的。”

麦克安德鲁太太抿起了嘴唇。我估计她从来就不赞成她的妹妹去结交那些搞艺术的人，她曾嘲讽地把“文艺”说成“玩意儿”。

斯特里克兰夫人继续说道：

“毕竟，如果他有什么天赋的话，我应该是第一个给他鼓励的人。我不会介意做出牺牲。我更愿意嫁给一名画家，而不是一个股票经纪人。如果不是为了孩子们，我什么都不会介意。我可以住在切尔西一间破烂的画室里，就像住在这套公寓里一样开心。”

“亲爱的，我简直没法听下去了，”麦克安德鲁太太嚷了起来，“你该不会说，你真的信了那种胡说八道吧？”

“但我觉得情况属实。”我婉转地说了一句。

她没趣儿地白了我一眼。

“男人不会到了四十岁还放下事业，抛家弃子地去当个画家，除非有个女人在里面掺和。我猜他是遇上了你的某个艺术家朋友，那女人让他昏了头。”

斯特里克兰夫人苍白的脸颊忽然有些泛红了。

“她长得怎么样？”

我有点犹豫。我知道这不啻一颗炸弹。

“他身边没女人。”

麦克安德鲁上校和妻子嚷嚷着说绝不可能，斯特里克兰夫人甚至蹭地一下站了起来。

“你的意思是说，你一直没见到她吗？”

“根本没有其他人。就只有他一个人。”

“这太荒谬了。”麦克安德鲁太太喊道。

“我就知道该亲自去一趟，”上校说，“我敢打赌，我一定很快就能把那个女人找出来。”

“我真希望你去了，”我有些讥讽地回答，“你会发现你的每个猜测都是错的。他根本不在什么豪华酒店里。他住的是个极其寒酸狭小的房间，那地方乱七八糟的。他就算离开了家，也没过什么花天酒地的生活。他几乎身无分文。”

“你是说，他做了我们不知道的事，所以现在要躲着警察吗？”

这个推测让他们忽然生出了一线希望，但我完全没那个意思，他们是在想入非非。

“如果是这样，那他把自己的住址告诉了合伙人不就太傻了吗，”我毫不留情地反驳，“无论如何，有一点我很肯定，他没有和任何人一起走，他没有爱上谁。他也没有失去理智。”

他们都思索着我的话，房间里安静了下来。

“好吧，如果你说的都是真话，”麦克安德鲁太太终于开了口，“那事情并没有我想得那么糟糕。”

斯特里克兰夫人看了她一眼，但什么都没说。

她的脸色现在非常苍白，细腻的额头有些发黑，眉头低了下来。我捉摸不透她脸上的表情。麦克安德鲁太太还在继续说：

“如果这只是一时冲动，那他很快就会醒悟了。”

“你为什么不去找他呢，艾米？”上校怂恿道，“你没有理由不去巴黎和他生活一年啊。我们会帮你照顾孩子们的。我敢说他不久就会厌烦了。迟早他会盼着回到伦敦来，那样就不会搞得不可收拾了。”

“要是我可不会那么做，”麦克安德鲁太太说，“他要想上吊，我就给他绳子。他会夹着尾巴回来重新过舒服日子的。”麦克安德鲁太太冷冷地看了她妹妹一眼，“你和他在一起有时候也太马虎了吧。男人都是些奇怪的生物，女人得知道怎样驾驭他们。”

麦克安德鲁太太道出了自己关于两性认识的公理，男人总是没心没肺的禽兽，总想离开那个依附着他的女人；而一旦他真的离开了，又是女人的过错了。心动的理由并非理智能够理解的。

斯特里克兰夫人缓缓地看了看我们每个人。

“他不会回来了。”她说。

"哦，亲爱的，想想我们刚才听到的那些。他早就习惯了养尊处优的生活，习惯了有人照顾着他。你觉得他能在一家破酒店的破房间里住上多久呢？而且，他也没什么钱了。他肯定会回来的。"

"我原本以为他和哪个女人私奔了，那时候，我想着或许还有一线希望。我不相信那种事会有什么结果，最多不过三个月他就会厌倦那个女人。但他如果不是因为爱上谁了才走的，那一切就彻底完了。"

"哎，我觉得你说得这些太微妙了吧，"上校说，他那种传统的人士是无法理解这种人性的，他极其不屑地说出"微妙"这个词，"那怎么可能，他肯定会回来的，就听多萝西[①]的吧，我敢说让他闹腾一阵，也不见得会更糟。"

"但我不想让他回来了。"她说。

"艾米！"

怒火已经吞噬了斯特里克兰夫人，她的脸气得煞白，一点血色都没有。她语速飞快地说了起来，几乎没有喘气。

"如果他是不可自拔地爱上了谁，跟着她跑了，我本来还可以原谅。我原本觉得那是很自然的一件事。我原本真的不会去责怪他，我原本以为他是被人牵着走的。男人总是那么软弱，女人又那么不择手段。但现在不同了。我恨他。我现在永远也不会原谅他了。"

麦克安德鲁上校和他的妻子开始一起劝她。他们都吓了一跳，说她这是疯了。他们理解不了。斯特里克兰夫人绝望地转向我。

"你也不明白吗？"她喊道。

---

① 麦克安德鲁上校的妻子。

“我不太有把握。你是说，你可以原谅他为了某个女人离开你，而不是某个想法是吗？你觉得对前者还可以较量，对后者却无能为力是吗？”

斯特里克兰夫人目光森然地看了我一眼，但没有回答。也许我说到了她的痛处吧。她继续用低沉颤抖的声音说：

“我从来没想过恨一个人可以恨到如此地步。你知道吗，我还一直安慰着自己，想着无论多久，到最后他还是会需要我，想着他在临终之前会让人来找我，我也准备好了回到他身边，我曾经像母亲一样照顾着他，所以到最后，我还是会告诉他，没关系，我永远爱他，我原谅他所做的一切。”

女人们的这种热情实在让我有点惶恐，她们总想着要在爱人的临终床榻边好好表现一番。有时候我甚至觉得她们不愿意男人寿命太长，是因为担心推迟了她们演出这幕好戏的机会。

“但现在——一切都结束了。他对我来说就是个陌生人。我希望他在潦倒、穷困、饥饿中死去，身边一个朋友都没有。我希望他染上恶疾，全身腐烂。我跟他之间彻底结束了。”

我觉得是时候告诉她斯特里克兰的建议了。

“如果你想和他离婚，他非常愿意尽力促成此事。”

“我为什么要给他自由？”

“我觉得他并非想要自由吧。他只想着这样对你会更方便些。”

斯特里克兰夫人没等我说完就耸耸肩。我觉得，我对她有点失望了。我那时还期待着人们是表里如一的，可却苦恼地发现，那么美丽的生物，竟包藏着如此恶毒的心肠。我那时候还没有意识到，一个人的性格是极其复杂的。而现在我已经明白，卑劣与高贵、恶意与善意、憎恨与爱慕可以互不排斥地存在于同一个人心中。

我想着能不能说些什么，让折磨着斯特里克兰夫人的刻骨羞辱感可以减轻一些。我想，我应该试一试。

“要知道，也许你的丈夫并不能对自己的行为负责。他可能已经不是他自己了。在我看来，他似乎受制于某种力量，已经身不由己了；在这种力量的掌控中，他也无能为力，就像一只苍蝇被困在一张蜘蛛网里。就好像有人对他施了咒语。我记得人们常说的那些奇怪的故事，另一种人格进入了一个人的身体，把之前的人格赶了出来。人的灵魂在躯体中并不安稳，常常会发生一些神秘的转变。若是在以前，人们会说查尔斯·斯特里克兰被魔鬼附身了。”

麦克安德鲁太太抚了抚膝盖下的裙摆，两只胳膊上的金手镯滑落到了手腕上。

“这话听起来太牵强了，”她的语气有些刻薄，“我不否认，艾米对她的丈夫也许过于放任了。如果她没有整天忙着自己的事，我想她不会一点儿都没察觉到斯特里克兰的异样。我看要是亚历克心里揣着什么事，他不可能揣上一年多，而我却丝毫都不知道。”

上校目光茫然地瞪着半空，我好奇这会儿还有谁比他看起来更憨厚诚恳。

“但这掩盖不了查尔斯·斯特里克兰狼心狗肺的事实。”她严肃地看着我，“我可以告你他为什么离开妻子——纯粹是自私自利，没有别的理由了。”

“这确实是最简单直接的解释。”我说。但我心里却在想，这其实什么都没解释。说到这儿，我声称累了，起身告辞。斯特里克兰夫人也并没有挽留我的意思。

# 第十六章

后来发生的一些事情表明，斯特里克兰夫人是个性格坚强的女人。无论经受了多大的痛苦，她都放在了心里。她敏锐地发现，世人很快就会厌倦无休无止的诉苦，所以她自觉地收起了那副凄惨的模样。无论何时外出——由于同情她的遭遇，朋友们都很热心地款待她——她的行为举止都无可指摘。她坚强勇敢，但不会表现得太明显；她有说有笑，又不会言辞刻薄；她似乎更渴望为别人分忧解难，而不是讨论自己的遭遇。每次提起她的丈夫，她总是表示很可怜他。她对他的这种态度最初让我感到很困惑。但有一天，她忽然对我说：

“你知道吗，我确信你弄错了，查尔斯不是一个人。我也打听到了一些情况，具体从哪儿听来的我不能告诉你，但从这些情况来看，我知道他不是一个人离开伦敦的。”

“那样的话，他果然有些天赋，能够隐藏住自己的行踪。”

她别过头去，微微有些脸红。

“我的意思是，如果有谁跟你说起这件事，说他和别人私奔了，请你不要去争论什么。”

“当然不会。”

她很快换了个话题，似乎这是一件无关紧要的事。不久后，我发现有个奇怪的故事在她的朋友圈里流传。他们说，查尔斯·斯特里克兰迷上了一位法国舞蹈家，他第一次见到那个女人是在帝国大剧院的芭蕾舞表演上；然后，他陪着她一起去了巴黎。我无法查明流言究竟从何而起，但特别奇怪的是，这让斯特里克兰夫人赚得了不少同情，与此同时，也让她的名望增加了不少。对于她后来决定从事的工作而言，也很有些好处。麦克安德鲁上校曾说她会身无分文，这并非言过其实，所以，她得尽快谋个生路。她打定了主意，想通过她认识的那么多作家来赚取收入，所以抓紧时间开始学速记和打字。她曾受过的教育让她成了一个超出一般水准的高效打字员，而她的故事使她的求职变得更有吸引力。她的朋友们纷纷承诺会给她工作，还特别把她推荐给所有其他的朋友。

麦克安德鲁夫妇膝下无子，生活环境又很优越，便帮她照顾起两个孩子，她只需养活自己就行了。她搬出了公寓，卖掉了家具，在威斯敏斯特区的两间小房安顿了下来，开始面对一个全新的世界。她那么精明干练，肯定可以闯出一番成就。

# 第二部

## 巴黎

# 第十七章

这件事过去了大约五年后，我决定去巴黎生活一段时间。我在伦敦待得快要长霉了，厌倦了每天都差不多做同样的事。朋友们都在踏踏实实地追寻着自己的道路，平淡无奇，再也没有给我什么惊喜。每次遇见他们，不待他们开口，我就清楚地知道他们会说些什么，就连他们的桃色事件都那么无聊老套。我们就像一辆辆有轨电车，各自运行在自己的轨道上，从一个终点到另一个终点，就连车上会搭乘多少名乘客，也能大致算得出来。生活按部就班地过着，简直是太井然有序了。我觉得有些心慌。于是，我放弃了自己的小公寓，卖掉了几件家具，决定去开始另外一种生活。

在离开前，我去看望了斯特里克兰夫人。我有段日子没见过她了，我注意到她有些变化。她不仅老了、瘦了，皱纹也比以前多了，就连性格也有些改变。她的业务做得很成功，如今在赞善里设了一间办公室；她已经很少亲自打字了，更多是花时间校改她聘用的四个女孩所做的工作。她想让文稿有种精致的感觉，所以大量地使用蓝色和红色的墨水；她把稿件用各种浅颜色的粗质封面纸装订起来，乍一看有点像波纹绸缎。她给人的稿件以整洁干净、准确无误而出了名。她赚到了钱。但她始终摆脱不了自己赚钱有点不太体面的想法，所以和别人谈话时，总会有意提醒对方，她生来就是个养尊处优的女人。她会忍不住在谈话里提起一些熟人的名字，让你知道她的社会地位并没有降低。她对自己的谋生勇气和经商能力感到有些羞耻，却很开心第二天晚上会与一位住在南肯辛顿的皇家法律顾问共进晚餐。她很愿意告诉你，她的儿子上了剑桥；而提起女儿刚刚进入社交界，舞会上就有许多人想邀请她跳舞时，她的脸上一直带着微笑。我想，我可能说了一句很蠢的话。

“她会来给你帮忙吗？”我问。

“当然不会，我不会让她做那些事的。”斯特里克兰夫人回答，“她长得那么漂亮，一定会嫁个好人家。”

“我还以为这对你会是个帮助。”

“有几个人曾经找过我，说她可以上舞台表演，我当然不可能同意。所有的首席剧作家我都认识，可以立刻给她派个角色，但我不希望她和那帮杂七杂八的人混在一起。”

斯特里克兰夫人的排斥态度让我心里有点发凉。

“你后来听到过你丈夫的消息吗？”

“没有，杳无音信。据我所知，他可能死了吧。”

“我也许会在巴黎遇见他。如果我知道什么消息，需要知会你一声吗？”

她犹豫了一会儿。

“如果他真的有需要，我愿意给他一点儿帮助。我可以寄给你一笔钱，你可以每次给他一点儿，在他急需的时候。”

“你太善良了。”我说。

但我知道，她这样的慷慨并不是善意。有人说苦难会锻造崇高的品质，这并不是真的；幸福得意往往会让人做出高尚的举动，而苦难，大多数时候只会让人变得狭隘狠毒。

# 第十八章

事实上，我在巴黎住了不到两个星期就遇见了斯特里克兰。

我很快在仕女街一栋楼房的五层楼租了一套小公寓，又花了几百法郎从二手商店里买齐了家具，把公寓布置了起来。我又和看门人商量好，请她每天早上帮我做好咖啡，替我收拾房间。然后，我便去看望我的朋友德克·施特弗了。

德克·施特弗是那种人，你只要一想起来——看每个人的性格不同——要么会忍不住发笑，要么会尴尬地耸耸肩。造物主把他塑造成了一个荒诞角色。他是个画家，却是很蹩脚的那种。我之前在罗马和他认识，至今对他的画还记忆犹新。他全身心地派倒在庸俗的脚下，他的灵魂悸动着对艺术的一往情深，他画的模特是罗马西班牙广场贝尼尼式阶梯上的闲游者，而且，一点都不觉得他们的美失真。他的画室里到处都是画布，上面画着一些八字胡、大眼睛、戴着尖顶帽的农民，一些穿着破烂礼服的小叫花子，以及一些穿着亮色衬裙的女人。这些画里的人物，有时候在教堂的阶梯上懒洋洋地坐着，有时候在万里晴空下的一片柏树丛中嬉戏，有时候他们在一口文艺复兴式的水井边调情，有时候他们跟在一辆牛车的旁边，穿越意大利的坎帕尼亚平原。这些人物都被描画得很仔细，涂得很认真，就连摄影师也拍不出比那更加逼真的感觉。在美第奇别墅[①]学习的一位画家曾称他为画巧克力盒的大师。看着他的画，你会觉得莫奈、马奈，还有其他的印象主义派画家似乎从来没有存在过。

“我知道自己不是个伟大的画家，”他说，“我不是米开朗基罗，不是，可我也有点本事。我的画能卖出去。我把浪漫带进了各种人的家里。你知道吗，我的画不仅在荷兰有人买，就是在挪威、瑞典和丹麦，也都有人买。买画的大多是商人，有钱的生意人。你无法想象在那些国家冬天是什么样的，那么漫长，那么漆黑，那么寒冷。他们喜欢把意大利当成我画里的样子。那就是他们想看到的意大利，也是我没来这里之前想象中的意大利。”

所以我想，那就是永远定格在他心里的画面了，这个幻景蒙蔽了他的眼睛，让他再也看不见真实；而无论事实多么残酷，他总是用自己幻想的目光，看见一个到处都是浪漫主义的侠盗，和虽满是断壁残垣却依旧美丽如画的意大利。他画的是一幅不切实际的画，只存在于他的理想中——简单，普通，很陈旧，但始终不切实际，可这让他画里的那些人物有了一种特别的魅力。

正因为我有这种感觉，德克·施特弗对我而言，并不像在别人眼里那样，仅仅是个嘲讽的对象。他的画家同行们公然鄙视他的作品，但他确实赚了很多钱，而这些人却把他的钱包当成是自己的一样，都毫不犹豫地从他的钱包里掏钱用。他很慷

① 美第奇别墅，位于西班牙广场上方的平乔山顶，1803年成为罗马法国学院所在地。

慨大方，于是那群贪婪的人一边厚颜无耻地找他借钱，一边嘲笑他竟然天真地相信了他们编造的凄惨故事。他非常重感情，很容易被感动，然而，他那容易被打动的感情里却含有某种愚蠢的东西，每每让人接受了他的善意，却一点儿也不感激他。从他那儿拿钱就像抢劫一个孩子那么容易，因为他太好欺负，所以你鄙视他是因为他太蠢了。我能想象一个对自己灵巧的手指倍感自豪的窃贼，对一个在马车上落下了装着自己所有珠宝的化妆包的粗心大意的女人，肯定会有一种愤怒的感觉。造物主把施特弗造就成了一个笑料，却又不让他对此无动于衷。关于他的许多笑话，或确有其事，或胡编乱造，却自始至终是他自己掏钱造成的。他在这些笑话里蠕动挣扎着，却从来没有停止过给那些人提供笑料，就像他是有意这么做似的。他一直受到伤害，然而又太善良温厚了，根本不会去怨恨：虽然这条毒蛇咬了他，但他从来不吸取教训，所以很快恢复如初，忘了伤痛，再次把毒蛇温柔地抱进了怀里。他的人生是用无厘头的滑稽剧格式写成的一出悲剧。因为我没有嘲笑过他，所以他对我很是感激，常常把一大堆苦恼事诉诸我同情的耳朵，然而最悲哀的是那些委屈总是很荒唐，所以事情越悲惨可怜，也就越让你觉得好笑了。

他虽然是个糟糕的画家，对艺术却有一种敏锐的鉴赏力，所以，和他一起参观画廊是一种难得的享受。他的热情很真诚，评论也很深刻。他兼容并包，不仅对十六至十八世纪绘画大师的作品真心赞赏，对现代派的作品也青睐有加。他善于发掘有才能的新人，也从不吝惜溢美之词。我想，我从未认识比他判断得更准确的人了。他比大多数画家的知识素养高。与其他画家不同，他不会忽略那些相关的艺术领域，他对音乐和文学的品位让他对绘画的理解更加深刻，也更加广博。对于一个像我这样的年轻人，他的建议和指导有着无与伦比的价值。

我离开罗马以后一直和他保持着书信来往，大约每两个月会收到一封他用蹩脚的英语写出来的长信，字里行间似乎总能看到他谈话时那种急切而又热情、双手挥舞的模样。我去巴黎前不久，他娶了一个英国女人，现定居在蒙马特尔区的一间画室里。我已经四年没见过他了，更从未见过他的妻子。

# 第十九章

事先我没有告诉施特弗我来到了巴黎，所以我在他画室门口按响门铃后，他打开门好一会儿竟然没认出我来。但他紧接着就大喊了一声，又惊又喜地拉着我进了房间。受到这样热情的欢迎实在是一件叫人高兴的事。他的妻子正坐在火炉边缝衣服，看见我进来，立刻站起身。施特弗把我介绍给她。

“你还记得吗？”他对她说，“我常常和你提起他。”然后又对我说：“可你为什么不告诉我你要来呢？你来了多长时间了？打算在这里待多久？怎么不早来一个小时呢？那样我们好一起吃晚餐啊。”

他狂轰滥炸地扔了一堆问题给我。他让我坐在了一把椅子上，像拍坐垫似的拍了拍我，给我递上了雪茄、蛋糕和红酒。他不停地为我忙碌，一会儿伤心没有威士忌了，一会儿想给我煮咖啡，一会儿又绞尽脑汁地想还能为我做些什么。他兴高采烈，乐呵呵地忙了一身汗。

“你一点儿都没变。”我笑着打量着他。

他和我记忆中的一样，还是那样惹人发笑。他是个又矮又胖的男人，一双短腿，还很年轻——最多也不过三十岁——可却已经秃顶了。他的脸圆乎乎的，面色红润，皮肤很白，脸颊和嘴唇都红扑扑的。他那双蓝色的眼睛也是圆滚滚的，还戴着一副金边大眼镜，眉毛却稀疏得几乎让你看不见。看着他，会让你想起鲁本斯[①]画笔下那些乐呵呵的胖商人。

我告诉他，我打算在巴黎住上一段时间，而且已经租下了一套公寓。他狠狠地责怪我事先没有让他知道，要不然，他会亲自帮我找一套公寓，再借给我几样家具——还问我真的花冤枉钱去买了吗？——然后，他还会帮着我搬进去。我没有给他机会让他为我效劳，实在是太不够朋友了。与此同时，施特弗太太静静地坐在那儿补袜子，一言不发，听着他滔滔不绝，嘴角挂着一丝安详的微笑。

“瞧，你也看到了，我结婚了，”他忽然说，“你觉得我的妻子怎么样？”

他冲她笑笑，扶了扶鼻梁上的眼镜。那里汗涔涔的，让眼镜总是往下滑。

“你到底想听我怎么回答呢？”我笑了起来。

“可不是嘛，德克。”施特弗太太笑着插了一句。

“难道她不是个很棒的女人吗？我告诉你，朋友，别蹉跎岁月，赶紧结婚吧，越快越好。我是全天下最快乐的男人了。看她坐在那儿，不像一幅画吗？夏尔丹[②]的画，不像吗？我已经见过了世界上最漂亮的女人，我没见过有比德克·施特弗太太更美的了。”

“如果你再不安静点儿，德克，我可要出去了。”

---

① 彼得·保罗·鲁本斯（1577—1640），巴洛克画派早期代表人物，西班牙驻外大使。

② 夏尔丹（1699—1779），法国画家，深受启蒙主义文化影响，擅长画静物和市民日常生活场面。

“我的小可爱。”他说。

他语气中的热情让她有点不好意思，羞红了脸。他在信中告诉过我，他深爱着他的妻子，我见他简直无法从她身上挪开视线。我看不出来她是不是也爱他。这个可怜的傻瓜，他可不是那种会招人爱的角色，但她眼里的笑却饱含着爱意，很有可能她的内敛中也藏着深深的感情。她并不是他醉眼蒙眬中所看见的那个尤物，但自有一种端庄清秀之美。她个子很高，身上虽然只穿了一件样式简单却剪裁得体的灰色长裙，但并没有掩盖住她身段优美的事实。这样的身材更容易吸引雕塑家，而不是服装商。她浓密的褐色头发简简单单地挽在脑后。她的脸白得没有血色，五官很好看，但不算出众。她有一双宁静的灰色眼睛。她只差一点儿就是个美人了，但也就是差了这么一点儿，结果让她连漂亮都称不上了。但施特弗提到夏尔丹不是没有道理的，她让我不无好奇地想起在这位伟大画家笔下成为不朽之作的那位戴着头巾、穿着围裙的快乐主妇。我可以想象出她在锅碗瓢盆间从容地忙碌着，把家务活儿做成了一种仪式，从而让这些活儿有了道德上的重大意义。我不去揣测她是聪明还是有趣，但她专心致志的样子引起了我的兴趣。她的内敛并非没有神秘之处。我在想她为什么嫁给了德克·施特弗。虽然她是个英国人，但我却无法准确地判断她属于哪一类人，而且也看不出来她来自哪个社会阶层，有怎样的家庭背景，或者婚前过着怎样的生活。她非常安静，但说话的时候声音悦耳动听，行为举止也很自然。

我问施特弗他最近画没画过什么东西。

“画画？我现在画得比以往任何时候都好得多。”

我们坐在这间画室里，他挥手指着画架上一幅未完成的画。我愣了一下。他画的是一群意大利农民，穿着坎帕尼亚的装束，懒洋洋地坐在罗马教堂的台阶上。

“那是你正在画的作品吗？”我问。

“是的。我可以在这里找到模特，就像在罗马一样。”

“你不觉得这画儿很美吗？”施特弗太太说。

“我的这位傻太太总觉得我是个伟大的画家。”他说。

他带着歉意的笑并没有掩饰住心里的快乐。他的眼睛在那幅画上停留了一会。真是奇怪，他的批判意识在针对其他人的作品时那么敏锐且不落俗套，但对自己那些平庸陈腐、俗不可耐的画却那样自鸣得意，让人无法理解。

“让他看看你别的画儿。”她说。

“还要看吗？”

德克·施特弗虽然对朋友们的嘲弄感到非常痛苦，但他渴望得到赞赏，又颇为自满，所以从来就忍不住想展示自己作品。他拿出一幅两个卷发意大利小叫花子在打弹珠的画。

“这两个孩子多可爱呀！”施特弗太太赞叹道。

然后，他给我看了好几幅画。我发现他在巴黎画的还是他多年来在罗马已经画烂了的、显然为美而美、花里胡哨的东西。这样的作品一点也不真实，而且粗制滥造，但事实上，没有人能比德克·施特弗更实在、更真诚、更坦率了。这种矛盾谁能解释得了呢？

我不知怎么忽然问他：

“我说，你有没有遇见过一位叫查尔斯·斯特里克兰的画家？”

“你该不会说你认识他吧？”施特弗喊了起来。

“那人太没教养了。”他妻子说。

施特弗笑了起来。

“我的小可怜儿。”他走过去，吻了吻她的两只手。“她不喜欢他。你竟然认识斯特里克兰，真奇怪！”

“我不喜欢没教养的人。”施特弗太太说。

德克还在笑，他转过身来向我解释。

“你瞧，我有天请他到这里来，看看我的画。没错，他来了，于是我给他看了我所有的画。”施特弗犹豫了一会儿，样子有些尴尬。我不知道他为什么要讲这个让他羞于启齿的故事，到最后他觉得很难堪，不知道该怎么讲完。“他看着——看着我的画，却什么也没说。我以为他想看完再给评价。于是，我最后说：‘喏，就这么多了！’他却说：‘我来是想找你借二十法郎。’”

“德克还真的给他了。”他的妻子愤愤不平地说。

“我当时吓了一大跳。我不喜欢拒绝别人。他把钱放进口袋，只点了点头，说了声‘谢谢’，然后就走了。”

德克·施特弗讲故事的时候，那张傻乎乎的圆脸上露出了一个震惊的表情，让人看了不由得想笑。

“他要说我的画儿不好，我也认了，但他没说——什么都没说。”

“你还老是得意地把这故事讲给别人听，德克。”他的妻子说。

然而令人扼腕的是，人们更容易被这个荷兰人的滑稽样子给逗乐，而不是觉得斯特里克兰的粗暴态度可气。

“我希望再也不要看到他了。”施特弗太太说。

施特弗笑着耸耸肩。他又恢复了一副乐呵呵的模样。

“事实上，不可否认，他是个伟大的艺术家，一个非常伟大的艺术家。”

“斯特里克兰？”我惊叹起来，“我们说的肯定不是同一个人。”

“一个长着红胡子的大高个儿。查尔斯·斯特里克兰。一个英国人。”

“我认识他那会儿，他还没留胡子，但他如果长了胡子出来，那肯定是红色的。但我在说的这个人五年前才刚刚开始画画。”

“就是他。他是个伟大的艺术家。”

“不可能。”

“我有看错过吗？”德克问我，“我告诉你他有天分。我坚信这一点。一百年后，如果你和我还有人记得的话，那肯定是因为我们认识查尔斯·斯特里克兰，沾了他的光。”

我震惊了，与此同时又非常兴奋。我忽然想起最后一次和他谈话。

“上哪儿可以看到他的作品？”我问，“他已经有成就了吗？他住在哪儿？”

“没有，他还没什么成就。我想他还从来没有卖出过一幅画。你跟人们提起他，人们只会哈哈大笑。但我知道他是个伟大的艺术家。毕竟，人们也笑过马奈。柯罗更没卖出过一幅画。我不知道他住在哪儿，但我可以带你去见他。他每天晚上七点会去克利希大道上的一家咖啡馆。如果你愿意，我们明天可以一起去那儿。”

“我不知道他是不是愿意见到我。我想，我可能会让他想起一段他宁愿忘掉的日子。但我还是会去的。有没有机会看看他的画呢？”

“别想从他那儿看到。他什么都不会给你看的。我认识一个卖画的小商人，他那儿有两三幅。但你一定不能自己去看，你肯定看不懂。我一定要亲自给你讲讲那些画。”

“德克，你让我听不下去了，”施特弗太太说，“他那样对你，你怎么还能像刚才那样说他的画呢？”她转过来对我说：“你知道吗，有些荷兰人来这里买德克的画时，他还特意劝他们买下斯特里克兰的画。他一定要让斯特里克兰把画拿到这儿来给他们看。”

“你觉得那些画怎么样？”我笑着问她。

“糟糕透了。”

“哈，亲爱的，你不懂。”

“哼，你那些荷兰老乡简直都被你气坏了。他们都觉得你在拿他们寻开心呢。”

德克·施特弗摘下了眼镜，擦了擦镜片。他红扑扑的脸庞激动得放光。

“为什么你认为美——这种世上最宝贵的东西——就应该像沙滩上的一块石头一样，可以随便地被无心的路人拾起来呢？美是艺术家在灵魂的煎熬中从混乱的世界里提炼出来的神奇而怪异的东西，而他把美制造出来的时候，并不是所有人都能懂得。若要认识这种美，你必须重复这位艺术家的历程。美是艺术家为你而唱的一段动听旋律，如果要让它在自己心中再现，你要有丰富的知识、敏锐的感知和足够的想象力。”

“但为什么我一直觉得你的画很美呢，德克？我第一次看到就喜欢上这些画了。”

施特弗双唇有些颤抖。

“去睡吧，宝贝儿。我要和我们的这位朋友去散散步，很快就回来。”

# 第二十章

德克·施特弗答应第二天晚上来接我，带我一起去那家最有可能找到斯特里克兰的咖啡馆。我觉得非常有趣，那正是上次我来巴黎见他时和他一起喝苦艾酒的地方。这么多年，他连消遣的地方都没有更换，这个事实说明，他的习惯不易改变。在我看来，这似乎是一种个性。

“看到他了。”施特弗说。我们到了咖啡馆外。

虽然已经入秋，但夜晚依然温暖，路边的那些桌子已经坐满了。我放眼望去，没看见斯特里克兰。

“瞧，就在那儿，在那个角落里。他在下棋。”

我发现有个人正低头看着棋盘，只能看到他的大毡帽和红胡子。我们从桌子中间穿了过去，走到了他旁边。

“斯特里克兰。”

他抬起头。

“哈呀，胖子。来找我干吗？”

“我带了个老朋友来见你。”

斯特里克兰瞅了我一眼，显然没认出我来。他又去看他的棋盘了。

“坐下吧，别出声。”他说。

他走了一步棋，全神贯注地沉浸在这个游戏中。不明就里的施特弗困惑地看了我一眼，但我完全没有在意。我点了一份喝的东西，安静地等他把棋下完。趁着这个机会，我好好地打量了他一番。我肯定不可能认出他来。首先，他蓄起了蓬乱的红胡子，把大部分脸都遮住了，头发也留长了很多；但他最令人吃惊的变化是极度的瘦，这让他的大鼻子显得挺得更傲慢了，颧骨也更加突出，他的眼睛看起来也更大了。他的两个太阳穴深深地凹了下去。他的身体瘦得只剩下了皮包骨。他还穿着五年前的那件外套，又旧又脏，破破烂烂，那衣服松松垮垮地套在他的身上，仿佛是按别人的身材做的。我注意到了他的手，长长的指甲，脏兮兮的，只能看见筋和骨，手掌大而有力，但我不记得过去这双手有那么匀称。他坐在那儿专心致志下棋的样子给我留下了非常特别的印象——仿佛他的身体里蕴藏着一股巨大的力量。我不明白为什么会这样，他的瘦削似乎让这个印象更强烈了。

不一会儿，他走了一步，身子往后一靠，却有点心不在焉地看着他的对手。那是个留着胡子的法国胖子。那法国人看了看棋盘上的局势，忽然肆意爆了几句粗口，便胡乱收了棋子，倒进棋盒里去了。他无所顾忌地咒骂了斯特里克兰一番，又叫来服务员，付了酒钱，然后离开了。施特弗把椅子往里挪了挪。

“我想现在可以说话了吧。”他说。

斯特里克兰的目光落在了他身上，那双眼睛带着一种邪恶的神情。我敢肯定他想说点什么不太好听的话，但一时又想不出来，只好沉默不语。

“我带了个老朋友来见你。”施特弗又说了一遍，笑得很灿烂。

斯特里克兰仔仔细细地看着我，几乎看了一分钟的时间。我没说话。

“我从来没见过这个人。”他说。

我不知道他为什么这样说，我分明看到他有一丝认出我的眼神。我不再像前些年那么容易窘迫了。

“前几天我刚见过你的妻子，”我说，“我敢肯定你想听听她的近况。”

他大笑一声，眼睛眨了眨。

“我们那晚聊得很开心啊，”他说，“过了多久了？”

“五年。”

他又要了一杯苦艾酒。施特弗滔滔不绝地说起他和我是怎样认识的，又怎么意外地发现我们都认识斯特里克兰。我不知道斯特里克兰是否在听。他若有所思地看了我一两眼，似乎仍然沉浸在自己的思绪里，若没有施特弗的喋喋不休，这场谈话肯定会很艰难。半个小时后，这位荷兰人看了看表，说他必须走了。他问我要不要一起走。我想，如果单独和斯特里克兰坐坐，我也许可以问出点什么来，于是对他说我想留下来。

等这个胖男人走了，我对他说：

“德克·施特弗觉得你是个伟大的艺术家。”

“你觉得我他妈的在乎吗？”

“可以让我看看你的画吗？”

“为什么要让你看？”

“我也许想买一幅。”

“我也许不想卖。”

“你过得好吗？”我笑问。

他呵呵一笑。

“我看起来像过得很好吗？”

“你看起来快要饿死了。”

“我确实快饿死了。”

“那好，我们一起去吃个晚餐吧。”

“你为什么要请我？”

“不是施舍，”我冷静地回答，“你饿不饿死我根本不在乎。”

他的眼睛亮了起来。

“那就走吧，”他说着站起身，“我倒是很想像样儿地吃上一顿。”

# 第二十一章

我跟他去了一家他挑选的餐厅，顺道买了一份报纸。我们各自点了餐，我便把报纸竖在一瓶圣加尔米耶酒上读了起来。我们默默地吃饭。我感觉他时不时会朝我看两眼，但我根本不理会。我要迫使他主动找我说话。

“报纸上有什么新闻吗？”即将吃完这顿寂静的晚餐时，他开了口。

他的语气中似乎有点不满的腔调。

“我一直很喜欢看剧评专栏。”我说。

我把报纸叠了起来，放在旁边。

“我觉得吃得还不错。”他聊了起来。

“那就在这儿喝咖啡吧，怎么样？”

“行。”

我们点起了雪茄。我一声不吭地抽了起来。但我发现，他的目光时不时就会落在我的身上，隐约闪着些笑意。我耐心地等待着。

“上次见面之后，你都做了些什么？”他终于问了起来。

我没什么好说的。无非是努力工作，折腾不多，也做过些尝试，不是这个方向，就是那个方向，渐渐地读多了几本书，也见识了一些人，也积累了些人情世故。我刻意不去问斯特里克兰他在做什么，我装作对他没有丝毫兴趣。最后，我的策略生效了。他开始谈论自己。但他不善于表达，三言两语就说完了，整段经历支离破碎，我不得不凭借自己的想象来填补其中的空白。再也没有什么会比仅能从只言片语中了解一个让我感兴趣的人更令人心痒难耐了，这就像在阅读一份残缺的手稿。我仿佛看见了他的生活，那种面对着各种艰难困苦的痛苦挣扎；但我也非常清楚地意识到，在大多数人看来似乎非常可怕的事，却根本影响不到他。斯特里克兰与大多数英国人的截然不同之处就在于，他对安稳舒适的生活完全不屑一顾，他永远不会为了住在一间破房子而懊恼，他不需要周围什么漂亮的摆设。我估计他从来没有发现，我第一次见他时的那间房里贴着的墙纸有多么脏。他不需要坐在扶手沙发里，他坐在硬板凳上会更觉得自在。他吃起东西来胃口很好，但他根本无所谓吃了什么；对他而言，吃东西只是为了果腹。没有东西吃的时候，他似乎也能对付。从谈话中，我得知他仅凭每天一条面包和一瓶牛奶度过了六个月。他是个耽于声色的男人，却似乎又对这些事情漠然置之。他没有把贫困当成苦难，他就这样过着纯粹的精神生活，这里面有某种让人印象深刻的东西。

从伦敦带来的一小笔钱很快就用完了，但他没有惊慌失措。他一幅画也没卖出去，我想他也没尝试过要卖画。他开始想办法挣钱。他用自我解嘲的语气告诉我，有段时间他曾给那些想领略巴黎夜生活的伦敦人当向导。这份工作很适合他那种喜欢冷嘲热讽的脾气，所以不知怎的，他逐渐熟悉了巴黎那些声誉不太好的地方。他告诉我，他总是花很长时间在马德莱娜大道附近走来走去地找英国人，最好是喝了酒不太清醒的英国人，那些人特别想看一些法律明令禁止的东西。运气好的时候，他能狠狠地赚上一笔，但他破破烂烂的衣服最后吓跑了观光客，他再也找不到人敢冒险跟着他走了。后来他偶然找到份翻译专利药品广告的工作，这些药要通过广播在英国的医药界做宣传，需要英语说明。有一次赶上罢工，他甚至还当过一名粉刷匠。

与此同时，他从来没停止过作画，但他很快厌倦了那个画室，于是关在屋子里一个人埋头苦干。他有时穷得连画布和颜料都买不起，而这两样东西恰好是他最需要的。从谈话中我了解到，他在绘画中遇到的困难很大，但又不愿接受任何人的帮助，所以，他浪费了很多时间去摸索技巧方面的问题，而这些问题其实前人早就逐一解决了。他似乎有所追求，我不清楚那是什么，或许他自己也不太清楚。我又一次强烈地感觉到，他是个身不由己的人。他似乎有些神志不清。在我看来，他不愿意展示自己的画是因为他真的对那些画不感兴趣。他像是活在一个幻梦里，现实对他毫无意义。我可以感觉到，他在帆布上作画的时候，好像把他强烈的个性力量全部倾注了进去，他忽略了其他一切，只想画出他用心灵之眼看见的景象，在他平息了那份灼烧着他的激情之后——而不是在画完了一幅画之后，我想到他很少画出一幅完整的作品——他就对那幅画完全不在意了。他对已经画出来的作品从来没有满意过，在他看来，与他心中挥之不去的画面相比，他的画根本无足轻重。

“你为什么从不把画作送去参展？”我问，“我以为你想知道人们的想法。”

“是吗？”

我无法形容他把这两个字说得有多鄙夷。

“难道你不想出名吗？对出名这种事，大多数艺术家都不会无动于衷。”

“幼稚。如果你对任何个人的意见都不在乎，又怎么会在乎一群人的意见？”

“我们并非人人都很理性啊。”我笑了起来。

“成名的是哪些人？是评论家、作家、股票经纪人、女人。”

“想到那些你不认识、也从没见过的人能被你的作品打动，或者泛起某种某些说不清道不明的旖旎遐思，或者炽热而强烈的情感冲动，难道这不会让你感觉很快乐吗？每个人都喜欢掌握权力。如果你能打动人们的灵魂，让他们怜悯或恐惧，难道不是一种奇妙的行使权力的办法吗。”

“耸人听闻。”

“那你为什么在意自己画得好不好？”

“我不在意。我只想画我所看见的。”

“假如我在一座荒岛上，确信除了自己没有任何人看我的文章，我很怀疑自己还能不能写下去。”

斯特里克兰很长时间没有说话，但他的眼睛里闪动着奇怪的光，他仿佛看见了某种点燃了他的灵魂让他感到狂喜的东西。

“有时候我会想到一座迷失在浩瀚海洋中的岛屿，我可以生活在某个人迹罕至的山谷中，周围是一片奇花异草的树林里，生活寂静而安宁。我想，我会在那里找到我想要的东西。”

当然，这并不是他的原话。他没有去描述什么，而是比比画画地在说，又磕磕巴巴地很不顺畅。于是我用自己的话把他想要说的讲了出来。

“回想过去五年，你觉得这样值得吗？”我问。

他定定地看着我，我明白他没听懂我的意思，于是解释了一下。

“你放弃了一个舒适的家，放弃了和普通人一样的幸福生活。你曾经很富有。但在巴黎，你似乎过得穷困潦倒。如果时光可以倒流，你还会这样做吗？”

“会。”

“要知道，你一直没问过你妻子和孩子们的情况。难道你从来没想过他们吗？”

“没有。”

“别他妈的回答得那么干脆行吗。对于你给他们造成的种种不幸，你就没有过片刻的懊悔吗？”

他咧嘴一笑，摇摇头。

“我原以为你有时会忍不住想起从前。我并不是说七八年以前，而是更早的时候，那时你刚刚遇上你的妻子，爱上了她，然后娶了她。你不记得第一次揽着她时的那种快乐吗？”

“我没有想过从前。对我来说，唯一重要的是当下。”

我仔细想了想这个回答。这话也许不太好懂，但我想，我有些明白他的意思了。

“你快乐吗？”我问。

“当然。”

我默然不语，定定地看着他，陷入了沉思。他也凝望着我，倏忽间眼里闪过一丝讥讽之意。

“你恐怕很厌恶我吧？”

“无稽之谈，”我立刻回答，“我对冷血动物谈不上什么厌恶，恰恰相反，我对他的心理变化很感兴趣。”

“你对我完全是出于职业兴趣吗？”

“是的。”

“你不该厌恶我才对。你同样有某种卑劣的性格。”

“也许正因如此，你才觉得和我相处很自在吧。”我反唇相讥。

他干笑了两声，但什么也没说。我很想知道该怎样形容他那种笑。我不敢说他的笑容很吸引人，但这笑容让他的脸上有了光彩，让他自始至终的阴郁表情一扫而光，露出了一副坏而不邪的样子。这是一个缓缓的笑，笑意从眼中开始，又结束于眼底；这个笑容让人感到愉悦，既不残忍，也不善意，只意味着这个萨特[①]有着某种充满兽性的快乐。但正是这个笑容让我忍不住问了起来：

“你到巴黎之后谈过恋爱吗？”

“我没时间去胡闹。生命有限，来不及既谈恋爱又搞艺术。”

“你的样子不像是隐士啊。”

“那种事只会让我觉得恶心。”

“但人性是个讨厌的东西，不是吗？”我说。

“你为什么要揶揄我？”

“因为我不相信你。”

“那你就是个十足的蠢货。”

聊到这里，我停住了，用探索的目光盯着他。

① 萨特，希腊神话中半人半兽的森林之神，感官欲望极其强烈的男人。

“欺瞒我对你有什么好处？”我说。

“我不知道你是什么意思。”

我笑了起来。

“我来告诉你吧。我能想见，在刚开始的几个月，你完全想不到这件事，你甚至还能说服自己，你永远都不会再去做这件事了。你为自己获得了自由而逍遥快乐，觉得终于可以做自己了。你似乎洋洋得意地活着。但忽然之间，你再也忍受不了了，你发现自己的双脚其实一直踏在烂泥里。你现在想索性在烂泥里打个滚得了。然后，你发现了一个女人，粗俗、低贱、平庸，简直是原始粗糙，但也是个性感尤物，于是你扑了上去，像个野兽。你开始喝酒，喝到怒醉。”

他一动不动地望着我。我也牢牢地看着他的眼睛，缓缓地对他说：

“我还要告诉你一件很奇怪的事，就是这件事结束之后，你觉得整个人出奇的纯净。你觉得自己是一种脱离了躯体的精神，是一种无形的存在，你似乎可以碰触到美，仿佛美是一种可感知的事物，你感觉到与柔絮的清风、抽枝长芽的树木，以及波光变幻的河流息息相通，水乳交融。你感觉自己像是上帝。你能解释这是怎么回事吗？”

他死死地盯着我，听我把话说完，然后撇过头去。他的脸上有一种奇怪的表情，我觉得那是一个男人宁死不屈的威严神情。他始终沉默不语，于是我知道，谈话结束了。

# 第二十二章

我在巴黎安顿下来，开始写一部剧本。我过着非常规律的生活，早上埋头工作，下午去卢森堡公园散散步或到街上走走。我会在卢浮宫逗留很长时间，那里是所有画廊中最友善的一家，也是最适合冥想的地方。有时候，我也会去河岸边消磨时光，翻翻那些我从不打算买的二手书。我看看这本，读读那本，认识了不少作家，对于他们，我很满足于这样的一知半解。

晚上是我看望朋友的时间。我常去施特弗家坐坐，有时候还会吃顿家常便饭。德克·施特弗喜欢吹嘘自己烹饪意大利菜的技巧，我也承认他做的意面确实比他的画好。当他端进来一份超大盘、满是番茄汁的香喷喷的意大利面，然后我们配着自制的面包，喝着红酒的时候，简直就是招待国王的一次晚宴。

我和布兰奇·施特弗的关系逐渐热络了起来，大概因为我是英国人吧，她认识的英国人不多，所以她很高兴见到我。她是个快乐而单纯的人，但总是很沉默，不知道为什么，这总让我觉得她有所隐瞒。但转念一想，她的丈夫喋喋不休，无话不说，相比之下，她自然显得缄默了。

德克从不隐瞒任何事，他可以毫无意识地跟你讨论一些最隐私的事情。有时候，他会让自己的妻子也觉得尴尬，但我只有一次看见她窘迫不安，那次他坚持要告诉我，他刚才吃了泻药，还将腹泻过程认真仔细地描述了一番。他在描述这次灾祸时脸色一本正经，让我差点笑破了肚子，却让施特弗太太窘迫不已，终于发起火来。

“你似乎很喜欢拿自己寻开心。”她说。

他的圆眼睛睁得更圆了，眉头沮丧地皱了起来，因为他发现，她生气了。

“宝贝儿，我让你生气了吗？我再也不会吃泻药了。这次只是因为我觉得不舒服，我平常坐得太久了，运动不够。我已经三天没有……”

“你就行行好，闭上你的嘴吧。”她忽然打断了他，气得眼里泛出了泪花。

他的脸耷拉了下来，嘴唇撅得像个受到责备的孩子。他哀求地看了我一眼，想让我配合一下，但我实在控制不了自己，禁不住笑得浑身发抖。

我们有天一起去找那位画商，施特弗想着他可以在那人的店里让我看到至少两三幅斯特里克兰的画，但我们到了那儿却被告知，斯特里克兰已经把他的画都拿走了。这位画商并不知道个中原因。

“但是别以为我会因为这事有什么不高兴。我接了这些画是为了帮施特弗先生的忙，所以我说过，只要能卖掉，我就会卖。但真的——”他耸耸肩，“我对年轻人是有兴趣的，但大家也看到了，还有你，施特弗先生，你不会觉得那些画里有什么才华吧。”

“我可以向你保证，没有任何一个如今还在画画的人能让我对他的才华如此深信不疑。相信我吧，你错过了一桩好生意。总有一天，那些画会比你店里所有的东西加起来都值钱。还记得莫奈吗？他的画曾经一百法郎都没人愿意买。现在值多少钱啊？”

“的确如此。但那时候有上百个好画家像莫奈一样卖不出他们的画，但是他们的画到现在也不值钱。谁知道呢？难道是画得好就能成功吗？别相信那些。更何况，你的这位朋友画得好不好还有待证实呢。目前除了施特弗先生，没有人说他画得好。”

“那你是怎么判断一个人画得好不好呢？”德克气得满脸通红地问。

“只有一种方法——出了名画得就好。”

“庸俗。”德克脱口而出。

“但想想过去那些伟大的艺术家——拉斐尔、米开朗基罗、安格尔、德拉克洛瓦——他们全都很成功。”

“我们走吧，”施特弗对我说，“不然我会杀了这个人的。”

# 第二十三章

我常常去看斯特里克兰，还不时地跟他下下棋。他的脾气时好时坏。有时候，他会默默地坐着发呆，注意不到任何人；有时候，他兴致比较好，就会磕磕巴巴地和你说话，虽然还是那样三言两语。他从未说过一句聪明机智、意味深长的话，言辞间总带着一丝残酷的嘲讽，让人无法不印象深刻。而且，他总会确切地说出他的想法。他完全不在乎别人的感受，伤害他们的时候，他会觉得好笑。他对德克·施特弗一直很尖酸刻薄，总是把施特弗气得愤然离去，发誓再也不和斯特里克兰说话了。但斯特里克兰身上有一种强大的力量吸引着这个荷兰胖子总是违背自己的意愿，屡屡回来找他，像只笨狗似的讨好他，虽然他知道，唯一等着他的可能将会是他非常害怕的打击。

我不知道斯特里克兰为什么对我一直很容忍。我们的关系很特别。有一天，他要我借给他五十法郎。

“我真是做梦都没想到。”我回答。

“怎么了？”

“不会让我开心啊。”

“你知道，我缺钱缺得厉害。”

“我才不关心呢。”

“我饿死了你也不关心吗？”

“我为什么要关心呢？”我反问道。

他揪着下巴上凌乱的胡须，盯着我看了一两分钟。我冲他笑了起来。

“有什么好笑的？”他眼里有一丝怒火。

“你真是太简单了。既然你是个不承担义务的人，那也没人对你有什么义务。”

“如果我因为付不起房租而被赶出去上吊自杀了，这难道不会让你难过吗？”

“完全不会。”

他呵呵笑了起来。

“你在说大话。如果我真的这样了，你肯定后悔得要命。”

“你试试看吧，我们走着瞧。”我反唇相讥。

一丝笑意从他的眼中闪过，他一声不吭地晃了晃杯中的苦艾酒。

“你想下棋吗？”我问。

“也行吧。”

我们拿出棋盘，摆好了棋子，他心满意足地打量了一眼。当你看到棋子各就各位了只等着开战，总有一种志得意满的感觉。

“你真的以为我会借给你钱吗？”我问。

“我想不出为什么不会。”

“你让我很惊讶。”

“为什么？”

“我真的很失望，原来打心底里你仍然那么感情用事。如果你不天真地想让我同情你，我会更喜欢你一点。”

“如果你真的被我打动了，我会瞧不起你的。”他回答。

“感觉好多了。”我哈哈大笑。

我们都全神贯注地开始下棋。终局之后，我对他说：

“这样吧，如果缺钱，就让我看看你的画。如果有我喜欢的，我可以买下来。”

“去死吧。”他回答。

他站了起来，转身要走。我拦住了他。

“你还没付苦艾酒的钱呢。”我笑着说。

他咒骂了一声，扔下钱就走了。

后来，我有好几天没见过他，但有天晚上，我正在这家咖啡馆里坐着看报纸的时候，斯特里克兰走了过来，在我身边坐下。

“你原来没有上吊啊。”我说。

“没有。我接了个活儿，给一个退了休的水管工画肖像，两百法郎。”①

“你怎么接到这笔买卖的？”

“那个卖给我面包的女人推荐的。那个水管工曾经告诉她，他正在物色一个给他画像的人。我还得给她二十法郎。”

“他长得怎么样？”

“棒极了。一张红彤彤的脸像条羊腿，右脸上有颗硕大的痣，上面还长着几根长长的毛。”

---

① 这幅画原先属于里尔市一位富有的制造商，但在德军到来之前，他逃出了那座城市。现在，这幅画收藏在斯德哥尔摩的国家美术馆。瑞典人就善于浑水摸鱼。（原书注解）

斯特里克兰那天心情很好，所以德克·施特弗来和我们坐在一起时，他一个劲儿地拿施特弗打趣。他总能找到这个这可怜的荷兰人最敏感的地方，技巧高超得令人难以置信。这次他没有使出嘲讽之剑，但挥舞起了谩骂之棒。这场攻击来得太莫名其妙了，让施特弗措手不及，完全没有防备。他让你想起一只受了惊的绵羊，在东奔西跑地到处乱撞。他吓得目瞪口呆，终于哭了出来。然而最糟糕的是，你虽然痛恨斯特里克兰，也觉得他的做法很可怕，却没法儿不哈哈大笑。德克·施特弗就属于非常不幸的那一类人——他们流露的哪怕是最真挚的情感，也会显得荒唐可笑。

然而，每当我回想起在巴黎的那个冬天，我最愉快的记忆总是与德克·施特弗有关。他的小家庭里有些东西非常吸引人。他和他的妻子组成了一幅让人浮想联翩的画，他对妻子那份单纯的爱有一种从容的优雅。尽管他的举止还是那么滑稽可笑，但那份真诚的热情却不由得不让人感动。我能理解他的妻子有多么同情他，所以我很高兴她对他也很温柔体贴。如果她有幽默感的话，看到施特弗把她供奉了起来，真心实意地盲目崇拜着她，她肯定会觉得好笑；但即便笑了，她也是欣慰而感动的。他是个始终如一的爱人，虽然她会渐渐老去，失去了丰满的线条和美丽的形体，她在他的眼里仍然是个美人，风姿不减当年。对他而言，她永远都不会变，永远都是这个世界上最可爱的女人。他们的生活中有一种令人愉悦的优雅。他们只有一间画室、一间小卧室和一间小厨房。施特弗太太亲自做所有的家务活，在德克画那些糟糕的画时，她会去逛逛集市、准备午餐、缝补衣服，整天让自己忙得像只蚂蚁。到了晚上，她会坐在画室里，继续缝缝补补，而德克会演奏起我敢肯定她完全听不懂的音乐。他演奏得有些品位，但与其说好，不如说很有感情，他把自己忠实可靠、多愁善感而又生机勃勃的灵魂全部倾注到了他的音乐之中。

他们的生活从方面看像是一曲牧歌，具有一种独特的美。而德克·施特弗那些荒诞滑稽的一言一行，也给这首牧歌添上一个奇怪的音调，像一个无法融合的不和谐音，却又让这首乐曲更现代派，更人间烟火，像是在严肃的场景中插入一个粗俗的笑话，突出了其中的辛酸，但也更激化了美所具备的那种犀利特质。

# 第二十四章

快到圣诞节的时候，德克·施特弗来邀请我和他一起过节。他特别容易为这个日子伤感，所以想和朋友们一起过，办些合适的庆祝活动。我们都已经两三个星期没见过斯特里克兰了——我是因为忙着应酬那些要在巴黎待上几天的朋友，而施特弗是因为跟他史无前例地大吵了一架，所以下定决心不和他往来了。斯特里克兰太不可理喻了，所以他发誓再也不和他说话了。然而，圣诞季的脉脉温情又让他动了心，一想到斯特里克兰形单影只地过圣诞节他就受不了。他把自己的伤感情绪归咎于斯特里克兰，所以无法忍受在一个和乐美满的节日里，这位孤独的画家却被人们弃之不顾，只能独自忧伤。施特弗已经在他的画室里布置了一棵圣诞树，我估计我们都会在装扮起来的树枝上发现一些可笑的小礼物。但施特弗不好意思在去见斯特里克兰，这么容易就原谅那些粗暴的侮辱实在有些丢人，所以，他虽然决定要去和解，但希望我也能在场。

我们一起去了克利希大道，但斯特里克兰不在咖啡馆里。天气太冷了，无法坐在外面，于是我们在里面的长皮椅上找了个地方坐下。这里又热又闷，烟雾缭绕。斯特里克兰没有来，但过了不久，我们就见到了偶尔与他下棋的那位法国画家。我同这位画家也有些交往，于是他坐了过来。施特弗问他最近有没有看见斯特里克兰。

“他生病了，”他说，“你们不知道吗？”

“病得很严重吗？”

“听说非常严重。”

施特弗脸色惨白。

“他为什么不写信告诉我呢？我真是太蠢了，竟然还跟他吵架。我们必须立刻去找他。不可能有人在他身边照顾着。他住在哪儿？”

“我不清楚。”这个法国人说。

我们发现，没有人知道怎样找到他。施特弗愈发沮丧了。

“他可能会死，却没有人知道。这太可怕了。我简直不敢去想。我们必须立刻找到他。”

我努力想让施特弗明白，在巴黎毫无头绪地乱找是很荒唐的。我们必须先想个计划。

“没错。但这时候他可能快要死了，等做好了计划再找可能就太迟了，什么都做不了了。”

“安静点，让我想想。”我不耐烦地说。

我只知道那座比利时酒店，但斯特里克兰早就离开了那里，而且也没人对他有什么印象，他又一直抱着要让行踪保密的古怪念头，所以离开的时候，不可能会说自己要去哪儿。何况已经过了五年多了。但我敢肯定他搬得不远。他现在常去的咖啡馆就是他住在比利时酒店时常去的，那很有可能是因为这里对他很方便。我忽然想起来，他从卖面包的女人那里接了一份给人画肖像的活儿，那个人可能知道他住在哪儿。于是我要了一本地址簿，查找面包烘焙店。这附近的住宅区中有五家，那么接下来要做的，就是去问问这几家面包店了。施特弗很不情愿地陪着我找。他原本打算跑遍克利希大道上所有的大街小巷，挨家挨户地敲门去问斯特里克兰是否住在那里。我的计划虽然平平常常，但还是奏效了，在我们问到第二家面包店的时候，柜台后面的那个女人承认了她认识斯特里克兰。她不太清楚他具体住在哪儿，但肯定就在对面那三栋房屋中的某一栋里。幸运眷顾了我们，在我们前去打听的第一栋房屋里，那位看门人说，我们应该可以在顶楼找到他。

“他病了吗？”施特弗问。

“也许吧，”看门人漠不关心地回答，“事实上，我已经好几天没看见他了。”

施特弗抢在我前面跑上了楼梯。等我爬上顶楼时，我看见他已经敲开了一扇门，正跟一名穿着衬衣的工人说话。工人又指了指另一扇门，说他相信住在里面的人是一位画家。工人已经一个星期没看见他了。施特弗正准备去敲门，却又向我转过身来，样子很无助。我明白他很惶恐。

“他会不会已经死了？”

“不会的，他死不了。”我说。

我敲了敲门。没人应声。我拧了拧了门把手，发现没上锁。于是我走了进去，施特弗跟后面。房间隐匿在黑暗里。我只能看出这里是个阁楼，天花板是倾斜的，屋顶上有天窗透出一点微弱的光，并没有让室内的幽暗亮堂多少。

“斯特里克兰。”我喊了一声。

没有人回答。真的很奇怪。我似乎能感觉到站在我身后的施特弗在瑟瑟发抖。我犹豫着要不要点亮火柴，因为我隐约看见角落里有一张床，但又怕亮光会让我看到一具躺在床上的尸体。

“你没有火柴吗，你这蠢货？”

是斯特里克兰的声音，从黑暗中传来，非常犀利，把我吓了一跳。

施特弗喊了起来。

“啊，我的天哪，我还以为你死了。”

我划亮了一根火柴，想在周围找根蜡烛。很快地，我看见了一间狭小的公寓，这里有半边是住房，半边是画室，房间里除了一张床、几张面对着墙的画布、一个画架、一张桌子和一把椅子之外，什么都没有。地上没铺地毯，墙角也没有壁炉。桌子上乱七八糟地堆着颜料、调色刀和各种各样的垃圾，还有一截快用完了的蜡烛。我把蜡烛点上。斯特里克兰躺在床上，样子不太舒服，因为那张床太小了，而且为了能暖和一点，他把所有的衣服都穿在了身上。一眼就能看出来，他正在发高烧。施特弗走了过去，激动得声音都沙哑了。

“唉，我可怜的朋友，你怎么了？我完全不知道你病了。你为什么不告诉我呢？你要知道，在这个世界上，我愿意为你做任何事。你是在想我说过的那些气话吗？我不是那个意思。我错了。我太蠢了，不该生你的气。”

“滚开。”斯特里克兰说。

“好了，别不讲理。让我来帮你躺好。你身边没有人照顾你吗？”

他看了看这间脏乱凄凉的阁楼，不知该从何处下手。他把床上的铺盖整了一下。斯特里克兰忍着努气一言不发，呼吸沉重。他愤恨地看了我一眼。我安安静静地站在一边看着他。

“如果你想为我做些什么，你就去帮我买些牛奶吧，”他终于开口说道，“我已经两天出不了门了。”

他的床边有个空了的牛奶瓶，旁边的一张报纸上还有些面包屑。

“那你吃了什么？”我问。

“什么都没吃。”

“多久了？”施特弗大喊，“你是说，你已经两天没吃没喝了吗？这太可怕了。”

“我喝了水。”

他的目光在一个伸手就能拿到的大水罐上停了一会儿。

“我立刻就去买，”施特弗说，“你还想要其他什么吗？”

我告诉他该买个体温计回来，再买些葡萄和面包。施特弗很高兴自己能帮上忙，噔噔地就下了楼。

“该死的蠢货。”斯特里克兰咕哝着。

我摸了摸他的脉搏，跳得很快，很微弱。我问了他一两个问题，但他都不回答。我再三追问，他便转过脸去，面对墙壁。只能一声不吭地等着了。十分钟后，施特弗气喘吁吁地回来了。除了我让他买的那些东西，他还买了些蜡烛、肉酱和一盏酒精灯。他是个能干的家伙，没花多少工夫，他就做好了热腾腾的牛奶泡面包。我量了量斯特里克兰的体温。四十摄氏度。他显然病得很厉害。

# 第二十五章

我们没过多久便离开了。德克要回家吃晚餐，而我自告奋勇要去找医生，请他来给斯特里克兰看病。等我们走出那间憋闷的阁楼，一来到大街上，这个荷兰人就哀求我，立刻跟他回画室去。他心里有些事，却又不肯告诉我，但他一定要让我跟他一起回去。我想到医生这时候能做的也无非是刚才那些事，于是便同意了。我们看见布兰奇·施特弗正在布置餐桌。德克走到她跟前，握住她的双手。

“亲爱的，我希望你能为我做件事。”他说。

她望着他，带着凝重欣喜的神色，这正是她的迷人之处。他一脸通红，满头大汗，表情有些夸张，但那双好像受到惊吓的圆眼睛里却闪着热切的光。

“斯特里克兰病得很厉害，他可能快要死了。他现在一个人住在脏兮兮的阁楼里，没有人照顾她。我求你让我把他接到家里来住吧。”

她立刻把手缩了回去，我从没见过她动作如此之快。她的脸颊涨得通红。

“这不行。”

“唉，亲爱的，别拒绝好吗。我实在不忍心把他留在那儿，我会担心得睡不着觉的。”

“我不反对你去照顾他。”

她冷冷地说，拒人于千里之外。

“但他会死的。”

“让他死好了。”

施特弗倒吸了一口气。他抹了抹脸，转身向我求助，但我也不知道该说什么。

“他是个伟大的艺术家。”

“这跟我有什么关系？我讨厌他。”

“唉，亲爱的，我的宝贝，你不是说真的吧。我求求你，让我把他接来吧。我们可以让他过得舒服点儿。我们也许能救他一命。他不会给你添麻烦的，一切由我来做。我们可以在画室里给他搭张床。我们不能让他像条流浪狗似的死掉。那样太不人道了。”

“他为什么不去医院？”

“医院！他需要爱护他的人来照顾。他必须得到细致入微的体贴对待。”

我惊讶地发现，她被深深地打动了。她转身去摆桌子了，但她的双手却在颤抖。

“我受不了你了。你觉得如果你生病了，他会愿意动根手指头来帮你吗？”

“但那重要吗？我还有你照顾我，所以那就无关紧要了，再说了，我跟他是不一样的。我也不是什么重要的人。”

“你这架势还不如一条土狗。你这是躺在地上，让别人在你身上践踏。”

施特弗哈哈笑了几声。他以为知道妻子为什么是这样的态度。

“唉，亲爱的，你还在想那天他来看画的事情啊。他觉得这些画不好有什么重要的呢？我把这些画给他看本来就是我蠢，我得说那些画并不非常好。”

他难过地看了看这间画室。画架上有一幅还没完成的作品，是个微笑的意大利农民，拿着一串葡萄的手抬在一个黑眼睛的女孩头上。

“即使他不喜欢那些画，他也应该是个文明人。他不必那样侮辱你吧。他摆明了看不起你，你还去舔他的手。啊，我太讨厌他了。”

“小宝贝，他是个天才啊。你该不会觉得，我认为自己有天才吧。我倒希望有呢。但真正有天才的人，我一眼就能看出来，也全心全意地敬重。这是世界上最神奇的东西，然而对拥有的人而言，却是个沉重的负担。所以我们要去宽容他们，忍耐他们。”

我远远地站在一边，觉得这场冲突让我有些尴尬，心里还在奇怪，为什么施特弗坚持要我跟他一起回家。我发现他的妻子几乎要哭了。

“但是我恳求你答应让我接他过来，并不仅仅因为他是个天才，更因为他是一个人，而且是个贫病交加的人。”

“我是绝不会让他到我家里来的——绝不会。”

施特弗向我转过身来。

“请告诉她这是件生死攸关的事。我不可能让他待在那个烂地方不管。”

“在家里照顾他要容易得多，这是显而易见的。”我说，

“当然，这对你们来说肯定很不方便。我想得有人夜以继日地照顾他。”

“亲爱的，你不是那种怕麻烦的人。”

“如果他要来，那我就走。”施特弗太太激烈地反对。

“我都认不出来你了。你一向是个善良好心的人啊。”

“哦，看在上帝分上，就让我这样吧。全是你逼出来的。”

终于，眼泪落了下来。她瘫在一张椅子上，双手掩面，肩膀不停地抽动着。过了一会儿，德克跪在她身旁，把她抱在怀里，亲吻着她，还用各种亲昵的称呼喊着她，多情的泪水从他的脸颊上滚落下来。没过多久，她挣脱了拥抱，擦干了泪水。

“让我静一静吧。”她有些不冷不热地说，然后对我勉强一笑：“你肯定对我有些看法吧？”

施特弗稀里糊涂地看着她，不知如何是好。他的额头皱成了一堆，红红的嘴巴撅了起来，让我莫名其妙地想起一只焦虑不安的豚鼠。

“那你的回答是‘不’吗，亲爱的？”他终于问了。

她有气无力地挥了一下手。她已经筋疲力尽了。

“这间画室是你的。这里的一切都是你的。如果你想接他来，我能阻止你吗？”

笑容瞬间绽放在施特弗的圆脸上。

“那你同意了？我知道你会同意的。太好了，亲爱的。”

她忽然振作了起来，用那双憔悴的眼睛看着他。她双手按着胸口，似乎心跳剧烈得无法忍受了。

“唉，德克，自从我们认识以来，我还从来没有求你为我做过什么。”

“你知道，这世上没有什么事我不会为你做。”

“我求你别让斯特里克兰到这里来。其他任何人都随你喜欢，不管是小偷、酒鬼还是街头的流浪汉，我都可以向你保证，我会开开心心地去照顾他们。但是我恳求你，别带斯特里克兰回来。”

“为什么啊？”

“我很怕他。我不明白为什么，但他有些地方就是让我害怕。他会深深地伤害我们。我敢肯定。我感觉到了。如果你把带他回来，最后一定不会有好下场。”

“但这太没道理了吧！”

“不，不。我知道我是对的。肯定会有些可怕的事发生在我们身上。”

“因为我们做了件好事吗？”

她的呼吸愈发沉重了，脸上的神情有一种说不清的骇然。我不知道她想到了什么。我感觉她似乎身不由己，陷入了某种让她完全失控的无形恐惧之中。她过去一贯是平静的，所以现在焦虑不安的样子着实让人感到惊讶。施特弗惶惑地看了她一会儿。

“你是我的妻子，对我来说，你比世间任何人都宝贵。没有得到你的完全同意，没有谁可以到我们家里来。”

她闭了一会儿眼睛，我还以为她要晕过去了。我有些受不了她了，我没想过她是个神经过敏的女人。很快，我又听见了施特弗的声音。这声音似乎有些突兀地打破了沉寂。

“难道你没有在悲伤沮丧的时候遇到过有人对你伸出援手吗？你明白这有多么重要吧。你不想在有机会的时候也去帮帮别人吗？”

这些话都太老套了，在我听起来，句句都苦口婆心，还带着点教训的意味，我差点笑了出来。但我惊讶的是，这些话对布兰奇·施特弗起了作用。她有点吃惊地看了丈夫很长时间。他的眼睛定定地望着地面。我不明白他为什么看起来显得有些尴尬。她的脸颊微微有些红了，但脸色很快变白——不只是白，是煞白；你能感觉血液瞬间从她的身体表面被抽干了，就连她的双手都是苍白的。她全身一震。画室里的寂静似乎正幻化成形，仿佛要显现在你面前了。这一切让我感到困惑。

“让斯特里克兰来吧，德克。我会尽力去照顾他。”

“宝贝儿。”他笑了。

他想去拥抱她，但她避开了。

“在生人面前就别这么亲热了，德克，”她说，“这让我觉得自己像个傻瓜。”

她的举止态度又和往常一样了，没人能看出来她刚刚经历了一场巨大的情绪波动。

# 第二十六章

第二天，我们去给斯特里克兰搬家。要连哄带骗地把他搬过来，不仅得有坚定的意志，还得有无比的耐心，不过他确实是病得太厉害了，才没能抗拒施特弗的恳求和我的决心。我们一边给他穿好衣服，一边听他虚弱无力地咒骂着我们，然后我们抬他下楼，上了马车，终于送到了施特弗的画室。

我们到那儿的时候，他已经筋疲力尽了，只能一声不吭地任由我们把他抬到了床上。他病了六个星期，其间一度病危，看起来活不过几个小时了，如果不是这个荷兰人的坚持不懈，我相信他肯定熬不过这个坎儿。我从来没见过像他这样难伺候的病人，倒不是他挑剔抱怨折腾人，恰恰相反，他从不抱怨，没有提过任何要求，自始至终地沉默着。他似乎很讨厌受到照顾，但凡听到有人问他感觉如何，有什么需要，他轻则挖苦你一句，重则破口大骂。我发现他实在太可恶了，所以等他一脱离危险，我就毫不犹豫地对他说了实话。

“见鬼去吧。”他简短地回答。

德克·施特弗完全抛下了他的工作，无微不至地照顾着斯特里克兰。他手脚麻利地把斯特里克兰照顾得舒舒服服，而且他总有办法哄着斯特里克兰吃下医生开的那些药。他一点也不怕麻烦。虽然他的收入足以满足自己和妻子的需要，却没有闲钱用来浪费，但他现在却大手大脚地挥霍，花钱买来许多美味的、非时令的、价格昂贵的食物，想方设法让斯特里克兰多吃点东西——他的胃口时好时坏，让人无法捉摸。我永远无法忘记，为了劝斯特里克兰吃些有营养的东西，他有多么忍耐包容。他从不因为斯特里克兰的粗鲁而生气，如果对方只是闷闷不乐，他会假装没看见；如果对方破口大骂，他就呵呵地笑。斯特里克兰身体有些恢复了，他心情好的时候就抓住施特弗来寻开心，而施特弗会故意做些荒唐的事，让他有机会拿自己取乐。每当这个时候，施特弗就会开心地对我使个眼色，让我看看这个病人是不是好多了。施特弗实在是个大好人。

但最让我感到吃惊的还是布兰奇。她证明了自己是个不仅周到能干，而且全心付出的护士。她的举止行为完全不会让你想到，她曾那样激烈地反对过丈夫要把斯特里克兰接到画室来的想法。她坚持要分担照顾病人的活儿。她整理病人的床铺，尽量在更换床单时不惊扰到病人。她还帮他沐浴清洁。我夸她能干的时候，她脸上露出惯常的笑容，告诉我她在医院工作过一段时间。她让人一点儿都看不出来，她曾经那样痛恨斯特里克兰。她不太跟他说话，但她总能事先想到他的需要。两个星期以来，斯特里克兰身边一直要有人整夜守护，她和丈夫便轮流照看着他。我很想知道，在那些漫漫长夜中，她坐在斯特里克兰床边都想了些什么。斯特里克兰还是一副奇怪的样子，他躺在那儿，比以往更瘦，一把红胡子乱糟糟的，双眼出神地望着半空中。他的病似乎让那双眼睛更大了，亮得不太自然。

“他夜里和你说过话吗？”我有一次问她。

“从来没有。”

“你现在依然那样不喜欢他吗？”

“有增无减，如果说不喜欢的话。”

她那双沉静的灰眼睛看着我，脸上的表情那么恬静，让人很难相信，她会像我曾见过的那样歇斯底里。

“他感谢过你对他的照顾吗？”

“没有。”她笑了。

“这人真没人性。”

“确实非常恶劣。”

当然，施特弗对她感到很高兴。他无论做什么都不足以表达对她全心付出的感激，她带着这种奉献精神承担了他施加给她的负担。但布兰奇与斯特里克兰对待彼此的做法让他有些迷惑不解。

“我曾看见他们一起坐在那里几个小时也不说一句话，你知道吗？”

那时候，斯特里克兰的气色已经好了很多，再有一两天就可以起床了。我当时和他们一起待在画室里。德克正在和我聊天。施特弗太太在缝补衣服，我认出那是斯特里克兰的衣服。他正仰面躺在床上，不说话。我有次看见他在注视布兰奇·施特弗，眼里有种奇怪的嘲讽之意。她感觉到他的目光，抬起头来，于是他们彼此注视了一会儿。我不太理解她脸上的表情。她的眼睛里有一种不常见的混乱，或许还有一点儿戒备吧？但这是为什么呢？过了一会儿，斯特里克兰转过去头，无聊地看了看天花板；但她却一直注视着他，脸上的神情更加让人费解了。

几天后，斯特里克兰开始下床走动。他已经瘦成了皮包骨，衣服松松垮垮地穿在身上，像一堆破布罩在稻草人上。他胡子邋遢，一头长发，本来就有点大的五官，由于生病，现在显得更大了。他这样的面容很特别，但因为太古怪了，竟然不显得那么丑。他笨拙的体形给人以高大森严之感。我不知道怎样确切描述他给我的这种印象。在他身上，最显著的并不是那种裸露无疑的精神存在——虽然他的肉体屏障几乎是透明的——而是他脸上那种野蛮的感官欲望；不过，这听起来虽然很荒谬，但他的感官欲望又仿佛是空灵的。他的身上有一种原始的感觉。他似乎带着某些看不见的自然之力，希腊人曾形象化地把这种力量描绘成半人半兽的生物，也即萨特和弗恩①。我想起了玛耳绪阿斯②，神活剥了他的皮，因为他胆敢与神比赛演奏音乐。斯特里克兰似乎在心中存着一些不为人知的和弦与未曾探索过的曲式，所以我预见到他的结局是折磨与绝望。我再次感觉到他是个被魔鬼操纵的人，但你不能断定这是个邪恶的魔鬼，因为这是一种原始的力量，在宇宙混沌、善恶未分之前就已经存在了。

他还太虚弱了，无法开始画画，所以他待在这间画室里，

① 弗恩是自然和丰收之神弗恩乌斯的追随者，长着英俊小生的脸和身体，鹿的腿、耳朵和尾巴，与希腊神话里的那个具有人形却有山羊尖耳、腿和短角的森林之神、色情狂萨特有渊源，不过他比萨特要温和可爱得多，只是喜欢恶作剧，或制造噩梦。

② 在希腊神话中，雅典娜曾用鹿骨做了一支双管长笛，吹起来声音非常美妙。但是她吹笛子的时候脸色发青，双颊鼓起，显得滑稽可笑。于是她扔掉了笛子，并且诅咒把笛子捡起的人。女神库柏勒的随从林神玛耳绪阿斯，成了这咒语的牺牲者。他无意中捡起笛子。他追随库柏勒走遍佛律癸亚，美妙的笛声打动了无知的乡野村民。他们说就算是阿波罗也未必能演奏出更动听的音乐。这事惹得阿波罗火冒三丈，他邀请玛耳绪阿斯和他比赛，规定胜者可以用任何方式惩罚对方。玛耳绪阿斯欣然同意，阿波罗组织缪斯当评判团。开始双方难分胜负，后来，阿波罗将竖琴颠倒过来演奏，可玛耳绪阿斯不能够，遂判定阿波罗为优胜者。阿波罗于是把玛耳绪阿斯挂在一颗松树上，剥去了他的皮。

默默无语，整天不知道做着什么白日梦，有时候也看看书。他喜欢的书都很奇怪，有时候我发现他在专心致志地读马拉梅[①]的诗，他读诗的时候像个孩子，诗句一个字一个字地从双唇间流淌出来，所以我很好奇，他从那些抑扬顿挫的格律和艰涩难懂的词语之中到底体会到了哪些不为人知的情感。我还发现他沉浸在加博里奥[②]的侦探小说里。每次想到这点我就觉得有趣，他对书籍的选择积极地展现了他独特性格中不可调和的那些方面。尤其突出的是，即便处于身体虚弱的状态，他仍然没有想要让自己过得舒服。施特弗喜欢把起居环境弄得舒适一些，所以他的画室里有一对包得柔软舒服的扶手沙发，还有一张大躺椅。但斯特里克兰碰都不去碰，他并不是想装出一副艰苦朴素的样子——因为我有天到画室去，发现他独自待着，也仍然坐在一张三条腿的凳子上——他是真的不喜欢那些东西。他是自己选择坐在一张没有扶手的圆凳子上。他的这种习性常常让我很恼火。我从没见过有谁会对自己所处的环境如此冷漠。

① 斯泰凡·马拉梅（1842—1898），法国象征派诗人。

② 埃米尔·加博里奥（1835—1873），法国最早的侦探小说家。

# 第二十七章

又过了两三个星期。有天早上，工作刚好告一段落，我觉得可以给自己放一天假，于是去了卢浮宫。我在博物馆里四处游荡，欣赏着早已熟知的那些画，任由想象力与画作激起的情感共同驰骋。我漫步在长长的画廊里，忽然看见了施特弗。我笑了起来，他总是胖乎乎的，还是那副惊恐的样子，每次都让我忍不住笑。但我走近了之后发现，他似乎很落寞沮丧。他看起来愁眉苦脸，却仍然显得滑稽，像是一个穿着衣服鞋帽掉落水中的人，虽然得救了，却仍然惊魂未定，生怕别人将他当作是个傻瓜。他转过身来，两眼等着我，但我觉得他并没有看见我。他那双圆圆的蓝眼睛透过眼镜看起来焦虑不安。

“施特弗。”我打了个招呼。

他像是吓了一跳，然后笑了起来，只是笑得有些凄凉。

“你怎么在这里失魂落魄的？”我笑盈盈地问他。

“我好一阵子没到卢浮宫来了，想来瞧瞧这里有没有什么新东西。”

“但你说有张画得这个星期画完。”

“斯特里克兰正在我那儿画呢。”

"是吗？"

"我自己提出来的。他还太虚弱了，不可能回去住。我想我们可以一起画。在这一带，大家伙儿都共用一间画室。我以为这会很有趣。我总觉得，工作累了，有人聊聊天，会是件快乐的事。"

他说得很慢，一段话说完，尴尬地沉默一会儿，才说另一段话，但他那双善良又有些傻气的眼睛一直看着我，眼里满是泪。

"我没听懂。"我说。

"画室里有其他人，斯特里克兰就画不出来。"

"该死的，这是你的画室，让他烦去吧。"

他可怜巴巴地看着我，嘴唇在颤抖。

"出什么事了？"我直截了当地问。

他犹豫了一会儿，脸涨得通红。他很不开心地看了一眼墙上的一幅画。

"他不让我画，还让我出去。"

"但你为什么不让他滚回去呢？"

"他把我赶出来了。我又不好跟他动手。他还把我的帽子扔了出来，然后就锁上了门。"

我对斯特里克兰很恼火，但也对自己有些生气，因为德克·施特弗扮演了这样一个滑稽的角色，让我忍不住想笑。

"但你的妻子没说什么吗？"

"她去外面买东西了。"

"他会让她进去吗？"

"我不知道。"

我很困惑地看着施特弗。他像一个正在被老师训导的学生。

“要我帮你把斯特里克兰赶走吗？”我问。

他愣了一下，光亮的脸庞立刻涨红了。

“不。你最好什么都别做。”

他对我点点头，然后走开了。看得出来，出于某种原因，他不想讨论这个问题。但我不明白为什么。

# 第二十八章

一个星期后，我知道了谜底。当时大约是晚上十点，我独自在餐厅吃过晚餐，回到了我的小公寓，正坐在起居室里看书，这时候门铃响了起来。我去走廊里开了门。施特弗站在我面前。

“我可以进来吗？”他问。

楼梯口光线昏暗，我看不清他的样子，但他的声音有些异样，让我吓了一跳。我知道他从来不狂喝滥饮，不然我肯定以为他喝多了。我带他进了客厅，让他坐下。

“谢天谢地，我终于找到你了。”他说。

“怎么了？”看他这样激动，我有些惊讶地问。

现在，我已经能清楚地看见他了。他一向穿戴整齐，现在却有些凌乱，看起来忽然变邋遢了。我敢肯定他喝了酒。我笑了起来，正准备打趣他两句。

“我不知道还能去哪儿，”他突然说道，“我刚才来过一趟，但你不在。”

“我今天晚餐吃得晚。”我说。

我想想觉得不对，他明显是一副很绝望的样子，这肯定不是酒精造成的。他往常总是红光满面，现在脸色却很不好。他的手在颤抖。

“出了什么事吗？”我问。

“我的妻子离开了我。”

他难过得几乎说不出话来。他抽噎了一下，泪水沿着圆圆的脸滑落了下来。我不知道该说些什么。我最先想到的是，她忍耐到了极限，再也受不了他对斯特里克兰的痴迷了，而且听了斯特里克兰的冷言冷语，受到了刺激，于是坚持要把他赶出去。我知道她是个有脾气的人，尽管她一直都冷静克制，而且，如果施特弗还是不肯，她很有可能说走就走，而且发誓再也不回来了。但是不管事实真相如何，看到这个小个儿太沮丧了，我实在不忍心讥笑他了。

“朋友，别难过了。她会回来的。女人冲动起来说的话，你千万别当真。”

“你不明白。她爱上了斯特里克兰。”

“啊？”我吃了一惊，但没来得及多想，就觉得这事太荒谬了，“你怎么能那么傻呢？你不是说你在嫉妒斯特里克兰吧？”我差点笑了起来。“你很清楚，她看见他都难受。”

“你不明白。”他呻吟道。

“你真是个疯子，”我有点不耐烦地说，“我给你倒杯苏打威士忌吧，你会感觉好点儿的。”

我猜不知什么原因——天知道男人都胡思乱想些什么来折磨自己——德克想当然地以为他的妻子喜欢上了斯特里克兰，而且以他瞎搅和的天赋，他肯定狠狠地冒犯了她，所以布兰奇多半为了气他，故意做了些让他越发怀疑的事。

“听着，”我说，“我们一起去你的画室吧。如果你自己犯了傻，就得低头认个错。你妻子可不是那种爱记仇的女人。”

“我怎么能回画室呢？”他有气无力地说，“他们在那儿呢。我们已经把画室让给他们了。”

“那就不是你的妻子离开了你，而是你离开了你的妻子。”

“看在上帝分上，别那样跟我说话。”

我还是没法当真。我压根儿不相信他说的话，但他的痛苦却是真实存在。

“好吧，既然你已经来找我说这件事了，最好把来龙去脉都告诉我。”

“今天下午，我再也无法忍受了，就找到了斯特里克兰，对他说我觉得他康复了，可以回他的住处了。我想在自己的画室里工作。”

“天底下也只有斯特里克兰要把这话对他挑明了，”我道，“他说了什么呢？”

“他笑了一声。你也知道他怎么笑的，仿佛他不是笑你有趣，而是笑你傻，然后他说立刻就走。他开始收拾东西。你还记得吧，我从他的房间里拿了些我觉得他会用到的东西。他找布兰奇要了一张纸，还有绳子什么的，好把东西打个包。”

施特弗停住了，他在费力地呼吸，我感觉他要晕过去了。这完全不是我想象中他要告诉我的故事。

“布兰奇脸色苍白，但还是把纸和绳子拿来了。斯特里克兰什么都没说，开始打包裹，还吹起了口哨，完全没有理会我们。他的眼里带着一种嘲弄的笑。我心里堵得慌，总觉得会发生点什么，真希望自己刚才什么都没说。他在四处找他的帽子。这时，布兰奇说话了：

“‘我要和斯特里克兰一起走，德克，’她说，‘我不能再和你一起生活了。’

“我想说点什么，但什么都说不出来。斯特里克兰还是什么都没说。他继续吹着口哨，仿佛这件事跟他一点关系都没有。”

施特弗又停了下来，擦了擦自己的脸。我一直安静地听着。我现在相信他了，心里很震惊。但我仍然无法理解。

然后，他用颤抖的声音泪流满面地告诉我，他走过去想抱住她，但她躲开了，还恳求他不要碰她。他哀求她别走，说自己多么热烈地爱着她，还让她回想他给过的所有宠爱。他说起了他们的幸福生活。他说他不生气，他不会责怪她。

“请让我安安静静地离开吧，德克。”她终于开口说道，“我爱斯特里克兰，你不明白吗？他去哪儿，我就去哪儿。”

“但你要知道，他不会让你快乐的。为了你自己，别走好吗。你根本不知道以后要面对什么。”

“这是你的错，是你坚持让他来的。”

他转身对着斯特里克兰。

“可怜可怜她吧，”他恳求道。“你不能让她做那么疯狂的事。”

“她有权利选择，”斯特里克兰说，“没人强迫她。”

“我已经做了选择。”她淡淡地说。

斯特里克兰极具杀伤力的镇静让施特弗失去了最后的控制。盛怒之下，他不顾一切地朝斯特里克兰扑了过去，完全不知道自己在做什么。斯特里克兰吃了一惊，脚下踉跄了几步，他虽然大病初愈，但也还是很强壮，所以一眨眼的工夫，施特弗还没明白怎么回事，就发现自己躺在了地上。

“你这个蠢货。”斯特里克兰说。

施特弗站了起来。他发现妻子无动于衷地站在一旁。在她面前出了丑，让他更加无地自容了。他的眼镜在刚才的搏斗中滚落在地，他一时找不到在哪儿。她把眼镜捡了起来，默默递给了他。他忽然意识到了自己的不幸，虽然他知道这会让自己更难堪，他还是哭了起来。他用手把脸捂了起来。他们看着他，什么都没说，一动不动地站在原地。

“啊，亲爱的，”他最后呻吟道，“你怎么能这样残忍呢？”

“我也无能为力，德克。”她回答。

“我一直深爱着你，世上没有哪个女人被这样深爱过。如果我做了什么事让你不开心，为什么不告诉我呢，我一定会改过来。为了你，我已经做了所有能做的一切。”

她没有回答，脸上毫无表情，他意识到自己在惹她生厌。她穿上外套，戴好了帽子。她朝门口走了过去，他明白，再过一会儿，就永远见不到她了。他立刻朝她走去，在她面前跪了下来，一把抓住她的手：他已经抛下了所有的自尊。

“亲爱的，别走，求你了。我不能没有你，我会自杀的。如果我做的事冒犯了你，我求你原谅我。再给我一次机会吧。我一定会更努力地让你幸福。”

“起来吧，德克。你已经让自己像个十足的傻瓜了。”

他勉强让自己站了起来，却仍然不肯放开她的手。

“你要去哪儿？”他急切地说，“你不知道斯特里克兰的住处是什么样，你不能住在那儿。那太可怕了。”

“如果我都不在乎了，我不懂你为什么要在乎。”

“再等一分钟吧，我必须把话说完。毕竟，你不可能怨恨我到那种程度吧。”

“说了又有什么用？我已经下定了决心。你说什么都不会改变我的想法。”

他使劲儿地喘着气，一只手捂着胸口，以缓解疼痛的心跳。

“我不是要让你改变想法，我只想让你再给我一分钟，听听我要说的话。这是我最后求你做的事了，别拒绝我。”

她停了下来，若有所思地看着他，她看他的目光已经迥然不同了。她回到了画室里，斜靠着那张桌子。

“说吧。”

施特弗费了很大劲儿让自己振作起来。

“你必须理智一些。要知道，你不能让自己喝西北风过日子。斯特里克兰连一个便士都没有。”

“我知道。”

“你要忍受最可怕的缺衣少食的生活。你知道他为什么这么久才康复吧。他差不多饿死了。”

“我可以赚钱给他用。”

“怎么赚？”

“我不知道。总会有办法的。”

一个可怕的想法从这个荷兰人心里一闪而过，他浑身哆嗦了一下。

“我觉得你一定是疯了。真不知道你是怎么鬼迷了心窍。”

她耸耸肩。

“我现在可以走了吗？”

“再等等。”

他疲惫地环顾着他的画室。他喜欢这间画室，是因为她的存在让这里有了欢乐，有了家的感觉，他闭了一会儿眼睛，然后久久地凝望着她，似乎要把她的样子印在自己的心里。他站起身，拿上帽子。

“你留下。我走。”

“你？”

她吃了一惊，不知道他是什么意思。

“想到你要住在那个肮脏可怕的阁楼里我就受不了。这里是我的家，但也是你的家。你待在这儿会过得比较舒服，至少不会一无所有。”

他走到那个放钱的抽屉旁边，拿了几张钞票出来。

“我想把这里的钱给你一半。”

他把钱放在了桌子上。斯特里克兰和他的妻子都没说话。

然后，他收拾了一些其他的东西。

“你可以我的衣服整理好交给看门人吗？我明天再过来拿。”他勉强地笑了笑，“再见，亲爱的。感谢你过去给我的所有快乐。”

他走了出去，关上了大门。在我的想象中，我仿佛看见斯特里克兰把帽子扔在桌子上，然后坐了下来，开始抽烟。

# 第二十九章

我沉默了一会儿，想了想施特弗刚才告诉我的一切。我受不了他的懦弱，他也看出来了。

“你和我都知道斯特里克兰住得怎么样，”他怯生生地说，“我不能让她住在那样的地方——我就是做不到。”

“那是你的事。”我回答。

“那你会怎么做？”他问。

“她是睁着眼睛走的。如果她不得不吃些苦头，那也是她自找的。”

“没错，但是你瞧，你并不爱她。”

“你仍然爱她吗？”

“是啊，比以前更爱。斯特里克兰不是个会让女人幸福的男人。他们不会长久的。我想让她知道，我绝不会放弃她。”

“你的意思是，你要等她回来？”

“那是当然。为什么不呢，到时候她会更需要我。等她孤苦伶仃的时候，如果无处可去，那就太可怕了。”

他似乎没有丝毫的怨恨。我也就是个普通人，所以他这么没骨气，让我很有些恼火。他也许猜到了我的想法，于是说：

“我不可能期望她爱我像我爱她一样。我是一个被人取笑的人，不是那种会让女人爱上的男人。我一直都很清楚。如果她爱上了斯特里克兰，我也不能怪她。”

“像你这样没有一点自尊的男人，我还从来没见过。”我说。

“我爱她远远胜过我自己。在我看来，如果自尊胜过了爱，那只是因为你实际上最爱你自己。毕竟，一个结了婚的男人爱上了别的女人是常有的事。这个男人醒悟后回到妻子身边，她仍然会接受他，而且每个人都认为这是一件自然而然的事。为什么换了是女人，情况就不一样了呢？”

“我得说这很有道理，”我笑了起来，“但大多数男人都和你不一样，所以他们无法接受。”

在与施特弗交流的过程中，我一直很困惑整件事怎么来得如此突然。我无法想象他完全没有察觉。我还记得在布兰奇·施特弗眼中看见过那种好奇的目光，也许那时候她就模模糊糊地意识到了自己的感情，自己也被震惊到了。

“在此之前，你从来没有怀疑过他们之间有情况吗？”我问。

他半晌没有回答。桌上放着一支铅笔，他下意识地在吸墨纸上画了个头像。

“你讨厌我问你的话，就直接说吧。”我说。

“说出来我会痛快些。唉，你不知道我心里的痛苦。”他把铅笔扔在了一边。“是的，我两个星期之前就知道了。我知道得比她更早。”

“那你究竟为什么不把斯特里克兰送走？”

“我不敢相信，我认为那不可能。她连看到他都会受不了。这怎么可能呢？太不可思议了。我以为自己只是嫉妒。你瞧，我常常嫉妒，但我尽量让自己不表现出来。我嫉妒她认识的每个男人，我甚至嫉妒你。我知道她并不像我爱她那样地爱我。这再自然不过了，不是吗？但她允许我去爱她，这就足够让我开心了。我强迫自己去外面待上几个小时，好让他们两个人单独相处，这些猜疑让我觉得自己很卑劣，所以我想惩罚自己，但是等我回来后，我发现他们不想看见我——不是斯特里克兰，他根本不在乎我；是布兰奇不想看见我。当我过去吻她的时候，她哆嗦了一下。最后，我实在不知道该做什么了，如果我去闹，他们只会笑话我。我以为只要我什么都不说，装作没看见，一切都会恢复正常。我打定主意安安静静地让他走，不吵也不闹。唉，如果你知道我有多么痛苦就好了！”

然后他又告诉我，他想让斯特里克兰走。他谨慎地选了个时间，尽量不经意地把话说出来，但他还是没能控制住自己颤抖的声音，原本轻松友好的那些话，说得充满了嫉妒的痛苦。他没想到斯特里克兰立刻就答应他了，而且马上开始收拾东西；他更没想到，他的妻子决定跟他走。我感觉他现在真心实意地希望自己根本什么都没说过。他宁愿遭到嫉妒的折磨，也不愿经受离别的痛苦。

“我想杀了他，结果却只是让自己更像个傻瓜。”

他沉默了很久，然后说了一句我知道他郁积在他心里的话。

“我再多等等就好了，也许一切就正常了。我不该那么没耐心。唉，可怜的宝贝，我把她逼成什么样了啊？”

我耸耸肩，但没说话。我对布兰奇·施特弗没有同情，但我知道，如果我把对她的想法告诉德克，只会让他痛苦。

他已经说得筋疲力尽了，却停不下来。他反反复复地说这件事，一会儿想起来之前还有什么没跟我说过，一会儿跟我讨论哪些该说没说，哪些不该说却说了，然后他哀叹自己的盲目，悔恨自己做了这件事，责怪自己忽略了那件事。夜越来越深了，终于，我也和他一样疲惫不堪。

“你现在打算做什么？”我最后问道。

“我还能做什么呢？等着她来找我。”

“为什么不暂时离开一段时间？”

“不，不行，她需要我的时候，我必须随时能被找到。”

他现在似乎非常迷茫，没有什么打算。我建议他去睡一会儿，他却说自己睡不着，想出去走走，直到天亮。他显然不适合一个人待着。我说服他留下来在我家里过夜，还把自己的床让给了他。我在起居室里有一张沙发床，我可以睡在那上面。他这会儿已经太疲倦了，拗不过我。我给他吃了几片安眠药，以便能安稳地睡上几个小时。我想，这是我能为他做的最好的一件事了。

# 第三十章

但我给自己安排的这张床太不舒服了，让我整晚都没睡着，于是反反复复地在想这个不幸的荷兰人对我说的话。

布兰奇·施特弗的行为并不让我觉得很困惑，因为我发现，她的行为不过是屈从于一种外在吸引力所导致的结果。我从来就不认为她真正在乎过她的丈夫，而我之前所看到的爱情，不过是女性对拥抱和抚慰的自然反应。只是大多数女人都以为这就是爱情。这是一种被动的感情，可以为任何一个对象产生，正如蔓藤可以攀附在任何一棵树上。但这个世界明智地认可了这种力量，它要催促一个女孩嫁给那个想娶她从而得到爱的男人。这是一种由安全感、财富上的优越感、被需要的快感和家的愉悦感所组成的感情，只有通过一场风花雪月，女人才会把精神价值赋予这种情感。在激情面前，这种情感毫无抵抗力。

我想，在布兰奇·施特弗对斯特里克兰的极度厌恶之中，可能一开始就含有某种隐隐约约的性诱惑。但我又有什么资格去解开性的神秘复杂呢？也许施特弗的热情点燃了她，却没有让她满足，所以她痛恨斯特里克兰，因为她感觉到了他身上有一种力量，可以满足她的需要。

我想，她当初是真心诚意反对丈夫把斯特里克兰带回来，她很害怕他，虽然她并不知道为什么。我还记得她是怎样预知这场灾难的。我想，她对他的恐惧，是以一种奇怪的方式由她对自己的恐惧转变而来的，因为他给她带来了极大的困扰。他的样子狂放不羁，眼神冷漠深邃，嘴唇非常性感，身材高大健壮，这给人一种桀骜不驯的印象，而且，她很有可能也感觉到了，在他身上有一种邪恶，正是这种邪恶曾让我想到人类历史初期的那些狂野生物，那时候万物从大地初生，似乎还存有某种灵性。他如果让她有了感觉，她会不可避免地爱上他，或憎恨他。而那时，她对斯特里克兰的感觉是恨。

然后我想，每天和这个病人的厮守，频繁的亲密接触很奇怪地让她动了心。她托着他的头，给他喂东西，他的头沉沉地压在她的手上。当他吃过东西之后，她擦擦他性感的嘴唇，擦擦他的红胡子。她给他清洗四肢，他的胳膊和大腿上都长着浓密的毛。当她给他擦手的时候发现，即便在生病虚弱的时候，他的手仍然强壮而坚韧。他的手指很长，是艺术家才有的那种灵巧漂亮的手指。我不知道这样一双手会让她产生什么样的困扰。他睡得很安静，一动不动，像已经死了，又像某个生活在森林的狂野生物，在长时间的追逐之后正在栖息。她想知道他正经历什么奇异的梦境。他梦见了萨特在希腊的树林里狂热地追逐着飞舞的小仙女吗？她跑开了，脚步飞快，不顾一切。但他正在一步步地靠近她，直到她在脖子上感觉到了他的灼热呼吸。她还在一声不吭地向前飞奔，他也一声不吭地紧追不舍，等他最终抓住她时，让她那颗心颤栗的，是恐惧还是狂喜呢？

布兰奇·施特弗陷入了如饥似渴的欲望掌控之下。她也许仍然憎恨斯特里克兰，却很想要他，她生活中的一切忽然都变得无足轻重了。她不再是一个性格复杂的女人了——她既善良又任性，既谨慎又乖戾；她变成了美娜德[①]，她变成了欲望的化身。

但这些都是想象出来的。她可能只是对丈夫厌倦了，出于纯粹的好奇心才走向了斯特里克兰。她可能对他并没有特别的感情，只是由于朝夕相处或无所事事才投向了他的怀抱，却发现无力挣脱自己布下的陷阱。在她平静的表情后面隐藏着哪些思绪，在她冷冷的灰色眼睛里掩埋着怎样的情感，我又怎么会知道呢？

然而，即便在面对人类这样无法捉摸的生物时，我们什么都不能确定，布兰奇的行为无论如何还是能找到些貌似合理的解释。可斯特里克兰却让人完全无法理解。我绞尽脑汁也无法解释这种与我对他的理解完全相反的行为。他残酷无情地背叛了朋友的信任，毫不犹豫地把自己一时兴起的快乐建立在别人的痛苦之上也不是什么奇怪的事。他就是这样的人。他不知感恩，也没有任何怜悯之心。我们大多数人都有的情感在他身上完全不存在，所以责怪他毫无感觉，就像责怪老虎凶猛残忍一样。然而，我所无法理解的是他为何要如此对待施特弗。

我无法相信斯特里克兰爱上了布兰奇·施特弗。我不相信他有爱的能力。这种感情之中，最关键的是一种柔情，但斯特里克兰无论对自己还是别人都毫无柔情可言。

爱情之中有一种软弱无力的感觉，有一种保护的欲望，有一种要对她好、给她快乐的渴望——这倒不是无私，而是一种藏得相当好的自私。爱情之中有某种不自信。这些特征我无法

① 美娜德，希腊神话中酒神的女祭司。

想象会出现在斯特里克兰身上。

爱是一种抽离，它把爱人从他的躯壳中抽离出来。即便是意识最清醒的人也无法意识到爱情终会结束，尽管他在理论上可能很清楚这一点。爱情让他看到幻象，尽管他知道这是虚无，但他仍然热衷于爱情而不是现实。

爱情会让一个人比原来的自我更丰富了一些，同时又比原来的自我更窄小了一些。他不再是原来的自己了。他不再是一个人，而成了追求某个他无从了解的目的的一个物体、一个工具，而这有别于他的自我。

爱情从来就免不了多愁善感。但在我认识的人当中，斯特里克兰最不可能有那种毛病。我不相信他会被爱情左右，他永远不可能受到外物的束缚。我相信无论什么东西，只要挡在了他和迫使他一直奔向未知的那种渴望之间，他就可以把它从心里连根拔去，尽管这样做会非常痛苦，会让他伤痕累累、鲜血淋漓也在所不惜。如果我已经清楚地描绘了斯特里克兰给我留下的复杂印象的话，那么我想下面的话似乎就不会那么惊世骇俗了：我感觉斯特里克兰既伟大，同时又渺小，而他与爱情毫不相称。

但我想，每个人对爱的认识都源于自己的行为特性，所以爱情因人而异。因此，即便是斯特里克兰这样的人也一定有他独特的恋爱方式。想分析清楚他的感情只会是一场徒劳。

# 第三十一章

第二天，虽然我再三挽留，施特弗还是走了。我建议我帮他去画室拿东西，但他坚持自己去。我想他也许希望他们没把东西收拾起来吧，那样他就有机会再见自己的妻子一面了，或许还能劝她回到自己身边。但他发现，他的行李已经在门房的寄存处等着他了，那个看门人告诉他说，布兰奇已经出去了。我觉得他会忍不住向看门人倾诉自己的烦恼。我发现他在跟自己认识的每个人说这件事。他希望得到同情，却只引来了嘲笑。

他还干了最有失体统的事。他知道他的妻子每天几点钟去买东西，有一天，他迫不及待地想见她，便在那条路上等着她。她不愿跟他说话，但他坚持要说。他噼里啪啦地说了一堆话，为过去对她犯下的错误道歉。他告诉她，他全心全意地爱着她，乞求她回到他的身边。她不理不睬，别过头，只顾匆匆地往前走。我仿佛看见他拖着胖乎乎的两条腿吃力地跟在她身后。他气喘吁吁地告诉她，自己现在多么痛苦。他恳求着她的怜悯。他赌咒发誓，只要她能原谅他，他什么都可以为她做。他还说要带她去旅行。他告诉她斯特里克兰很快就会厌倦她。

我听他说起这件难堪的事只觉得震怒。他不但失去了理智，而且失去了尊严。但凡能让他妻子鄙视他的事，他一件都没少做。世上没有哪种残忍更甚于女人对爱着她而她却不爱的男人的残忍。她对他没有仁慈，甚至不能容忍，她只会恼羞成怒。布兰奇·施特弗忽然停下了脚步，使出所有的力气扇了他一个耳光。她趁他愣住的时候飞奔而去，跑上楼梯，回到了画室。自始至终，她一句话都没说。

施特弗一边向我倾诉，一边用手摸着自己的脸，好像那狠狠一巴掌的痛劲儿到现在还没过去似的，他的眼里有一种撕心裂肺的痛，还有一种滑稽可笑的震惊。他看上去像个垂头丧气的小学生，虽然我很替他难过，却忍不住想笑。

在那之后，他常常走到她上街买东西必经的那条路上，但只会站在角落里，守在另一边，等着她经过。他不敢再跟她说话了，只会张望着把他心中的向往收在他那双圆圆的眼睛里。我估计他以为这样一副痛苦模样会打动她。但她却像从来没见到他一样。她甚至连出去买东西的时间都没改变，也没换条路线。我觉得她的冷漠带着某种残酷，也许她从施加折磨中得到了快乐。我想知道她为什么如此恨他。

我劝施特弗做些更明智的事。他这样没骨气让旁观的人都觉得很恼火。

“你这样做根本就毫无用处，”我说，“我觉得你更应该拿根棍子敲她的脑袋，她肯定就不会像现在这样鄙视你了。”

我劝他回老家住上一段时间。他过去常常对我说起那座安静的小镇，就在荷兰最北边的某个地方，他的父母至今仍然住在那儿。他们都是贫苦的人。他的父亲是个木匠，他们住在一栋狭小破旧的红砖房子里，那座房屋干净整洁，旁边有条水流平缓的运河。小镇上的街道很宽阔，空空荡荡的。两百年来，这里渐渐走向衰亡，但那些房屋依然如同当年那般朴实庄重。那些把货物送往遥远的西印度群岛的富商们住在这些房屋里，过着平静而富足的生活；如今这些人家虽然不可避免地走向没落，却仍然维持着昔日的辉煌。你可以沿着这条运河走到一望无际的绿色田野，看到这里或那里有几座带风车的磨坊，周围有些黑白相间的奶牛在懒洋洋地吃草。我想，在那样带着童年回忆的环境里，德克·施特弗会忘了所有的不幸。但他却不愿回去。

“她需要我的时候，我必须在这里，”他反复说，“如果有什么可怕的事情发生，而我又不在她的身边，那就糟糕透了。”

“你觉得会发生什么？”我问。

“我不知道。但我很担心。”

我耸耸肩。

尽管生活在巨大的痛苦里，德克·施特弗仍是个可笑的家伙。他如果变得颓废消瘦了，也许会引起人们的同情。但他完全没有。他还是一副胖乎乎的模样，两个圆鼓鼓、红彤彤的脸蛋亮得像熟透了的苹果。他一向都很整齐体面，现在仍然穿着他那件干干净净的黑外套，戴着那顶略小一些的圆顶礼帽，样子清清爽爽，干净利落。他的肚子正在发胖，一点儿也没受到悲伤的影响。他看上去比以往更像个快乐富足的小商贩了。有时候人的外表与他的灵魂极不相称，这是铁一般的事实。德克·施特弗有着罗密欧的热情，却活在托比·培尔契爵士[1]的

① 托比·培尔契爵士（Sir Toby Belch），莎士比亚戏剧《第十二夜》当中的人物，奥丽维亚的舅舅，是个整天吃喝玩乐的人。

身体里。他性格和蔼，慷慨大方，却总是把事情做错，闹出笑话；他可以真实地感受到美，却只能创造平庸；他的感情极其细腻，举止却大大咧咧。他处理别人的事圆滑老练，但面对自己的情况却束手无策。古老的大自然开了一个多么残酷而真实的玩笑啊，把那么多矛盾的因素都扔到了一个人身上，然后让他直面这个令他困惑的冷酷世界。

# 第三十二章

我有好几个星期没见过斯特里克兰了。我很厌恶他，如果有机会的话，我会当面告诉他，但我也犯不上为了这件事特地去找他。我也不太愿意装出一副义愤填膺的样子，这里面总有一种自鸣得意的成分，会让一个有幽默感的人觉得你在装腔作势，这会很尴尬。除非我真的动怒，否则我是不愿意成为别人的笑柄的。而斯特里克兰惯会嘲笑挖苦，丝毫不讲情面，在他面前我更要小心谨慎，不能让他抓住把柄。

但是有天晚上，我经过了克利希大道，在那家斯特里克兰常去而我现在已经躲着走的咖啡馆前面，我却和斯特里克兰撞了个满怀。他带着布兰奇·施特弗，两人正往斯特里克兰喜欢的那个角落走去。

“你这么多天跑哪儿去了？”他说，“我还以为你走了呢。”

他热情地跟我打招呼，这表明他知道我不想跟他说话。但是对这样的人，根本就不需要客套。

“没有，”我直截了当地说，“我还没走。”

“你为什么一直没到这里来呢？”

“巴黎有许多咖啡馆，去哪家都可以消磨时间吧。”

布兰奇对我挥了挥手打招呼。不知道为什么，我原本想着她会有些改变。但她还老样子，仍然穿着和以前一样的灰裙子，看上去干净利落，前额光洁明净，眼神依然无忧无虑，就像以前她在画室里操持家务时我见到的那样。

“来下盘棋吧。”斯特里克兰说。

我不知道为什么这时候想不出任何拒绝的理由。我闷闷不乐地跟着他们来到了斯特里克兰常坐的那张桌子旁边，他叫来侍者，要了棋盘和棋子。他们都觉得这是顺理成章的一件事，如果我有什么异议倒显得可笑了。施特弗太太看着我俩下棋，脸上的神色让人捉摸不透。她很安静，但她一直就很安静。我看看她的嘴，想找到一个能让我明白她内心感受的表情；我注视着她的眼睛，想发现一丝可以泄露实情的目光，一个流露出沮丧或痛苦的眼神；我打量她的前额，看那里会不会有一条转瞬即逝的皱纹，表明某种正在平息的情绪。但她的脸是一张面具，什么都看不出来。她的两只手一动不动地放在膝盖上，松松地握着。我听说过她的事，知道她是个暴躁的女人，她给了德克这个全心全意爱她的男人一记狠狠的耳光，这暴露了她的喜怒无常和可怕的冷酷。她背弃了丈夫的保护，抛下了舒适安稳的家，为了一件她自己也知道极度危险的事。这让我看到了她对冒险的渴望，看到她乐于面对勉强糊口的生活，而她曾经对家庭的悉心照料和对井井有条打理家务的热爱，倒让这些变得尤其引人注目了。看来，她肯定是个性格复杂的女人，把这一切与她故作端庄的外表对比，你会发现其中的不可思议之处。

这次见面让我感到兴奋，也让我陷入了遐想，但我还得集中精神，下好面前的这盘棋。我每次下棋，都会竭尽全力，一定要打败斯特里克兰，因为他是一个瞧不起手下败将的玩家。他每次取胜后的狂妄更会让对手无地自容。但他如果下输了，反而能欣然接受。他是个糟糕的赢家，却是个好相处的失败者。那些觉得下棋最能暴露对方性格的人，倒是可以从斯特里克兰这个例子上做一些推论。

等他下完棋，我叫来侍者，付了酒钱，然后离开了他们。这次见面实在平平无奇，我没听到能引起我思考的只言片语，所做的任何揣测也都没有依据。但这激起了我的好奇心，让我想一探究竟。我实在摸不透他俩的关系，看不出来他们相处得如何。我愿意不惜代价当一个没有躯壳的灵魂，那样我就可以在那个私密的画室中看见他们，听听他们的谈话了。但在这次会面中，我没找到任何蛛丝马迹可以让我的想象力驰骋。

# 第三十三章

过了两三天，施特弗来找我。

“我听说你见到了布兰奇。”他说。

“你怎么知道？”

“有人说看见你和他们坐在一起。为什么你不告诉我呢？”

“我怕只会让你痛苦。”

“即使会痛苦，我在乎吗？你得知道，我想听到关于她的一切。”

我等着他问我问题。

“她现在是什么样子？”他说。

“一点儿都没变。”

“她看起来开心吗？”

我耸耸肩。

“我怎么知道？我们在咖啡馆里下棋呢，我没有机会和她说话。”

“哦，但你从她的面貌上看不出来吗？”

我摇摇头。我只能再次告诉他，她没有通过任何一句话、任何一个动作让我了解她的感受。他一定比我更清楚她的自控力有多强。他激动得双手紧紧握在一起。

“唉，我非常害怕。我知道肯定有事要发生，非常可怕的事，可是我却没办法阻止。”

“会发生什么样的事？”我问。

“唉，我不知道，”他哀叹着，双手抱住了头，“我预感到会发生可怕的灾难。”

施特弗一直都很容易激动，而现在更是发了狂，已经完全失去理智了。我想，很可能布兰奇·施特弗受不了斯特里克兰，没法儿再跟他过下去了，常言道自作自受。但这句话却错得最离谱。实际的生活经验表明，人们总是在做一些会导致灾难的事，却总是能找到机会侥幸逃脱这些蠢事带来的后果。布兰奇与斯特里克兰闹翻了之后，只有离开他一条路可走，而她丈夫却在低声下气地等着她，准备原谅一切，忘记过去的一切。我不准备对她寄予太大的同情。

“可是，你不爱她啊。”施特弗说。

“毕竟，没有什么可以证明她不幸福。大家只知道，他们可能已经在安安稳稳地过日子了。”

施特弗哀怨地看了我一眼。

“对你而言，这当然不算什么，但对我却非常重要，极其重要。”

如果当时我的神色看上去不耐烦或无所谓，那我确实有点对不起施特弗。

“你可以为我做件事吗？”施特弗问。

“乐意效劳。”

“你可以替我写封信给布兰奇吗？”

“你为什么不自己写呢？”

“我已经写了很多很多信了。我没指望她会回复。我想她根本没看过我的信吧。”

“你太小看女人的好奇心了。你觉得她能忍住不看吗？”

“她可以——对我写的信。”

我很快地看了他一眼。他低着头。他的那句回答在我耳中听着异乎寻常的卑微。他很清楚她已经对他完全不屑一顾了，看见他的亲笔信也不会对她有一丝一毫的影响。

“你真的相信她还会回到你身边吗？”我问。

“我想让她知道，如果实在不行了，她还可以依靠我。这就是我想让你告诉她的话。”

我拿出了一张信纸。

“你想让我怎么写呢？”

下面是我写的信：

亲爱的施特弗太太：

德克希望我能告诉你，假如有一天你想找他，他将非常感激你让他有机会为你效劳。对于已经发生的事，他对你有没任何怨言。他对你的爱始终如一，不会改变。你可以随时在这个地址找到他。

# 第三十四章

尽管我比施特弗更加确信斯特里克兰与布兰奇之间的关系会以灾难收场，但我没想到这件事最后会以悲剧收场。转眼到了夏天，天气潮湿闷热，让人透不过气来，即使在夜里，也没有一丝凉意可以让人放松疲惫的神经。那些被阳光烤过的街道似乎把白天吸收的热量又释放了出来，来来往往的行人拖着疲惫的脚步在路上前行。我已经有几个星期没见过斯特里克兰了。由于一直忙着其他事情，我没有再去想他，也没再想有关他的问题。德克还在徒劳地唉声叹气，他已经开始让我厌烦了，于是我躲着不去见他。而且，我觉得整件事都很难堪，我不想再为它烦心了。

那天早上，我正在工作，身上还穿着睡衣。我的思绪漫无边际，我想到了布列塔尼[1]的阳光海滩和清新的大海。我身边有只空碗，碗里之前装着女看门人给我送来的牛奶咖啡，旁边还剩下半块羊角面包。我的胃口不太好，没能吃完。女看门人正在隔壁冲洗我的浴室。突然，门铃叮当地响了起来，我等她去开门。不一会儿，我听见了施特弗的声音，他问我在不在

① 法国西北部的一个地区，在英吉利海峡与比斯开湾之间。

家。我坐着没动，大声喊他进来。他迅速进了房间，走到我坐着的桌子旁边。

“她死了。”他声音嘶哑地说。

“你说什么？”我吃惊地喊。

他嘴唇动了动，仿佛在说话，却没有声音出来。他像是傻瓜似的哇里哇啦地说了一堆毫无意义的话。我的心在怦怦乱跳，然后不知道为什么，我忽然发起了脾气。

“看在上帝分上，你镇定一点好吗，”我说，“你究竟在说什么？”

他胡乱用手比画着，却没有半句话从嘴里出来。他可能受到巨大的惊吓，突然失声了。我也不知道突然怎么了，一把抓住他的肩膀，使劲儿摇晃他。现在回想起来，我有点懊恼自己当时那么愚蠢，估计前一天晚上的彻夜未眠让我的精神有些崩溃吧。

“让我坐下。”他终于费力地说了出来。

我倒了一杯圣加尔米耶酒给他。我把酒杯拿到他的嘴边，像是在喂一个孩子。他猛地把酒倒进了嘴里，有好些洒在胸口的衬衫上。

“谁死了？”

我不知道自己为什么要这样问，因为我很清楚他说的是谁。他好不容易让自己镇定了下来。

“他们昨晚吵了一架。他就离开家了。”

“她死了吗？”

“没有，他们把她送到了医院。”

“那你到底在说什么？”我不耐烦地喊了起来，“你为什么要说她死了？”

“别冲我嚷嚷。那样的话，我什么都没法儿跟你说。”

我攥紧了拳头，强压下怒火，勉强地笑了笑。

“很抱歉。你慢慢说。别着急，我听着呢。”

他那双圆圆的蓝眼睛从眼镜后露出恐惧。两片老花镜让他的眼睛变了形。

“今天早上，看门人去给他们送信，她按了门铃却没人来答。她听见屋里有人在哼哼。门没锁，她就进去了。布兰奇就躺在床上，已经快不行了。旁边的桌子上有一瓶草酸。”

施特弗双手掩面，身体前后摇晃着，呻吟了起来。

“她还有意识吗？”

“有。啊，你知道她有多痛苦就好了！我受不了了。我受不了了。”

他的声音高亢了许多。

“见鬼，你有什么受不了的，”我不耐烦地喊道，“她这是自找的。”

“你怎么能那么残忍？”

“你后来做了什么？”

“他们让人请了医生，也通知了我，他们还报了警。我曾给过那个看门人二十法郎，让她发现情况立刻告诉我。”

他忽然顿住了，我明白他接下来要说的一定很艰难。

“我去了之后，她不愿意跟我说话。她让人把我赶出去。我发誓原谅她的一切，但她就是不听，还把脑袋往墙上撞。医生告诉我说，我不能留下来陪着她。她一直在说：‘让他走开！’于是我走了，在外面的画室里等着。过了一会儿，救护车来了，他们把她抬上了担架，还让我躲进了厨房，好让她不知道我在那儿。”

在我换衣服的时候——因为施特弗想让我立刻跟他去医院——他告诉我已经给妻子安排了一间私人病房，那样她至少可以不用挤在污浊混杂的公共病房里。在路上，他向我解释为什么要我去，如果她仍然拒绝见他，或许她会愿意见我。他恳求我再次对她说，他仍然爱着她，他不会责怪她，只想去帮助她，他对她没有任何要求，等她康复之后，他也不会强留她在身边，她是完全自由的。

我们到了医院门口，那是一栋老旧阴森的大楼，看着就让人心里难受。我们从这间医务室奔到了那间医务室，爬上了数不尽的楼梯，又穿过光秃秃似乎永远走不到头的走廊，终于找到了主治医生，却被告知这个病人情况严重，当天不能接受探视。这位医生蓄着胡须，穿一身白大褂，态度很强硬。他显然是把病人当成了病例，把焦急万分的家属看成了麻烦事，所以对他们毫不客气。更何况对他而言，这样的事情太平常了，只不过是个歇斯底里的女人和情人吵架后服下了毒药，这种事一直都有。起初，他以为德克就是这场灾难的原因，所以不由得讽刺了德克几句。于是我解释说，他是病人的丈夫，渴望宽恕她。这位医生忽然转过头来，好奇地打量了他一眼。我在他的目光中似乎看见了一丝嘲讽之意。施特弗确实长得像个容易受欺骗的丈夫。这位医生轻轻地耸了耸肩。

“已经脱离生命危险了，”他回答了我们的询问，“没人知道她服用了多少剂量，有可能只是虚惊一场。女人们总是为了爱情寻短见，但她们通常会很小心，闹一闹罢了，只是为了让爱人怜悯或担心。”

他的语气中有一种冷冷的蔑视。显而易见，布兰奇·施特弗对他而言只是一个统计数字，可以添加到巴黎市那一年自杀未遂的数据清单上而已。他还有事要忙，不可能为了我们浪费时间。他告诉我们，如果第二天某个时间再来，要是布兰奇身体情况好些了，她的丈夫有可能会见到她。

# 第三十五章

我不太清楚我们是怎样熬过那一天的。施特弗没法儿一个人待着，我只能竭尽全力让他别老想着那件事。我带他去了卢浮宫，他装模作样地欣赏着那些画，但我看得出来，他心里仍然想着他的妻子。我强迫他吃东西，午餐过后，我又要他躺下休息，但他睡不着。他欣然接受了我的邀请，留在我的公寓里小住几日。我给了他几本书读，但他翻过一两页之后就会把书放下，可怜巴巴地看着半空中发呆。到了晚上，我们一局局地打扑克牌，为了不让我失望，他便强打起精神来，装作玩得津津有味的样子。最后，我给他喝下一剂药，尽管他睡得并不安稳，但总算进入了梦乡。

我们再次去医院时，见到了一位女护士。护士告诉我们布兰奇似乎好了点儿，还帮我走进病房，问她愿不愿意见见她的丈夫。我们听见布兰奇住的那间病房里传来一些声音，很快，那位护士回来说，病人拒绝见任何人。我们事先对护士说过，如果她拒绝见德克，就请护士问问她愿不愿意见我，但她也拒绝了。德克的双唇颤抖了。

“我不敢多问了，”这位护士说，“她现在病得很厉害。

再过一两天，也许她会改变主意。”

“她有其他想见的人吗？”德克问，声音低得像在耳语。

“她说她只想一个人待着。”

德克的两只手很不协调地动了一下，似乎那双手与他的身体无关，只是自己动了动。

“请你告诉她，如果有其他人她想见，我可以去带他来，好吗？我只想让她开心起来。”

这位护士用那双宁静慈祥的眼睛看着他，那双眼睛虽已看过世间所有的恐惧和痛苦，里面却仍然装着一个没有罪恶的世界，眼神依然澄澈平静。

“等她冷静一些了，我会告诉她的。”

德克心里放不下，求她立刻去传口信。

“这会让她好起来的。我求求你，现在去问她吧。”

护士同情地笑了笑，又进了那间病房。我们听见她低声说了些什么，然后传来一个我认不出来的声音回答：

“不见。不见。不见。”

护士又出来了，摇了摇头。

“刚才说话的是她吗？”我问，“她的声音听起来有些奇怪。”

“她的声带似乎被酸液灼烧了。”

德克低声哀叹起来。我让他先走，在门口等着我，因为我想跟这位护士说几句话。他没问我要说什么，只是默默地走了。他似乎已经失去了全部的意志，像个听话的孩子。

“她对你说过为什么要这样做吗？”我问。

“没有。她不肯说话，只是安静地躺着，有时好几个小时也没动一动。但她一直哭，枕头都湿透了。可她还太虚弱，用不了手绢，只能任由眼泪从脸上落下来。”

我觉得心里猛地揪了一下，恨不得让斯特里克兰立刻死了，在跟护士道别的时候，我知道自己的声音在颤抖。

我发现德克在楼梯口等我。他像是在发呆，没察觉到我已经来了，直到我碰了碰他的手臂。我们默默无语地往前走。我努力想象着到底发生了什么才让这个可怜的女人走到了今天这一步。我推测斯特里克兰已经知道了这件事，因为警察局一定派人找过他了，而他一定也做了口供。我不知道他在哪里，说不定他应该已经回到了那间破烂的阁楼画室。奇怪的是，她却不想见他。也许，她不想找他来是因为知道他不会来。我想，她究竟是看见了一个什么样悲惨的无底深渊，才会恐惧绝望得不想活下去了。

# 第三十六章

接下来的这个星期糟糕透顶。施特弗一天跑两次医院，去问候他的妻子，而她仍然拒绝见他。他离开的时候最初是感到宽慰并充满希望的，因为他被告知她好了许多，后来又陷入了绝望，因为医生之前担心的并发症还是爆发了，而且没有可能康复了。护士虽然很同情施特弗，却也没有什么话可以安慰他。那个可怜的女人静静地躺着，不肯说话，目光决绝，仿佛看着死亡在靠近。看来也就是一两天的事了。

那天夜里，已经很晚了，施特弗来看我。不等他开口，我就知道他是来告诉我病人的死讯的。他已经完全筋疲力尽了。他再也没有像平日里那样喋喋不休，而是疲惫地倒在了我的沙发上。我觉得说什么安慰的话都无济于事，便让他静静地躺在那里。我想看会儿书，可又怕他会觉得我太冷漠无情了，于是只好坐在窗户旁边，默默地抽起了烟斗，直到他愿意开口说话。

“你对我太好了，”他终于说，“每个人都对我太好了。”

“什么乱七八糟的。”我觉得有点尴尬。

“在医院里，他们告诉我最好等一等。他们给了我一把椅子，于是我就坐在门外面。她失去意识之后，他们说我可以进去了。她的嘴和下巴都被酸液灼烧了。看见她那么好的皮肤全毁了让人觉得可怕。她死得非常平静，还是护士告诉了我之后，我才知道她死了。”

他已经疲惫到哭不出来了。他软绵绵地仰躺着，四肢仿佛失去了所有的力气，不一会儿，我见他已经睡着了。他已经一个星期没有这样好好睡过了。大自然虽然有时候很残酷，但有时候也很仁慈。我给他盖上了被子，然后关了灯。早上我醒来的时候，他还在沉睡中。昨天一整夜他都睡得纹丝不动，那副金边眼镜仍然架在他的鼻梁上。

# 第三十七章

布兰奇·施特弗的死亡牵涉到了各种各样繁杂的手续，但最终我们得到了允许，可以将她下葬。我和德克两个人跟在灵车后面去送葬。去的时候走得很慢，回来的路上马车却一路小跑起来，驾驶灵车的马车夫挥鞭赶马的模样让我莫名其妙地有种恐惧感，那样子像是耸耸肩就把死去的人打发了。我时不时地看见灵车在我们前面晃动，我们的马车夫也匆匆地赶着马，以免我们落在了后面。我觉得自己也有一种赶快把这件事从心里甩掉的愿望。我开始对那件实际上与我毫不相干的悲剧感到厌倦，于是我轻松地换了个话题，似乎这样做是为了让施特弗不再难过。

“你不觉得最好离开一阵子吗？”我说，“现在继续待在巴黎对你可能已经没有意义了。”

他没有回答，但我毫不留情地问了下去：

“你以后有什么打算吗？”

“没有。”

“你必须重新振作起来。为什么不到意大利去，重新开始画画呢？”

他还是没有回答，但这辆车的马车夫挽救了我。他放慢了速度，转过身来对我们说话。但我没听见他说了什么，于是把头伸出了窗外。他想知道我们要在哪儿下车。我告诉他稍等一会儿。

“你最好和我一起吃午餐吧，”我对德克说，“我让他在皮加勒广场把我们放下来。”

“我不想去，我要回画室。”

我犹豫了一会儿。

“你想让我跟你一起去吗？”我又问。

“不用了，我宁愿一个人待着。”

“好吧。”

我告诉了马车夫要走的方向。马车继续往前走，我们两人又重新陷入了沉默。从他们把布兰奇送到医院的那个不幸的早上开始，德克就再也没有去过画室了。我很高兴他不想让我陪着他，在门口与他告别之后，我便轻轻松松地走了。我在巴黎的大街上找到了新的乐趣，我满心欢喜地看着街头匆匆来往的行人。天气很晴朗，阳光很灿烂，我觉得心里洋溢着一种强烈的生活喜悦，这种感觉比以往任何时候都要更加强烈。我也由不得自己——我把施特弗和他的伤心事统统抛到了脑后。我要享受生活。

# 第三十八章

我将近有一个星期没有再看见施特弗。直到有天晚上，刚过七点，他就来找我，拉着我一起出去吃晚餐。他身穿重孝，圆顶礼帽上系了一条很宽的黑带子，连手绢上都镶着条黑边。他这身哀悼打扮是在告诉别人，他在一场灾难中失去了世上所有的亲人，连再婚两次的远方表亲也不例外。他那胖乎乎的身材和红彤彤的脸蛋却和他的哀悼之情显得很不协调。在他的极端不幸中竟然有某种可笑之处，这真是太残酷了。

他告诉我，他已经决定离开了，但并不是我建议的意大利，而是去荷兰。

"我明天就动身。这也许是我们最后一次见面了。"

我回答得很有分寸，他黯然一笑。

"我已经五年没有回过家了。我觉得自己把家都给忘了。我似乎已经离家太远，有点不好意思再回去探望了。但现在那里是我唯一可以去的地方。"

他痛苦不堪，伤痕累累，所以想回去寻找母爱的温柔抚慰。他已忍受多年的嘲讽讥笑如今似乎压垮了他，而布兰奇的背叛给了他最后一击，让他失去了曾经的恢复力，无法再像过去那样快乐地不屑一顾。他再也不能笑着面对别人对他的嘲笑了。他被大家给摒弃了。他对我说起童年在那栋整洁的砖房子里度过的时光，说起他母亲对收拾屋子的热爱。她的厨房整洁光亮，锅碗瓢盆每样东西都摆放得一丝不乱，哪里都看不见一丝尘埃，简直像个奇迹。真的，让家里整洁干净是她一直以来的狂热。我仿佛看见了一个干净利落的小老太太，脸颊红得像苹果一样，从早到晚、忙里忙外、长年累月地保持家里干净整洁。他的父亲是个清瘦的老头儿，劳作了一辈子，双手已经粗糙变形，他默默无语，性格耿直。每天晚上，他都会大声地朗读报纸，而他的妻子和女儿（嫁了一个渔船船长）都埋头做着针线活儿，不想浪费一分一秒。在那座小镇上，仿佛什么新鲜事都没有发生过，那是一个被不断进步的文明遗忘的角落，时间年复一年地过去，直到死亡像个朋友般来临，让那些勤勤恳恳劳碌了一生的人得以安息。

“我的父亲曾经希望我能成为和他一样的木匠。我们已经子承父业传了五代。也许这就是生活的智慧吧，踏着父亲的脚步往前走，不去左顾右盼。我还是个小男孩的时候，曾说要娶隔壁那个马具工匠的女儿，她是个长着一双蓝眼睛、梳了一根亚麻色马尾辫的小女孩。她会把我的屋子收拾得很亮堂，而我会有个儿子来继承我的事业。”

施特弗轻轻地叹息一声，沉默了下来。他的思绪仍然沉浸在原本可能有的生活图景中，他曾经拒绝的那种安稳日子，如今却让他感觉到了渴望。

“这个世界艰辛而残酷。没人知道我们为什么身处此地，也没人知道我们要去哪里。我们必须非常谦卑，必须看到寂静的美。我们必须不太惹眼地度过一生，好让命运之神注意不到我们。所以，让我们和淳朴敦厚的人相爱吧，他们的愚昧远比我们的全部知识更为可贵。让我们保持着沉默，满足于我们的小天地，像他们一样谦恭温顺。这就是生活的智慧。”

在我听来，这番话是他破碎的心灵在倾诉，所以我对他的消沉和自暴自弃有些抗拒。但我也不想跟他争辩，宣扬我的处世方针。

“你怎么想到要当个画家呢？”我问。

他耸了耸肩。

“我刚好有点画画的本领。在学校里，我因为画画得了奖。我可怜的妈妈很骄傲我有绘画天分，于是给我买了一盒水彩颜料作为礼物。她把我画的图给牧师看，给医生看，还给法官看。后来，他们把我送到了阿姆斯特丹去争取奖学金，而我也赢得了那份奖学金。可怜的人啊，她那么自豪，所以尽管我离开让她快要心碎了，她还是笑着，不让我看见她的悲伤。她很开心自己的儿子会成为一名艺术家。他们省吃俭用让我足以维持生活，当我的第一幅画参加展出的时候，他们来到了阿姆斯特丹看展览，我的父亲、母亲和姐姐都来了，而我母亲看见那幅画的时候哭了出来。”他那双善良的眼睛湿润了。“所以现在，那栋老房子里的每一面墙壁上都有一幅我的画，镶嵌在漂亮的金色画框里。”

他因为快乐骄傲而脸上熠熠生辉。我想到了他画上那些毫无生气的冰冷的场景，想到了那些为画而画的农民、柏树和橄榄树什么的。这样一些画镶嵌在农舍墙壁上的耀眼画框中，看上去一定很怪异。

“我亲爱的妈妈觉得，她为我做了件了不起的事，把我培养成了一名艺术家，但如果当初我父亲的意愿占了上风，对我也许会更好一些吧，那样我现在就只是一个老老实实的木匠了。”

“你已经知道了艺术能带来什么，还会去改变你的生活吗？你会放弃艺术带给你的所有愉悦吗？”

“艺术是这个世界上最伟大的东西。”他沉吟了片刻回答。

他若有所思地看了我一会儿，似乎犹豫了一下，然后说：

“我已经见过斯特里克兰了，你知道吗？”

“啊？”

我很惊讶。我还以为他根本不想看见那个人。施特弗微微一笑。

“你也知道，我没什么自尊心的。”

“你这话是什么意思？”

他给我讲了一个很奇特的故事。

# 第三十九章

我们那天安葬了可怜的布兰奇，分手之后，施特弗怀着一颗沉重的心走进了那栋房屋，尽管他非常害怕那无法避免的剧烈痛苦，但似乎有什么东西在驱使他往画室里走，那是某种隐秘的想要自我折磨的欲望。他拖着疲惫的身体上楼，双腿似乎不愿再听使唤。他在门口徘徊了很长时间，拼命想鼓足勇气推门进去。他觉得自己很难受，有种冲动，想跑下楼追上我，恳求我跟他一起进去。他感觉画室里有人。他想起以前上楼时，往往要在楼梯口等上一两分钟，好让自己喘得缓过劲儿来，但由于急不可耐地想看见布兰奇，又傻乎乎地呼吸急促起来。每次看见布兰奇都让他喜不自禁，即使他外出不到一个小时，再次看见她也会让他感到兴奋，仿佛已经分开了一个月之久似的。忽然间，他无法相信她已经死了。所有发生了的事可能只是一个梦，一个可怕的梦，所以他转动钥匙打开门之后，会看见她弯腰站在桌子旁边，像极了夏尔丹《午餐前的祈祷》中那个姿势优雅的女人，他一直觉得那幅画精美绝伦。于是，他匆忙掏出钥匙，打开门，走了进去。

屋里不像没人住的样子。布兰奇生性爱洁，这曾经让他那么快乐。他从小的教养让他对整洁所带来的愉悦有一种亲切感，所以每次看见她本能地把每样东西都摆在指定的地方，他的心里就会油然而生一种温暖的感觉。卧室里看起来就像她刚刚离开一样：两把刷子整整齐齐地摆在梳洗台上，就放在那把梳子两边，每边各摆着一把；她在画室最后一晚睡过的床不知被谁整理过，铺得平平整整；她的睡衣在一个小盒子里，摆在枕头上。这一切都让人难以相信，她再也不会回到那间屋子里了。

他忽然觉得口渴，便去厨房里倒水喝。这里同样是那么整齐。在一个架子上摆着几个盘子，和斯特里克兰吵架的那天晚上，她曾用这些盘子盛过晚餐，这几个盘子都已经仔仔细细地洗干净了。刀叉都收在一个抽屉里。有块还没吃完的芝士被盖起来了，铁盒里还有一块面包。她每天都外出买东西，只买当天需要的，因而没什么会剩下来留到第二天。施特弗从警察的询问中得知，斯特里克兰吃过晚餐就立刻从屋里走了，而布兰奇仍然像往常一样把东西都洗干净了，这让施特弗不寒而栗。她的井然有序让人觉得那场自杀更像是蓄意已久的行为，她的自制力令人感到惊恐。突如其来的心痛一把抓住了他，让他两腿一软差点摔倒。他回到卧室，倒在了床上，哭喊着她的名字。

“布兰奇！布兰奇！”

他一想到她，痛苦就无法忍受。他的脑子里忽然闪现出她的幻影：她站在厨房里——那地方比橱柜大不了多少——正在清洗碗盘和玻璃杯，擦拭叉勺，把刀具飞快地放在磨刀石上磨了几下，然后把所有东西依次放好，刷了刷洗碗池，挂起洗碗布晾干——那块灰色的破布仍然挂在那儿。然后她看了看周围，是否一切都已收拾整齐。他仿佛看见她放下了卷起的袖子，解开了围裙——那围裙挂在门后的一个挂钩上——然后拿起了那瓶草酸，走进了卧室。

这幻觉的痛让他一下从床上跳起来，走出了那间屋子。他去了画室。那里黑漆漆的，因为窗帘遮住了那扇大窗户。他一把拉开窗帘，看了看这个曾经让他那么开心的地方，他忽然忍不住呜咽起来。这里同样什么都没变。斯特里克兰对周围的一切都漠不关心，所以他住在别人的画室里也丝毫没想过要改变点什么。这间画室经过精心布置，别具艺术氛围，代表了施特弗心目中适合艺术家居住的环境。画室墙上挂着几块旧织锦，钢琴上罩着一块漂亮精美的丝绸布，这边角落里摆着一尊断臂维纳斯雕像的复制品，那边角落里摆着美第奇维纳斯雕像的复制品。房间里四处摆着意式橱柜，上面立着代尔夫特蓝陶，各处都能看到浮雕。在一个漂亮的金画框里，有一张临摹的委拉斯凯兹的名画《教皇英诺森十世》，那是施特弗在罗马画的，还有几张他的画也镶嵌在精致的画框里摆了出来。施特弗一向对自己的品位很是自豪，很是欣赏自己这间装饰得极具浪漫情调的画室，所以现在这间画室尽管成了心头的一根刺，他还是不由自主地把一张路易十五风格的桌子稍微调整了下位置，那是他最珍爱的物品之一。忽然，他看见了一块面对着墙壁的画布，尺寸比他常用的大得多，他寻思着屋里怎么会有那样一块画布。他走了过去，把那幅画翻转过来，好看看上面画了什么。那是一幅裸体画像。他的心开始狂跳不止，因为他立刻就猜到了，这是斯特里克兰的画。他怒气冲冲地一下把画甩了回去——他留下这幅画是什么意思？——但他的动作太猛，那幅画面朝下倒在了地上。无论这是谁的画，他都不能任由它倒在尘土里不管，所以他又把画扶了起来，但这时候，他的好奇心占了上风。他觉得想仔细看看这幅画，于是把画拿了起来，放在画架上摆好，往后退了几步，准备仔细看一看。

他倒抽了一口气。画上是一个女人，她躺在沙发上，一只胳膊枕着头，另一只搭在身体一侧，她的一条腿弯曲着，另一条伸直了。这是个很古典的姿势。施特弗瞬间感到头晕目眩。这个女人是布兰奇。悲伤、妒忌和愤怒一把抓住了他，让他声嘶力竭地吼了起来。他胡言乱语地喊着，攥紧了拳头，挥向一个看不见的敌人。他高声尖叫起来。他发了狂。他受不了，这实在太过分了。他疯了一样到处找工具，他想把这幅画砍成碎片，再也不要让它多存在一秒。但他找不到任何好使的东西。他哗啦啦地翻找他的绘画工具，却怎么都找不到一样利器。他已经疯狂了。最后他看见了一样他要找的东西，一把大刮刀，他狂吼着抄起了这把刀，像是拿着把匕首似的，然后跑向了那幅画。

施特弗告诉我这些的时候情绪变得很激动，还顺手拿起了我们俩中间那张桌子上的一把餐刀，挥舞了起来。他举起胳膊仿佛要捅下去，就在那时，他忽然松了手，刀哐啷一声落在了地上。他看着我，颤悠悠地笑了。他没有说话。

“怒气消失了。”我说。

“我不知道自己怎么了。我正要在那幅画上捅一个大洞，手都抬起来要扎下去了，但忽然之间我似乎看到了它。”

“看到了什么？”

“那幅画。那是一幅珍贵的艺术品。我下不了手。我害怕了。”

施特弗又停了下来，他张大了嘴望着我，那双蓝色的圆眼睛瞪得快要凸出来了。

“那是一幅极其出色的画。我被震慑住了。我差一点就犯下了滔天大罪。我往前走了几步，想看清楚一些，但脚踢在了那把刮刀上。我打了个哆嗦。”

我真实地感受到了在他那种情绪里的某种东西。这给我留下了非常奇特的印象，我仿佛忽然进入了一个价值取向完全变了的世界。我站在一旁，迷失了方向，仿佛进入了一个陌生的地方，在那里，人们对熟悉事物的反应与我所知道的截然不同。施特弗竭力向我描述这幅画，但他说得语无伦次，所以我不得不去猜测他的意思。斯特里克兰已经冲破了之前的束缚。他并不是像老生常谈的那样找到了自己，而是寻找到了一个新的灵魂，一个具有意想不到的巨大力量的灵魂。这幅画之所以呈现出那么独特的个性，并不仅仅是绘画线条的大胆简化；也不仅仅是他的处理方法和画的着色，尽管那肉体确实带着某种强烈的，甚至是奇妙的肉欲感；这更不仅仅是指画给人以实体感，让你异乎寻常地感觉到了那肉体的重量；这幅画里还有一种精神存在，虽然让你困惑却又感到新鲜，它把你的想象带上了一条未知的路，让你来到了一个蒙胧空虚的地方，周围只有些许不灭的星光，而你的灵魂完全赤裸着，在那里胆战心惊地前行，去发现那些未知的秘密。

如果我说得太文绉绉了，使用了不少形象的比喻，那是因为施特弗当时就是这么表述的。（大家应该都知道，人在情感充沛的时候，会自然而然地用故事里的语言来表达自己。）施特弗在努力表述一种他以前从未经历过的情感，他不知道怎样用平常的话来把它说出来。他就像神秘主义者在描述那种难以言喻的经历一样。但他让我明白了一个事实，人们往往动不动就谈论美，实际上对这个词并不理解，随心所欲的应用让这个词失去了原有的力量；而成千上万的琐碎事物都分享了“美”这个称号，而美所代表的实际意义也已经被剥夺了。人们会用美来形容一件衣服、一只狗、一篇布道词，然而他们真正面对美的时候，却又无法把它辨认出来。他们以这种任意夸赞来掩饰自己思想的毫无价值，同时也让他们的感受力变得迟钝了，正如一个偶尔能妙手回春就到处行骗的庸医，那些人已经失去了被他们滥用了的力量。但施特弗这个不屈的小丑对美却有一种诚恳而真挚的爱与理解，正如他的灵魂也是诚恳而真挚的一样。美对于他而言，如同上帝对于他的信徒，所以他看见美的一刹那，心中惊恐万分。

“你见到斯特里克兰时，对他说了什么？”

“我邀请他跟我一起去荷兰。”

我愣住了，一句话也说不出来，只能目瞪口呆地看着施特弗。

“我们都爱过布兰奇。我的老家也有地方让他住。我想，有些淳朴的穷人和他相伴，对他的灵魂会有极大的好处。我觉得他可以从那些人身上学到一些非常有用的东西。”

“那他说了什么呢？”

“他微微一笑。我猜他肯定觉得我很傻吧。他说他还有更重要的事要做。”

我倒希望斯特里克兰说了点别的话来表明他的拒绝之意。

“他把布兰奇的那幅画送给了我。”

我很好奇斯特里克兰为什么要那样做，但我什么都没有说，于是我们都沉默了。

“你那些东西怎么办？”我终于开了口。

“我找了一个收旧货的犹太人，他给了我一大笔钱，买下了那个地方。我会把我的画都带回家。除了那些画，我在这个世界上已经一无所有了，只有一箱子衣服和几本书。”

“我很高兴你要回家了。”我说。

我觉得这是一次机会，让他可以把过去的一切都抛在身后。我希望随着时间流逝，那些他现在所不能忍受的悲伤会慢慢变淡，我希望他会慢慢释怀，然后重新挑起生活的重担。他仍然很年轻，等再过几年，回忆起这段悲惨的遭遇，也许会带着一种有点欣慰的感伤。迟早他会和一个正直的荷兰女人结婚，我相信他会生活得很幸福。一想到他在离世之前不知还要画出多少糟糕的作品，我的脸上禁不住浮现出微笑。

第二天，我送他启程去了阿姆斯特丹。

# 第四十章

在接下来的一个月里，我忙着自己的事务，没再见过任何与那场悲剧有关的人，也没有再为之烦恼。但有天我在散步的时候，正专心想着某件事，忽然和查尔斯·斯特里克兰擦肩而过。看到他的一刹那，我又想起了那些我宁可忘掉的让人气愤的事情，心里对这位始作俑者感到一阵嫌恶。因为完全不理会他显得太幼稚了，我还是对他点了点头，然后就匆匆地继续往前走。但没过一会儿，我感觉有只手拍了拍我的肩膀。

“你走得很急啊。”他客套地说。

这就是他的特点，对不太愿意接近他的人，他总是亲切友善的。从我刚才打招呼时冷冰冰的态度，他可能猜到了我对他的看法。

“是的。”我简短地回答。

“我和你一起走吧。”他说。

“为什么？”我问。

“因为陪着你开心。”

我没有回答，于是他默默地与我同行。我们一起走了约莫四分之一英里。我开始觉得有点可笑了。最后，我们路过了一家文具店，我忽然想起来可以买些纸，这样我就可以甩掉他了。

“我要进去看看，”我说，“再见。”

“我等你。”

我耸耸肩，走进了这家商店。我想到法国的纸很糟糕，既然原本的意图也落空了，自然也没必要买些不需要的东西来增加自己的负担了。于是我问了一两件我知道商店里肯定不会有的东西，很快就走了出来。

“你买到想要的东西了吗？”他问。

“没有。”

我们默默不语地继续往前走，来到了一个有几条街交汇的地方。我在马路边停了下来。

“你走哪条路？”我问。

“你走的那条。”他笑了。

“我要回家。”

“那我去坐坐，顺便抽支烟。”

“你可能得先等我邀请你。”我冷漠地回应。

“如果我觉得有机会得到邀请，我当然会等。”

“你看见了前面那堵墙了吗？”我指着那儿说。

“看见了。”

“那我想你也能看出来，我不想让你陪着。”

“老实说，我大概猜到了。”

我忍不住呵呵一笑。这是我性格上的一个弱点，我完全没办法讨厌一个让我笑起来的人。但我很快又严肃起来。

“我觉得你很讨厌。我怎么这么倒霉，认识了你这么个讨人嫌的禽兽。为什么你偏偏要缠着一个憎恨鄙视你的人呢？”

“朋友，你凭什么觉得我会在乎你怎样看我？”

“真见鬼，”我有些暴躁了，因为我隐约察觉到自己也不太有说服力，“我不想认识你。”

“你是担心我会败坏你的名誉吗？”

他的语调让我感觉不到任何开玩笑的意思。我知道他正侧身看着我，脸上带着讥讽的笑。

“我估计你又手头拮据了吧。”我很不客气地说。

“如果我会以为有机会从你那里借到钱，那我就是个该死的蠢货。”

“你如果愿意跟人套近乎，通常就是穷困潦倒了。”

他咧嘴一笑。

“只要我能不时让你开开心，你就绝不会真正的讨厌我。”

我得咬紧了嘴唇才能让自己不笑出声来。他说的话尽管让人厌恶，却是个毋庸置疑的事实。我的另一个缺点就是，无论那个人有多么卑鄙无耻，只要他能跟我唇枪舌剑、针锋相对，我还是愿意跟他在一起的。我开始觉得，我对斯特里克兰的厌恶，只有靠我单方面努力才能维持下去。我认识到了自己的道德缺陷，但也明白，我对他的非难已经有些在装腔作势了。我知道，如果我都感觉到了，他肯定也敏锐地察觉到了。他肯定会铆足了劲儿笑话我。我没再反驳他，只能耸了耸肩膀，随他去了。

# 第四十一章

我们走到了我住着的那栋楼。我没有请他跟我进来，而是径直上了楼梯，一句话也没说。他在我身后，紧跟着我走进了公寓。他以前没来过这里，却对我煞费苦心布置的房间看都没看一眼。桌上放着一罐烟叶，他拿出烟斗，装满了一斗烟。然后，他坐在屋里仅有的一张没扶手的椅子上，身体往后一靠，跷起了椅子的前腿。

“如果你想让自己舒服点，为什么不坐在扶手沙发上？”我很不高兴地问。

“你为什么关心我舒不舒服？”

“我不关心，”我反驳道，“我只关心自己舒不舒服。看见有人坐在一张不舒服的椅子上会让我觉得不舒服。”

他呵呵一笑，但没有动。他默默抽起了烟斗，不再理我，显然已经陷入了沉思。我在想，他为什么要来。

作家本能地对那些吸引着他的怪异性格感兴趣，尽管他的道德观对此嗤之以鼻，但却无力与之对抗；直到习以为常之后，感觉变得迟钝。在对邪恶的观察中，他自认为是为了满足艺术上的需要，但他的真挚却迫使他不得不承认——他对那些恶劣行为的反感远没有对这些行为产生原因的好奇来得强烈。某个刻画得圆满且合乎逻辑的歹徒性格，对其塑造者而言是一种强烈的吸引，而对法律与秩序而言则是一种挑衅。我想莎士比亚在塑造伊阿古[①]的时候，带着一种他在用幻象编织的月光里塑造苔丝狄蒙娜时从来没有感受过的激情。

作家也许给他笔下的恶棍赋予了一些根植于自己内心深处的天性，因为在文明社会中，行为规范与风俗习惯已迫使这些天性退入了潜意识的神秘角落，因而在让这个角色变得丰满的过程中，他也让自己身上某种找不到其他表达途径的东西获得了生命。他的满足是一种自由解放的快感。

作家更在意的是了解人性，而不关心是非判断。

我对斯特里克兰有一种发自内心的恐惧，但也有一种让我自己感到心寒的好奇：我想去找出他行为的动机。他让我觉得困惑，让我急切地想知道，对于那些如此关怀他的人，他却在他们的生命中引发了一出悲剧，他对此是如何看待的呢。我勇敢地拿起了这把手术刀。

“施特弗告诉我，你给他妻子画的那幅画是你最好的作品。”

斯特里克兰把烟斗从嘴里拿了出来，笑容让他的眼睛变得很明亮。

“画那幅画儿很有趣。”

“你为什么把画给了他？”

“我已经画完了，留着对我也没什么用。”

“你知道施特弗差点把它毁了吗？”

---

① 莎士比亚戏剧《奥赛罗》中的反面人物。他因为奥赛罗把他梦寐以求的副将职位给了卡西奥而怀恨在心，于是设局欺骗他，说他的妻子苔丝狄蒙娜与卡西奥有暧昧关系。

"反正那幅画也不太让人满意。"

他安静了一会儿，又把烟斗从嘴里拿了出来，然后呵呵地笑。

"你知道那个小胖子来找过我吗？"

"你不是对他说的话无动于衷吗？"

"嗯，愚蠢之极，而且感情用事。"

"我想你大概不记得是你毁了他的生活吧？"我议论道。

他若有所思地摸了摸下巴上的胡茬。

"他是个很糟糕的画家。"

"却是个非常好的人。"

"还是个不错的厨子。"斯克里克兰嘲弄道。

他麻木不仁到了没有人性的地步，我怒火中烧，不愿再拐弯抹角了。

"我只是出于好奇，希望你能告诉我，对布兰奇·施特弗的死，你感觉到了一丝一毫的懊悔吗？"

我看着他的脸，想找到某种表情变化，但那张脸上却毫无表情。

"我为什么该懊悔？"他问。

"事实摆在面前啊。你快要死了，而德克·施特弗把你带回了家。他像母亲一样地照顾你。他牺牲了自己的时间，放弃了安逸的生活，还为你花了不少钱。他把你从死神的手里抢了回来。"

斯特里克兰耸耸肩。

"这个滑稽的小胖子喜欢为别人做事。那是他的活法。"

"姑且算你不欠他什么恩情吧，那你有必要霸占他的妻子吗？在你出现之前，他们非常幸福。你为什么不能放过他们？"

“你凭什么认为他们很幸福？”

“这是显而易见的事。”

“你是个有辨识力的人。考虑到他曾为她做过的事，你觉得她还有可能原谅他吗？”

“你这话是什么意思？”

“难道你不知道他为什么娶她吗？”

我摇摇头。

“她曾在某个罗马贵族的家里当家庭教师，但那家人的儿子却引诱了她。她原以为他会娶她，没想到那些人却将她一脚踢到大街上。她怀着一个孩子，想要自杀，施特弗发现了她，还跟她结婚了。”

“他就是这样。我不知道有谁像他那么有同情心。”

原来我就奇怪，那么不般配的两个人怎么会结婚，却从来没想过刚才的那个解释。那或许就是德克对他的妻子情有独钟的原因。我已经发现这里面有某种超越了激情的东西。我一直怀疑布兰奇的内敛中藏着什么我不知道的秘密，现在看来，她现在极力隐藏的不只是一个令她感到耻辱的秘密。她的安详沉默像是笼罩在飓风席卷后的岛屿上那种凄清宁静，她的欢乐是一种绝望中的强颜欢笑。斯特里克兰打断了我的思绪，他道出了自己的观察，其中的尖刻让我感到震惊。

“女人可以原谅一个男人对她的伤害，”他说，“却永远无法原谅他声称为了她而做出的牺牲。”

“所以你肯定没有风险，不会招惹到认识你的女人憎恨你，知道这一点肯定让你感到很放心吧。”我反唇相讥。

他的嘴角露出了一丝笑意。

“你为了一句巧妙的回答从来不怕牺牲你的原则。”

“那个孩子怎么样了？”

“哦，孩子流产了，大概在他们结婚三四个月之后。”

然后，我提出了那个最让我感到困惑的问题。

“你能告诉我为什么要招惹布兰奇·施特弗吗？”

他迟迟没有回答，我差点又问了一遍。

“我怎么知道？”他终于开了口，“她非常讨厌我，连看见我都受不了。这让我觉得很好笑。”

“原来如此。”

他忽然一阵怒火上涌。

“真见鬼，我只是想要她。”

但他立刻又恢复如常，看着我笑了笑。

“开始的时候，把她给吓坏了。”

“你告诉她了？”

“没必要。她知道。我一个字都没说过。她害怕了。最后我得到她了。”

我不知怎么忽然觉得，他的叙述中有某种东西很不寻常地暗示着他曾带着多么强烈的欲望。这不仅让人困惑不安，甚至可以说相当可怕。他的生活已经很突兀地脱离了物质，所以他的身体仿佛要时不时地狠狠报复一下他的精神来发泄。他身体里的萨特，那个半人半兽的东西忽然控制住了他，而他却无力地沉沦在那种本能的掌控之中。这是一种完完全全地沉沦，以至于他的灵魂中根本没有多少余地来容纳一丝一毫的谨慎或感恩。

“但你为什么要让她跟你走呢？”我问。

“我没有，”他皱了皱眉回答道，“她说要跟我走的时候，我几乎和施特弗一样吃惊。我告诉过她，当我不再需要她的时候，她就得走，但她说她愿意冒那个险。”他顿了顿，“她的身体非常美，而我曾想画一幅裸体画。等画完这幅画，我对她就再也没有兴趣了。”

“但她全身心地爱着你啊。”

他猛然站了起来，在狭小的房间里走来走去。

“我不想去爱。我没有这个时间。这是人性的弱点。但我是个男人，有时候仍会需要女人。在满足欲望之后，我就会去忙别的了。我无法抑制自己的欲望，但我痛恨这种欲望，它禁锢了我的精神，我等着有一天自己可以不再受欲望的干扰，就可以无拘无束地画画。世上的女人除了谈情说爱什么都不会，所以她们重视爱情简直到了荒唐可笑的地步。她们想说服我们，爱就是生活的全部。可那不过是无足轻重的一部分罢了。我了解欲望，那是一种正常而健康的需要。但爱是一种病。女人只是我享乐的工具。我受不了她们自称什么帮手、伴侣、陪伴，那些都非常讨厌。”

我从未听过斯特里克兰一次说那么多话，还如此的愤愤不平。但无论是在这里或其他任何地方，我都不想假装自己能写出他的原话。他的词汇量很少，而且他没有组织句子的才华，所以你得把他的感叹词、面部表情、手势和一些陈词滥调拼凑起来才能理解他的意思。

“你应该生活在女人都是奴隶、男人都是奴隶主的时代。”我说。

“没办法，我是个完全正常的男人。”

听他一本正经地说出这句话，我忍不住笑了起来。但他仍在继续，他在房间里走来走去，像一头困兽，他意图说出自己的感受，却发现很难连贯地组织语言。

“当一个女人爱你的时候，她不占有你的灵魂就绝不罢休。因为她是弱小的，所以她有强烈的控制欲，少半分都不会让她满足。女人头脑简单，心胸狭窄，她憎恨自己无法掌握的抽象事物。她满脑子都是物质的东西，因而对于理想和精神非常嫉妒。男人的灵魂游走于宇宙深处，她却要把它囚禁在家庭账本里。你还记得我的妻子吗？我发现布兰奇逐渐使出了我妻子的所有手段。她无比耐心地准备套住我、束缚我。她想把我拉到她的层次上，她在乎的根本不是我，她只想让我成为她的男人。在这个世界上，她什么都愿意为我做，唯独除了我希望的那件事：别来打搅我。”

他沉默了一会儿。

“你离开她那会儿想到了她会做什么吗？”

“她可以回到施特弗身边，”他烦躁地说，“他巴不得她回去。”

“没人性的家伙，”我回答，“和你谈这些事，就像在和生来失明的人谈色彩一样，毫无用处。”

他在我的座椅前面停住了脚步，站在那里俯视着我，我从他的脸上读出了一种带有轻蔑之意的惊诧。

“你真的那么在意布兰奇是死是活吗？”

我仔细想了想他的问题，因为我要如实回答，无论如何，对自己的灵魂要诚实。

“如果她死了对我来说并没有什么不同，那也许是我本身缺少同情心。生活让她经历了很多，但她被那样残酷地夺去了生命，我认为非常可怕。但我也感到很羞愧，因为说实在的，我并非真正关心她。”

“你没有坚持自己信念的勇气。生命并没有什么价值。布兰奇·施特弗自杀不是因为我离开了她，而是因为她是个愚蠢的、情绪不稳定的女人。但关于她的事，我们已经说得够多了，她是个无足轻重的人。来吧，我让你看看我的画。”

他这样说着，仿佛我是个孩子，需要被岔开注意力似的。我很恼怒，但不是对他，而是对我自己。我想起了施特弗和他的妻子，想起他们曾经在蒙马特尔那间温馨的画室里过着快乐的生活，想起他们的朴实、善良和殷勤好客，但这一切竟然因为一次无情的意外而变得支离破碎，在我看来这似乎太残酷了；但最最残酷的是，这件事对别人实际上并没有造成什么影响。世界仍在继续，谁也不会因为那个不幸而活得更糟。我估计德克也很快会忘记这件事，因为尽管他反应强烈，一时间悲痛欲绝，但他的感情却没有深度；而布兰奇这一生，不管她最初是带着怎样的希望和梦想开始人生，倒不如从来没有活过得好。世间的一切似乎都没有价值，也毫无意义。一切都是空虚的。

斯特里克兰拿起了他的帽子，站在那儿看着我。

“走吗？”

“你为什么要和我来往？”我问他，“你知道我憎恨你，而且鄙视你。”

他咯咯地笑了起来，一点儿也没生气。

“你对我唯一的不满之处，实际上是我根本不在乎你怎样看我。”

我感觉自己气得两颊发红。你根本没法让他明白，他的冷漠自私会让人抓狂。我很想刺穿他那副全然冷漠的盔甲去一探究竟。但我也很清楚，归根结底，他所说的话也许就是真相。虽然并不是特别明确，但我们应该还是非常重视别人是否看重我们的意见，也许在无意识中，我们很重视这种是否对别人有影响力，所以，我们才会痛恨那些压根儿不在乎我们的人。我想，对于人类的自尊而言，这是最痛楚的伤口吧。但我不会让他看出来我生气了。

“谁能完全不在乎别人呢？”我回答，但这句话更像是对我自己说的，而不是对他，“你要依赖别人才能得到现有的一切。试图只为自己而活，而且只靠自己活着，是一种反常的举动。你迟早会变老，会生病，会厌倦，到时候你就得爬着回到人群中来。当你感觉到心里渴望别人的安慰和同情时，你不觉得羞耻吗？你在尝试做一件根本不可能的事。你心里属于人的那一部分迟早会渴望建立那种普通的人与人之间的关系。”

“来看看我的画吧。”

“你想过死亡吗？”

“为什么要想？那不重要。”

我愣愣地看着他。他站在我面前，一动不动，眼里带着嘲讽的笑意。尽管如此，我仍在刹那间看见了一个备受煎熬的炽热灵魂，它在追逐的目标比任何受血肉之躯束缚的生灵所能想象到的东西更加伟大。我在短暂的一瞥中看见了对这种难以言喻之物的追求。我看着眼前的这个男人，他衣衫褴褛，长着大鼻子和明亮的眼睛，蓄着红胡子，头发蓬乱。我有种奇怪的感觉，这只是一具皮囊，我真正面对着的是一个脱离了躯体的精神存在。

“好吧，我们去看你的画吧。”我说。

# 第四十二章

我不知道斯特里克兰为什么突然主动提出来要让我看他的画，但我很高兴能得到这个机会。作品会暴露一个人的真实模样。在社交应酬中，他给你看到的是他希望这个世界可以接受的表象，而你只能通过他那些无意识的小动作和转瞬即逝、连他自己也一无所知的表情中来努力了解真正的他。有时候人们把这张面具戴得太过完美，时候久了，他们真的会变成他们装扮成的那个人。但在他写的书、画的画里，那个真正的他却毫无防备地显露了出来。他的装模作样只会暴露出他的空洞。正如走梭板即使漆成了铁板的样子，事实上也仍然只是一块走梭板。再怎么矫揉造作也藏不住一个平庸的大脑。对敏锐的观察者而言，哪怕是最不经意的作品也能泄露那人内心深处的秘密。

在斯特里克兰住着的那栋楼里，在走上那些似乎永远走不完的楼梯时，我承认自己有些兴奋了。这让我觉得即将开始一场惊人的冒险。我好奇地打量着这间公寓，这里比我记忆中的更小，也更寒酸了。我很想知道，我身边那些坚持要有宽敞的画室，而且发誓除非万事俱备否则没办法画画的朋友们对此有何感想。

“你最好站在那儿。”他用手指了指一个地方。他大概认为从那个位置我能以最佳的效果看到他要展示的画吧。

“你大概不想听我说话吧。”我说。

“当然，你个蠢货，闭上你的嘴。”

他放了一幅画在画板上，让我看了一两分钟，然后拿了下来，又换上了另一幅。他大概让我看了三十幅帆布画。这是他六年来画画的成果。他从未卖过一张画。这些画幅大小不同，较小的是静物画，最大的是风景画，还有大约六幅肖像画。

“就这些了。”他最后说。

我很希望可以说，我立刻看出了这些画里的美与新意。这些画里有些我后来又有机会重新欣赏过，另外一些画的复制品我也非常熟悉了；但现在想来，我仍然觉得很惊讶，在初次看到那些画时，我竟然相当失望。我当时丝毫没有感觉到任何由艺术带来的激动。斯特里克兰的画给我一种惶惑不安的感觉，很令人困惑，所以我当时完全没想到要买下一幅。尽管我一直都为此很自责，事实也确实如此，我错失了一个绝好的机会。现在，这些画大多都进了博物馆，还有一些成了珍贵的藏品，属于那些富有的艺术爱好者。我努力为自己找些理由。我认为我的鉴赏力还不错，但我很清楚这种鉴赏力没有独到之处。我对绘画了解不多，我只是沿着前人开拓出来的路径走下去。那时候，我最崇拜的是印象派画家。我渴望拥有一张西斯莱①或德加②的作品。而且，我非常崇拜马奈。他的那幅《奥林匹亚》在我看来是当代最伟大的画作，而那幅《草地上的午餐》

① 西斯莱（1839—1899），法国印象派画家，主要画风景画。

② 德加（1834—1917），法国印象派画家，主要画芭蕾舞演员、其他女性和赛马。

曾深深打动了我。他们的画作对我而言似乎是绘画中不可超越的作品。

我不会去描述斯特里克兰给我看的那些画。描述绘画的内容向来是件枯燥乏味的事，而且对这类东西感兴趣的人都很熟悉那些画了。由于他对现代绘画艺术带来了巨大的影响，当他和其他少数人作为先行者，已经将探索过的那块荒蛮之地测绘出了详细的地图，现在人们哪怕是第一次看见他的画，也已经有了心理准备。但是请记住，我在此之前从未见过该类作品。首先，那种在我看来似乎是绘画技巧的拙劣把我吓了一跳。我看惯了古典绘画大师的画作，又深信安格尔是近代最伟大的画家，所以认为斯特里克兰画得非常糟糕。我对他所追求的简洁画风一无所知。我还记得有张静物画，画了一只盘子上放着几只橘子，让我看得非常难受，因为那盘子不圆，橘子也是歪的。那几幅肖像画比真人的比例稍微大一些，所以给人一种粗笨的感觉。在我看来，画上的脸庞看起来像是漫画，他的画法对我来说也完全是新奇的。而那些风景画更让我困惑，有两三张画的是枫丹白露的森林和巴黎的几条街道：我的第一感觉是，这些画像某个醉醺醺的马车夫画的。我完全看不明白。那些画上的色彩在我看来相当粗犷。当时我心里只有一个想法，这真是让人目瞪口呆而又不可理喻的胡闹。如今回想起来，对施特弗的敏锐钦佩得无以复加，他简直当得起独具慧眼了。他从最开始就发现了这是绘画艺术的一场革命，早在最开始，他就认出了现在全世界都已承认的天才。

尽管斯特里克兰的画让我有些困惑，却也并非没留下什么印象。即便我这样茫然无知的人也能感觉到，这些在努力地表达着自己的画作相当有力。我感到了兴奋，也对这些画很感兴趣。我觉得这些画里像是有些至关重要的东西一定要告诉我，但我看不出来那究竟是什么。这些画虽然不美，但它们含蓄地暗示了一个重要的秘密。它们有一种奇怪的挑逗力，让我产生了一种我无法分析的情绪。它们说出了一些用语言无法表达的内容。我想，斯特里克兰在一些有形的事物上模模糊糊看见了某种精神含义，但那些东西太另类了，他只能用一些不完美的符号来表现，仿佛他在宇宙大混乱中发现了某种新的模式，于是强忍着消磨灵魂的痛苦，在努力笨拙地把它描摹下来。我仿佛看见了一个备受折磨的灵魂在努力地寻求表达方式。

我向他转过身来。

“我很好奇你是不是弄错了你的传递媒介。”我说。

“这话是什么意思？”

“我想你也许要倾诉吧。虽然我不太清楚你想要倾诉的是什么，但我怀疑用绘画的方式来表达是不是最好的途径。”

我曾经幻想，看过他的画之后，我应该会找到一些头绪，可以理解他那种奇怪的性格，但我弄错了。这些画作让他已经带给我的惊讶又多了几分。我比之前更茫然了。只有一件事在我看来似乎很清楚——也许连这件事也是我想象出来的——那就是，他正竭尽全力地挣脱某种束缚着他的力量。但这是一种什么样的力量，他要挣脱到什么地步仍未可知。我们每个人在这个世界上都是孤独的。他被囚禁在一座铜塔中，只能通过一些符号与他的同胞们沟通，而这些符号不具备什么共同的价值观，因而它们的意义也是模糊而不确定的。我们可怜巴巴地要把心中的至宝传递给他人，然而那些人却无力承受，于是，我们孤独地前行，虽然肩并肩，却无法心连心，我们既不了解他人，也无法被他人所了解。我们像是那些生活在异国却完全不懂该国语言的人，纵然有各种各样的美好与深刻要表达，却只能局限于会话手册上的那几句陈词滥调。我们的脑中沸腾着各种奇思妙想，却只能告诉你，“那位园丁的婶婶有一把伞搁在屋里。”

他的画给我的最后一个印象是他为了表达出内心的某种状态而做出的令人敬畏的巨大努力，我想这其中一定可以找到理由来解释那些让我感到极其困惑的事。显而易见，色彩与形式对斯特里克兰而言有一种重要的意义，这种意义对他个人而言尤为特别。他迫切地需要传达出他所感觉到的东西，这是他进行创作的唯一意图。只要能更接近他所寻找的那个未知，他会毫不犹豫地简化与扭曲。事物本来的面貌对他而言不算什么，因为在众多互不相关的偶然事件下面，他要寻找的是某种对他自己而言非常重要的东西。他仿佛意识到了宇宙的真谛，所以不得不把它表现出来。

尽管这些画让我迷惑不解，但画中流露的情感仍然打动了我，而且不知道为什么，我觉得看过画后，我心里产生了一种对斯特里克兰从未有过的感情——我感觉自己非常非常同情他。

“我想，我现在明白了你为什么会屈从于对布兰奇·施特弗的感情了。”我对他说。

“为什么？”

“我想，你失掉了你的勇气。你肉体上的软弱感染了你的灵魂。我不知道是怎样一种无休无止的渴望占据了你，并驱使着你开始了一次危险而孤独的寻觅，为的是最终摆脱那个折磨着你的灵魂。我仿佛看见你是一个永恒的朝圣者，正走向一个或许不存在的圣地。我不知道这是一场多么不可思议的涅槃。

你了解自己吗？你在寻找的也许是真理和自由，然而有那么短暂的一刻，你以为自己也许能在爱中得到释放。你疲倦的灵魂大概希望能在女人的怀抱中得到平静吧，但你发现根本找不到之后，就开始憎恨她。你对她毫无怜悯之心，因为你对自己也没有丝毫的怜悯。于是，你害死了她，因为你恐惧，因为那场你差一点没能逃脱的危险还在让你瑟瑟发抖。”

他勉强地笑了笑，揪了揪自己的胡子。

“你是个相当感情用事的人啊，我可怜的朋友。”

一个星期之后，我偶然听到消息，斯特里克兰去了马赛。我再也没见过他了。

# 第四十三章

回顾已经写过的这些，我意识到笔下的斯特里克兰肯定还令人很不满意。我把自己知道的一些事情记载下来，但这些仍然难以理解，因为我不清楚导致意外的那些原因。最令人费解的，莫过于斯特里克兰要当画家的决心似乎太随心了。尽管有些根源一定在他的生活环境中，但我一无所知。从他自己的讲述中，我也无法打探出个究竟。如果我在写一本小说，而不是在讲述我所认识的某个怪人的真人真事，我会编出相当多的理由来解释他内心的转变。我想我会写出他儿时经历过的一种强烈召唤，但这种热情被父亲的意愿碾碎了，或者为谋生的需要而牺牲了。我会把他描述成一个无法忍受生活束缚的人，他怀着对艺术的热情，又担负着应尽的职责，在这种取舍两难的痛苦挣扎中，我可以唤起人们对他的同情。由此，我可以让他有个更加高大的形象，甚至能从他身上看到一种新的普罗米修斯精神。这也许正是个机会，让我可以塑造出一个当代的英雄，他可以为了人类的福祉，甘愿承受厄运的折磨。这历来就是一个能打动人心的主题。

另一方面，我也可以从婚姻关系中找到他立志绘画的动机。做到这一点可以有许多种方法：他认识了妻子社交圈中的画家与作家，在此过程中逐渐展现了自己潜在的天赋；家庭生活的不和睦让他转而独守自己的世界；或者，一场风流韵事可能把蕴藏在他心中的火种扇成了熊熊烈焰。我还可以把斯特里克兰夫人写得完全不同。我可以不管她真实的样子，把她塑造成一个喋喋不休、令人厌烦的女人，或者是对丈夫的精神需求没有半分同情心的偏执狭隘的女人。我会让斯特里克兰的婚姻成为一种长期折磨，所以逃离这段婚姻成了唯一可能发生的事。我想，我会重点写写他与这位不合适的伴侣相处如何委曲求全，写写他心存怜悯，不愿轻易抛开沉重枷锁的仁慈。当然，要是这样，我肯定就不会去写他的两个孩子。

要让这个故事曲折动人，可能还要写写他与某位老画家的交往，生活的压力与对成功的渴望早已磨灭了这位老画家年轻时的才华，然而，他在斯特里克兰身上看见了早已被自己挥霍了的机遇，于是努力让他抛下一切，献身于神圣的艺术。这位成功的老人拥有着财富与声望，所以尽管他知道那是更美好的生活，却没有勇气去追寻，只能通过别人来实现自己的向往；我想这样一幅画面未尝没有讽刺意味。

但事实却枯燥无味得多。斯特里克兰刚出校门就当上了股票经纪人，而且对此没有任何厌恶的感觉。在结婚前，他和同龄人一样，过着平凡庸碌的生活，在证券交易所做两笔不大的投机买卖，也兴致勃勃地去投上一两注，赌赌德比、牛津或剑桥赛马比赛的结果。我想他在闲暇时会练练拳击；壁炉台上摆着朗格瑞夫人[①]和玛丽·安德森[②]的相片；他读《笨拙》[③]和

① 十九世纪七八十年代英国最著名的传奇美女。

② 美国的舞台剧女演员。

③ 英国的漫画杂志。

《体育时代》；常去汉普斯特德区参加舞会。

我有很长一段时间没有见过他，但这无关紧要。这些年里，他克服了重重困难去掌握一门高难度的艺术形式，在此期间，他的生活是单调乏味的。在他换了一份又一份工作以赚到足够的钱让自己活下去的过程中，我也没发现有任何值得大书特书的地方。即便我记录下这段经历，也不过是单纯地讲述他的所见所闻。我并不认为这些事情对他自己的个性有任何影响。他肯定有了丰富的阅历，那些素材组织起来可以写一本当代巴黎的荒诞冒险小说了；但从他的讲述来看，那些年里没有什么给他留下了特别的印象，他始终置身事外。或许他去巴黎的时候，年纪已经太大了，不可能再成为那个花花世界的牺牲品。尽管这似乎有些奇怪，但他在我看来不仅很实际，而且过于实在了。我想，他这段时期的生活也许很浪漫吧，但他自己肯定看不出来有什么浪漫的地方。或许为了意识到生活的浪漫，你必须先具备演员的某种特质；而要能够跳出自身之外，你必须能带着某种可以随时抽离、随时投入的兴趣来观察自己的行为。但世上没有人能比斯特里克兰更忘我了，我认识的所有人都比他更有自我意识。但不幸的是，我无法讲述他如何历尽艰辛，一步步成就了他要达到的艺术造诣。如果我能让人们看到他毫不畏惧失败，看到他不断鼓起勇气不受绝望的牵制，看到他坚韧不拔地面对着艺术家最凶狠的敌人——自我怀疑，我也许可以让人们对这种其实缺少了点魅力的个性产生一些同情。但实际上，我对此一无所知。我从没见过斯特里克兰画画的样子，也不知道有谁见过。他的这些挣扎是他自己的秘密。即使是在作画的孤独过程中，他曾不顾一切地与神的使者抗争，他也从未让任何人觉察到他的痛苦。

我在叙述他与布兰奇·施特弗的关系时，常常为那些七零八落难以拼凑的事实材料而苦恼。为了让我的故事更连贯一些，我得详细描述他们悲剧性的结合过程，然而，对于他们在一起生活的那三个月，我一无所知。我不知道他们相处得如何，不知道他们说过些什么。毕竟，一天有二十四个小时，而情感只会在几个少有的间歇中达到顶峰。我只能想象他们是如何打发那些剩余时间的。在天仍然亮着的时候，只要布兰奇还有力气撑着，我猜斯特里克兰就会一直作画，而每次看见他全神贯注地工作一定会让她很气恼。因为对他而言，她在那段时间并不是情人，而仅仅是个模特。接下来，在漫长的几个小时里，他们默默无言地生活在一起。这肯定会让她觉得害怕。斯特里克兰曾暗指，在布兰奇投入他的怀抱时，她曾有一种痛击了德克·施特弗的感觉，因为他在她最不堪的时候帮助了她，斯特里克兰的这番话给许多阴暗的猜测打开了一扇门。我希望这不是真的。这让我觉得太可怕了。但谁能一探人心微妙处的深浅呢？那些只希望从中看到高尚的情操和正常情感的人肯定不能。当布兰奇发现，斯特里克兰虽然有时满怀激情，却始终与一切保持着距离，她在心里肯定感到很失落；而即使在他热情洋溢的时候，我猜她也意识到了，对他而言，她并不是爱人，而只是玩物。他仍然是个陌生人，她却想用一切可怜的手段拼命想把牢牢系在自己身边。她想用舒适的生活来引诱他，却不明白他根本不在乎那些。她费尽苦心，想让他能吃到他喜欢的东西，却不明白他对吃什么根本无所谓。她很害怕让他一个人待着，她总是缠着他，等他的热情消退后，她会想法子重新点燃，因为只有那时候，她才有仿佛将他抓在手中的幻觉。以她的聪明才智，她也许很清楚，自己铸造的这条锁链只是唤起了他那种破坏的本能，正如平面玻璃窗只让你觉得手痒，想拾起半块砖头砸过去一样。但她的心已经不听使唤了，她只能继续走在一条她心知肚明的不归路上。她一定过得很不开心吧。但爱情的盲目让她相信了那些她希望是真实的东西，而她爱得太投入了，所以在她看来，无法唤起同等的爱来回应。

但我对斯特里克兰性格的分析，除了有很多事实我不了解之外，还有另外一个更为严重的缺憾。我之前写到了他与女人的关系，因为这些事一目了然，而且令人吃惊，但这只是他生活中微不足道的一部分。然而讽刺的是，这些关系竟然如此悲剧性地影响了其他人。实际上，斯特里克兰的真实生活既包含了梦想，也满是极为艰辛的工作。

这就是小说不真实的地方。因为对男人来说，爱情只是一段插曲，生活中还有许多其他的事；但小说对爱情的极力渲染使其显得尤为重要，给予它一个违反生活真实性的重要地位。世上只有极少数男人把爱情当成最重要的事，他们都是一些平庸乏味的人，即便是最看重爱情的女人也会鄙视他们。她们享受这些男人的恭维，也会开心兴奋，但始终忐忑不安地觉得他们都是些可怜的家伙。但男人们即便在短暂的恋爱时光期间，也会做一些其他的事，没有总想着爱情。他们赖以谋生的活儿占据了他们的注意力，他们热衷于体育赛事，他们可以从艺术中得到乐趣。大部分时候，他们把不同的活动放在不同的隔离区，这样他们在从事一种活动时，可以暂时不理会任何其他事。他们有一种专注于当下的能力，而如果有其他事侵扰，他们就会觉得恼怒。作为情人，男人与女人之间的区别是，女人可以整天沉浸在爱情里，而男人只会偶尔沉浸。

对于斯特里克兰，性饥渴只占据了很少的地方。这压根儿不重要，而且还让他厌恶。他的灵魂在别处。但他有火热的激情，欲望有时会操纵他的身体，驱使他尽情地放纵；但他憎恨这种本能，这让他失去了控制。我想，他甚至会痛恨身边那个让他放浪形骸的伴侣。当他清醒之后，看见那个让他开心过的女人，他会不寒而栗。他的思绪静静地漂浮在九天之上，而他对那个女人只觉得恐惧，那也许就像飞舞在花丛上的艳丽蝴蝶，看见刚刚挣脱出来的肮脏的蝶蛹感觉一样。我想，艺术就是性本能的一种流露吧，看见一位美丽的女人，与看见昏黄月色中的那不勒斯海湾和提香[①]的名画《埋葬基督》一样，会在人们心中唤起相似的情感。斯特里克兰对正常的性释放可能非常厌恶，因为在他看来，同艺术创作的满足感相比，这种行为很野蛮。我自己都觉得奇怪，在把某个男人描述成一个残酷、自私、粗野而好色的人之后，我竟然还说他是个伟大的理想主义者。但事实就是如此。

他活得比普通艺术家困苦得多，画起画来也努力得多。他并不关心在大多数人眼中会让生活变得体面而美好的东西——他对金钱不屑一顾，名望无动于衷。大多数人总是受不住各种诱惑，总会对人情世俗做些妥协；但你却无法去赞扬斯特里克兰，因为对他来说，这种诱惑是不存在的，他脑中完全没有这种东西。他虽然住在巴黎，却比住在底比斯沙漠中的隐士更孤

① 提香（1490—1576），意大利文艺复兴后期威尼斯画派的代表画家，被誉为西方油画之父。

独。他除了想不受打搅之外，从未要求过别人什么。他一意孤行地奔向目标，为此，他不仅愿意牺牲自己，甚至不惜牺牲他人。他有一种远见。

斯特里克兰是个可憎的人，但我依然认为他很伟大。

# 第四十四章

人们都认为关于画家作品的看法是很重要的，因此，我自然而然会写一写斯特里克兰是如何看待过去那些伟大的画家的。但我担心在这方面我没有什么值得写的。斯特里克兰不是一个健谈的人，他没有能力把自己要说的话用精辟之语说出来。他没有什么智慧。他的幽默就是嘲讽，如果我已经成功再现了他的言谈举止，这就很容易看得出来。他的敏捷应对是粗鲁的，他有时会让人开怀大笑，因为他说话直来直去，偶尔才会把人逗乐，用得太多就不会让人觉得有趣了。

我想说，斯特里克兰并不是个很聪明的人，他对绘画的见解绝没有什么不同寻常。我从未听他谈论过那些与他有些类似的画家——如塞尚或凡·高；而且，我很怀疑，他是否看过他们的画。他对印象派画家没什么兴趣。他们的技巧应该给他留下了深刻印象，但我想他认为他们对艺术的态度很平庸。有一次，施特弗在大谈特谈莫奈的出色艺术，他忽然说："我更喜欢温特哈尔特[①]。"但我敢说，他是为了惹施特弗生气，如果

① 温特哈尔特（1805—1873），19世纪中期德国学院艺术派的古典主义绘画大师，擅长人物肖像画。

真是那样的话，他确实做到了。

很可惜，关于他对老一代艺术大师的看法是否有欠妥之处，我没什么可以告诉大家的。他的性格有太多奇怪的地方，所以我觉得他的看法如果很离谱，那么他的整个形象就完整了。我很想把那些关于画坛前辈的奇谈怪论都归结给他，但我不得不带着一种幻想破灭的感觉承认，他和一般人一样，对这些画家也是赞不绝口。我想他根本就不认识埃尔·格列柯。他对委拉斯凯兹有一种按捺不住的深深的敬佩。夏尔丹让他开心，而伦勃朗则让他狂喜。他描述伦勃朗给他留下的印象时，语言粗俗至极，让我无法复述。唯一出人意料的是，他对老布吕赫尔[①]很感兴趣。但那时候，我对那位画家知之甚少，而斯特里克兰也没有妥善表述自己的能力。我之所以记得他的原话是因为这句话实在是太词不达意了。

“他还不错，”斯特里克兰说，“我敢说他觉得画画很痛苦。”

后来我在维也纳见过彼得·布吕赫尔的几幅画后，我才明白他为什么会引起斯特里克兰的注意。他也看见了一个只有他才能看见的世界。当时我还做了相当多的笔记，打算要写点关于他的故事，但我把那些笔记弄丢了，现在只记得画里蕴含的某种感情。似乎在他的眼中，周围的人都很怪诞，而因为他们怪诞，所以他很生气；生活中满是乱七八糟、荒唐无稽的事，只能给人们提供笑料，然而他即便笑着也带着忧伤。布吕赫尔给我的印象是，他正通过某种媒介来表达一些更适合以其他媒介来表达的感情，也许正是由于隐约意识到了这一点，他的画

① 彼得·布吕赫尔（1525—1569），荷兰文艺复兴时期的画家，擅长风景画。

才让斯特里克兰产生了共鸣。这两位画家也许都在通过画画来表达那些实际上更适合以文学来表达的东西吧。

斯特里克兰那时候肯定已经将近四十七岁了。

# 第三部
# 塔希提

# 第四十五章

我在前面已经说过，如果不是因为机遇巧合去了塔希提岛，我肯定不会写出这本书。那座岛屿是斯特里克兰在四处游走后栖息下来的地方，也正是在那座岛上，他画出了那些让他名留青史、奠定声望的画作。我想，没有哪个画家曾把缠绕着他的梦想完全变成了现实，而斯特里克兰多年来一直为绘画技巧所困扰，他也许并不能比其他画家更好地把心中幻想的图景表达出来，但塔希提岛的环境对他很有利，他在那里找到了那些让他灵感迸发的必要因素，他后来的画至少告诉了我们他终生追寻的是什么，让我们得以进入他那新鲜奇特的幻想世界。仿佛在这个遥远的国家，他那游走于身体之外的精神终于找到了一个合适的寄居地，终于可以给自己裹上肉身了。套用一句常说的话，他在这里找到了自己。

原本一踏上这座遥远的小岛，我就应该立刻想起斯特里克兰，但我一直忙于工作，完全无暇他顾，直到来了好长一段时间，我才想起来这座小岛与他的关联。毕竟，我已经十五年没有见过他了，他逝世也有九年了。现在想来，我到了塔希提岛本该把那些当务之急抛在脑后，可事实是，即便过了一个星期，我依然晕头转向。

记得在塔希提的第一天清晨，我早早地醒来，走到了旅馆的露台上，周围一点动静都没有。于是我绕到了厨房，但那里锁住了，外面的长椅上还睡着一个当地的小伙儿，看起来一时半会儿是吃不上早餐了。于是我一路漫步，来到了海边，沿途看见那些中国人已经在他们的店铺里忙碌起来了。天空仍然呈现黎明时的苍白色，潟湖上鬼魅般的宁静。十英里外，穆雷亚岛矗立在海面上，像一座圣杯状的高大堡垒，守护着自己的秘密。

我不敢相信自己的眼睛。自从离开威灵顿后，日子就似乎不太寻常了。威灵顿整齐干净，是座典型的英国城市，它会让你想起一座点缀在南部海岸线上的海港城市。之后我在海上航行了三天，大海上刮起了风暴，滚滚的乌云飘过天空；然后，风停了，海面平静下来，周围一片寂静，天空一片澄蓝。太平洋比其他海洋更加荒凉，更加孤寂，在这片海上进行一次最普通的航行也有种冒险的感觉。你呼吸着的空气像是一种万能药，让你精神振奋，有精力面对诸多不可预料之事。然而，这片大海除了告诉你你即将驶入塔希提，那块黄金的国土之外，它绝不会像你泄露其他天机。塔希提的姐妹岛穆雷亚进入了视野，它危岩高耸，绚丽壮观，神秘地从这片荒凉的大海中升起，像是由魔棒幻化出来的一幅彩锦。穆雷亚巉岩嶙峋，犬牙参差，像太平洋上的蒙特塞拉特岛[①]，让你不由得想象着，那里的波利尼西亚武士们以奇怪的仪式守护着一些不能让人知道的邪恶秘密。距离越来越近，这座岛屿也揭下了面纱，展现出了它的美；但在你经过时，它仍然

---

① 蒙特塞拉特岛，英国的海外领土，位于西印度群岛中背风群岛南部的火山岛，由哥伦布在1493年以西班牙同名火山命名。

守护着自己的秘密，凛然不可侵犯，似乎把自己层层叠叠地合在了一起，露出岩石般不可接近的冷峻。若是你在接近它时想在暗礁中寻觅一个入口，而它却忽然从你的视野中消失了，让你眼前空空如也，只剩下太平洋上一片蓝色的孤寂，这大概也不会让你太吃惊吧。

塔希提却是另一番景象，它是一座漂浮着的绿色岛屿，远远看去有许多暗绿色的深褶，像是一个个沉寂的山谷。这些昏暗的深处有一种神秘的氛围，冰冷的溪流淙淙地环绕流淌，你感觉在那些荫蔽之处，那种始于远古的习俗始终在以其古老的方式延续着。塔希提也存在着某些凄凉、可怖的东西。但这种印象转瞬即逝，而且只让你更敏锐地感觉到此刻的欢乐。这就像欢快的一群人取笑小丑的俏皮话时，你在小丑眼中可以看见的那种悲伤，他的唇边挂着笑容，他的笑话也更有趣了，然而在这群哄笑者之中，他却有一种难以容忍的孤独感。塔希提也在微笑，也很友好，就像一位可爱的女人，优雅地挥霍着她的魅力与美貌，但什么都比不上船驶入帕皮提港来得让人陶醉了。那些停泊在港口的双桅帆船整齐漂亮，海湾边的这座小城处处是白色，弥漫着文明的气息，而那些凤凰树红艳艳地映衬着蓝天，像在激情地呼喊般，炫耀着它们的色彩。它们是性感妩媚的，简直大胆到了不知羞耻的地步，让你看了目瞪口呆。随着轮船进港，涌向码头的人群是欢快而文雅的，他们一片笑语喧哗，人人挥舞着手臂。从轮船上望去，这是一片棕色面孔的海洋。你似乎看见这片澄蓝色的天空映衬下五彩缤纷的流转。行李在卸载，海关在检查，一切都沸沸扬扬，但每个人似乎都在对你欢笑。天很热。那色彩让你眩晕。

# 第四十六章

在塔希提没待多久，我就遇见了尼科尔斯船长。有天早上，我正在旅店的露台上吃早餐，他径直走了过来，做了一番自我介绍。他听说我对查尔斯·斯特里克兰很有兴趣，便毛遂自荐，想来跟我谈谈他。塔希提岛上的人和英国乡村里的人一样喜欢家长里短，我随便向一两个人打听了斯特里克兰的画，这消息很快就传开了。我问这位陌生人是否吃过早餐。

“吃过了，我很早就喝了咖啡，”他回答，“但我不介意再来一口威士忌。”

我喊来了旁边的中国侍者。

“这时候喝威士忌会不会太早了点？”船长说。

“这得由你和你的肝脏来决定。”我回答。

“我其实是个戒酒主义者。”他一边说，一边给自己倒了大半杯加拿大俱乐部威士忌。

他笑起来时露出了嘴里残缺变色的牙齿。他很瘦，不过中等身高，一头灰白短发，留着又短又硬的灰白胡茬儿。他已经好几天没刮胡子了。他的脸轮廓分明，由于长期暴露在阳光下，晒得黝黑。他有一双蓝色的小眼睛，目光狡诈多变。那双眼睛跟着我最微小的动作游移不定，让他看起来像个彻头彻尾的无赖。但此刻，他显得一腔热诚，很善于交际。他穿着一套破破烂烂的卡其色制服，那双手早就该好好洗洗了。

“我太了解斯特里克兰了，”他说着往后一仰，靠在了椅背上，点起了我递给他的那根雪茄，“他正是通过我来到这座群岛的。”

“你在哪儿认识他的？”我问。

“马赛。”

“你在那儿做什么？”

他讨好地冲我笑了笑。

“哦，我当时有点困难吧。”

这位朋友的模样表明，他现在仍处于窘境之中，所以我准备和他交个朋友。与海边的无赖之徒在一起，你只需稍微有所付出，就可以相处得很开心。他们很容易接近，谈话也很友善。他们很少摆架子，你只要给他们一杯酒，就能让他们敞开心扉。你无须费尽力气地和他们套近乎，只要专心致志地倾听，不仅能赢得他们的信任，还能赢得他们的感激。他们把聊天当成了生活中最大的乐趣，所以会尽量彬彬有礼，而且大部分时候他们说起话来都很风趣。他们的阅历很广，又善于运用丰富的想象力。当然，不能说他们毫无骗人的伎俩，但他们对规则还是会适度地尊重，只要这规则强而有力。和他们一起打牌是危险的事，但他们的足智多谋会给这个世上最有意思的游戏平添几分刺激。等到快离开塔希提岛的时候，我对尼科尔斯船长已经相当了解了，我和他的这段交情，让我的阅历更加丰富了。我并不认为他在我这儿蹭的雪茄和威士忌（他一直拒绝喝鸡尾酒，因为他实际上是个戒酒主义者），还有他以施恩的姿态从我口袋里借过去的那点儿钱，可以和他给我带来的乐趣相提并论。我始终是欠了他的。如果我听从作者的本心，不偏离主题，只用三言两语就把尼克尔斯船长打发掉，那我会觉得对不起他的。

我不知道尼科尔斯船长当初为什么离开了英格兰。这是件他讳莫如深的话题，而和他那样的人在一起，直接提问会是一种很不谨慎的行为。他暗指自己遭受过不白之冤，毫无疑问，他觉得自己是社会不公的牺牲品。于是我浮想联翩，把那些坑蒙拐骗之类的都想了一遍。他大发议论，说老朽的英国当局太繁文缛节了，我深有同感地表示赞同。但你会开心地发现，尽管他在本土有过不愉快的经历，但他的爱国热情并没有因之受损。他一直在说，英国是世界上最了不起的国家，所以他觉得自己远胜于美国人、殖民地人、拉丁人[①]、荷兰人和肯纳卡人[②]。那些通通不在他眼里。

但我想，他并不是个快乐的人。他忍受着消化不良的痛苦，所以经常嚼着一片胃蛋白酶片，每天早上他的胃口都不好，但仅仅只有这种痛苦是很难挫伤他的锐气的。他对生活的不满有一个比这更重要的原因。八年前，他轻率地娶了个妻子。有些人，仁慈的上天注定要让他们独守终生，但其中一些人，由于任性妄为，或无法忍受，悍然违背了上天的安排。再没有人能比结了婚的单身汉更值得同情了。尼科尔斯船长就是这样的人。我见过他的妻子。她的年龄应该差不多二十七八岁，但她是属于那种永远让人摸不透年龄的类型，这种人二十岁时看起来不必现在看上去年轻，四十岁时也不会显得更老。

① 尤指葡萄牙人、西班牙人或意大利人。

② 指夏威夷及南洋群岛的土著。

她给人的整个感觉是紧巴巴的，貌不出众的脸紧绷着，嘴唇只是薄薄的一条线，皮肤也紧紧地绷在骨头上。她很少露出笑容，头发也紧贴着头皮，衣服瘦窄，而且她能把白色粗斜纹布穿出黑色邦巴辛毛葛[①]的效果。我无法想象尼科尔斯船长为什么娶了她，娶她之后又为什么到现在还没甩了她。也许他曾经试图甩过，而且还不止一次；但悲伤的是，他从来没有成功过。无论他跑了多远，无论他把自己藏在多么秘密的地方，我可以肯定，这位像命运一样不屈不挠、像良知一样无怨无悔的尼科尔斯夫人总能很快与他重逢。他根本无法逃离她，就像原因永远无法逃离后果一样。

正如艺术家或许还有绅士们一样，无赖之徒不属于任何阶层。流浪汉的厚颜无耻不会让他尴尬，达官贵人的规矩礼仪也不会让他手足无措。但尼科尔斯太太却属于一个很明确的阶层，近来也越来越多地听到了这个阶层的声音，那就是人们所知的中下阶层。她的父亲实际上是个警察。我敢肯定他是个精明能干的警察，我不知道她为什么会牢牢地抓住尼科尔斯船长，但我想肯定不是为了爱。我从来没有听到过她说话，但她有可能私下里话很多。无论如何，尼科尔斯船长怕她怕得要命。有时候，他和我一起坐在旅馆的露台上，会忽然发觉她就在外面的马路上散步。她不喊他，似乎不知道他在那儿，只是泰然自若地来回徘徊。于是，尼科尔斯船长开始坐立不安，他会看看表，然后唉声叹气。

“好了，我得走了。”他说。

那时候，无论是风趣的言谈还是威士忌酒都拦不住他了。要知道，他以前可是个面对飓风都面不改色的猛人，只要抄上

---

① 一种细斜纹布，曾经广泛地用于丧服。

一把左轮手枪，就能毫不犹豫地跟一打没武器的黑奴殊死搏斗。有时候，尼科尔斯太太会让她的女儿——一个面色苍白、闷闷不乐的孩子——到旅馆来。

“妈妈找你。”她哀怨地说。

“我这就走，亲爱的。”尼科尔斯船长说。

他立刻站了起来，和女儿一起上路了。我觉得这是个非常好的例子，说明了精神可以战胜物质，所以我离题写了这么多，至少有所收获。

# 第四十七章

尼科尔斯船长告诉了我许多关于斯特里克兰的事，我努力找出了其中的关联，下面我尽量按先后顺序写出来。我在巴黎最后一次见到斯特里克兰之后，那年深冬，他俩认识了彼此。斯特里克兰是怎样度过此间那几个月的我不得而知，但他一定过得很艰难，因为尼科尔斯船长初次见到他是在夜间庇护所里。那时候，马赛发生了大罢工，而斯特里克兰已经山穷水尽了，显然难以再维持生计，难以再把身体与灵魂维系在一起，连勉强糊口的钱都挣不到了。

那座夜间庇护所是一栋庞大的石砌建筑，凡是乞丐和流浪汉，只要证件资料齐全，又能让主管修士相信他们是干活儿的人，都可以在那里得到一张床，并寄宿一个星期。在庇护所外等着开门的时候，尼科尔斯船长在人群中发现了斯特里克兰，因为他不仅个儿大，而且模样很特别。这群人都在无精打采地等待，有的走来走去，有的倚靠着墙壁，还有的坐在马路边上，两脚踏在水沟里。等到大家都鱼贯而入，涌进了办公室里，他听见那位看了斯特里克兰资料的修士在用英语喊他的名字，但尼科尔斯船长并没有机会跟他说话，因为在他进入这间公共休息室的时候，有位修士怀里抱着一本巨大的《圣经》走了进来，他登上了房间另一端的讲坛，开始传道，而这些可怜的流浪汉们不得不听着，作为他们在此寄宿的代价。他和斯特里克兰被分到了不同的房间。第二天早上五点，他就被一位身强力壮的修士赶下了床，等他叠好被子，洗完脸，斯特里克兰已经不见了。在那个冰冷刺骨的早上，尼科尔斯船长在大街上转悠了一个小时，然后去了水手们常常集会的地方——维克多格鲁广场。他走到一尊雕像旁，正准备靠着基座打个盹儿，却在那儿看见了斯特里克兰，于是过去踹了两脚，把他弄醒了。

“朋友，来吃早餐吧。”他说。

“去你的。”斯特里克兰回答。

我听出来这是斯特里克兰的语气，心想尼科尔斯船长应该是一位可以信任的证人。

“一个子儿也没了吧？”船长问。

“滚开。”斯特里克兰回答。

“跟我来吧。我给你弄点早餐。”

斯特里克兰犹豫了一会儿，勉强爬了起来，然后他俩一起去了“一口面包”救济处，饥饿的人都可以在那儿领到一小块面包，但他们必须当场吃完，不能带走。随后，他们又去了“一勺汤羹”救济处，在那里，连续一个星期，每天的十一点和四点，你可以领到一碗稀薄的咸汤。但这两个地方隔得很远，除非快要饿死了，否则没人会跑过去。他俩就这样一起吃了早餐，从那以后也就开始了查尔斯·斯特里克兰与尼科尔斯船长的奇特友谊。

他们在马赛形影不离地度过了大约四个月。他俩的生活没有什么奇遇——如果奇遇意味着遇到那种出人意料或让人兴奋的事情的话——他们整天都忙活着弄点钱，让自己不至于风餐露宿，饿死街头。我真希望能把尼科尔斯船长描述的那些让人浮想联翩的多姿多彩的画面写下来。他所讲述的他们在那座海港城市下层人民生活中的经历足可以写成一本很有趣的书，而在书中登场的那些形形色色的人物中，相关研究者可能很容易找到材料，来编纂一本完整的流浪汉大词典。但我觉得目前略写几笔已经足够了。我从他的讲述中得到的印象是，马赛的生活紧张、残酷、野蛮，但也五光十色、生机勃勃。这让我所知道的马赛——阳光明媚、熙熙攘攘，舒适的酒店和餐厅里挤满了有钱人——显得平庸而乏味。若有人曾亲眼见过尼科尔斯船长描绘的那番景象，真是让人羡慕啊。

后来，夜间庇护所给他们下了逐客令，斯特里克兰和尼科尔斯船长便投奔了蛮汉比尔。此人是一栋水手寄宿屋的主人，他是个黑白混血儿，长得人高马大，有双结实的拳头。他专门为困顿的水手提供食宿，直到在船上给他们找到份差事为止。他们和比尔生活了一个月，每天睡在一群瑞典人、黑人和巴西人中间，大家都在比尔屋里的两间空房里打地铺，那里就是比尔分配给水手们住的地方。每天，他们都跟着比尔去维克多格鲁广场，船长都在那里寻找雇用水手。比尔娶了个又胖又邋遢的美国女人，也不知道是经历了什么变故才让她堕落到了这条路上，寄宿的流浪汉每天都会轮流帮着她做些家务活儿。但斯特里克兰却不必干这些，他只要给蛮汉比尔画一幅肖像就行了，所以尼科尔斯船长觉得他占了个大便宜。蛮汉比尔不仅出钱买了画布、颜料和画笔，而且还给了斯特里克兰一磅走私来的烟草作为好处。据我所知，这幅画可能仍然挂在若利耶特码头附近那栋摇摇欲坠的小房子里，装点着那间客厅，但我估计，这幅画现在应该值一千五百英镑了。斯特里克兰计划是搭上一艘去澳大利亚或新西兰的轮船，再从那儿想办法去萨摩亚或塔希提。我不知道他怎么会冒出来要去南太平洋的想法，不过我记得他的想象中一直都魂牵梦绕地有座岛屿，那里到处都郁郁葱葱、阳光明媚，周围环绕着一片比北纬海域更蓝的大海。我想，他之所以粘着尼科尔斯上校，是因为他很熟悉那些东西，也许正是尼科尔斯让他觉得在塔希提会更舒服一些。

"你知道，塔希提是法国领土，"尼克尔斯向我解释，"而法国人绝不会那么呆板。"

我想我明白他的意思。

斯特里克兰没有证件资料，但蛮汉比尔只要有利可图（他每帮人找到份差事会收取那人第一个月的工资），那就都不是问题。那时凑巧有一个英国籍的司炉工住在这里的时候死了，于是蛮汉比尔就把他的证明文件给了斯特里克兰。但尼科尔斯船长和斯特里克兰都要往东走，而能有机会找到差事的船都是往西航行的。斯特里克兰两次拒绝了驶往美国的不定期货轮上的差事，还有一次拒绝了一艘去纽卡斯尔的运煤船。蛮汉比尔对倔脾气没有耐心，这种人只会给他带来损失，所以最后那次，蛮汉比尔二话不说地把斯特里克兰和尼科尔斯船长一起扔了出去。他们发现自己又过上了漂泊不定的生活。

蛮汉比尔家的饭菜很少能让人吃饱，你从饭桌边站起来时，几乎跟刚坐下时一样饥饿，但即便如此，两人还是有几天对那里的伙食怀念不已。他们这次真正尝到挨饿是什么滋味了。"一勺汤羹"救济处和夜间庇护所都不再施舍他们了，两人每天的口粮只有"一口面包"救济处给的那一小块面包。他们睡在仅能落脚的地方，有时候在火车站一条侧轨上的空车厢里，有时候在仓库后面的一辆货运马车里，但天气刺骨的寒冷，好不容易打了一两个小时的瞌睡，就得再上街走走暖和暖和身体。最让他们难受的是没有烟抽，而尼科尔斯上校嗜烟如命，所以他喜欢在小酒馆晃荡，找找头天晚上那些夜游人扔下来的烟屁股和雪茄头。

“我用烟斗抽过最难抽的混合烟。”他无奈地耸耸肩，从我递给他的盒子里拿了两根雪茄，一根放在嘴里，一根塞进了口袋。

他们偶尔也有机会能挣点钱。有时会有一艘游轮进港，尼科尔斯上校和工时记录员混熟了，总能给他俩找到份装运工的活儿。等到有英国的船到港了，他们就会躲进水手舱，从船员那儿得到一份丰盛的早餐。如果遇见船上的高级船员，他们就会被赶下舷梯，跑得不快背后还得挨上一脚。

“等你吃饱了，就算挨上两脚，也没什么大不了的。”尼科尔斯船长说，“就我个人来说，我可没怨恨过。当长官的当然得考虑到纪律问题。”

我仿佛看见了一幅生动的画面，尼科尔斯船长从舷梯上飞奔而下，身后那个怒气冲冲的大副抬腿就要踹下去，但是，正如一个真正的英国人那样，他对这种商船海运的管理精神感到十分高兴。

鱼市里常常能找到些零散的活儿。有一次，他们每个人都挣了一法郎，工作就是把码头上卸下来的许多箱橘子装上货车。又有一次，他们碰上了好运气：某寄宿屋的工头弄到了一份合同，要给一艘从马达加斯加绕过好望角开过来的不定期货轮刷油漆，然后他们就一连好几天站在船侧吊板上，忙着给锈迹斑斑的船体刷上涂料。这情景肯定会让斯特里克兰嘲讽两句。我问尼科尔斯船长，在那段艰难的日子里，斯特里克兰有何表现。

“从来没听他说过一句丧气话，”船长回答，“有时候他会变得有点儿乖戾，但即使我们从早上开始就没吃过东西了，即使我们连去中国佬那儿找地方躺一躺的钱都没了，他还是像蛐蛐儿一样活蹦乱跳。”

我并不觉得惊讶。斯特里克兰就是这种不为环境所动的人，即便他们已经陷入了最让人意气消沉的困境，但这到底是由于心灵的宁静，还是矛盾对立，还很难说。

“中国烟馆”是那些流浪汉给布特里街旁边一家破烂的旅店取的名字，这家店由一个独眼的中国人照看，只要花上六个苏[1]，你就能睡一张炕，三个苏可以打地铺。他们在这里结交了那些和他们一样穷途末路的人，然后遇到身无分文而夜晚又刺骨寒冷的时候，他们就会找白天凑巧赚了一个法郎的人借来几个铜子儿，好让头上有一方屋瓦遮风避雨。那些流浪汉们一点儿都不吝啬，无论谁赚了钱，都会毫不犹豫地和其他人分享。这些人虽然来自五湖四海，却没有阻碍他们之间的交情，因为他们觉得自己都是同一个国度的自由人，一个边界圈住了他们所有人的国度，一个被称为“可卡恩”[2]的伟大国度。

“但我想，斯特里克兰被惹怒的时候，可是个不好对付的家伙。”尼科尔斯船长若有所思地说，“有一天，我们在广场上撞见了蛮汉比尔，他让斯特里克兰把之前的身份资料都还给他。”

“你想要的话，最好自己来拿。”斯特里克兰说。

---

① 苏，法国昔日的一种铜币。

② 原文Cockaine，是Cockaigne的变体，指幻想中的乐土。

“蛮汉比尔是个身强力壮的家伙，但他看斯特里克兰很不顺眼，便开始咒骂他，凡是能想到的脏话都骂了出来，当蛮汉比尔开始骂人的时候，你可得好好地听着。好家伙，斯特里克兰也愣了一会儿，然后他往前走了几步，只说：‘滚出去，你个蠢猪。’倒不完全因为他骂了什么，而是他骂人的那种气势。蛮汉比尔没再吭声，你能看见他蔫了下来，然后灰溜溜地走了，仿佛想起来还约了人一样。”

当然了，斯特里克兰骂的原话（据尼克尔斯船长所说）并不是我写下来的那句，但考虑到这本书应该是家庭读物，我想最好还是牺牲一下真实性，让他说出来的话稍微悦耳一点吧。

不过，蛮汉比尔可不是那种甘心在一个普通水手那儿被羞辱的人。他的力量依赖于他的威信，于是一个接着一个，住在他那儿的水手们都跑来告诉他们，比尔发誓要干掉斯特里克兰。

有天晚上，尼科尔斯船长和斯特里克兰正坐在布特里街的一家酒吧里。这是一条狭窄的街道，两边有许多平房，但都只有一个房间，像集会上的摊位，或马戏团里的动物笼子。在每栋房屋的门口，你都可以看见一个女人。她们有的懒洋洋地靠在门边，哼着小曲儿给自己听，或用沙哑的声音招呼路人，而有些在无精打采地看书。她们当中有法国人、意大利人、西班牙人、日本人，还有黑人。有些女人很胖，有些很瘦。尽管她们都浓妆艳抹，额头上扑着厚厚的粉，嘴唇也涂得猩红，但你仍然能看见岁月的痕迹和堕落放纵留下的伤疤。有些人穿着黑色内衣和肉色长袜，有些人一头卷发，染了金色，穿着平纹棉布的短连衣裙，打扮得像个小女孩。从那扇敞开的门，你可以看见房间里铺着红色的瓷砖地板，有一张大木床，牌桌上还放着一个大水罐和一个面盆。形形色色的人来往于这条街上——从半岛东方轮船上下来的印度水手，从瑞典三桅帆船上下来的金发北欧人，从军舰上下来的日本人，英国水手，西班牙水手，法国巡洋舰上下来的英俊水兵，美国不定期货轮上的黑人。这里在白天不过是个脏兮兮的地方，但到了晚上，在小屋里的灯光照耀下，这条街便带有一种邪恶的魅力。丑陋的欲望弥漫在空气中，令人窒息，让人恐惧。然而，这纠缠扰乱你的景象中却有某种神秘的东西。你会感觉不知何种原始力量让你抗拒，又让你着迷。在这里，文明所筑起的所有防御工事都被荡平，人们面对的只有阴郁的现实。这里笼罩着一种既热烈又凄凉的氛围。

在斯特里克兰和尼科尔斯坐着的这间酒吧里，有一架自动演奏的钢琴在大声地播放着舞曲。人们坐在桌子旁边，这边聚着十来个酩酊大醉的水手，那边围着一群当兵的，而在中间人们扎堆的地方，男男女女都在跳舞。那些留着胡子的水手们是些棕色的面孔，都有着不安分的大手，都在紧紧地搂着自己的舞伴。女人们只穿着一件贴身的衣服。时不时地会有两名水手站起来，去一起跳舞。喧嚣声震耳欲聋。人们在高歌、狂喊、大笑，哪个男人若是狠狠地吻了一下坐在他腿上的女人，那些英国水手们就会大声地起哄，让酒吧里变得更加沸腾。空气中飞扬着男人们沉重的靴子踏起来的灰尘，周围烟雾缭绕。这地方太热了。吧台后面坐了一个抱着孩子的女人。一个身材矮小、长着雀斑的扁脸侍者，托着摆满了啤酒的托盘匆匆地来往穿梭。

过了一会儿，蛮汉比尔走了进来，身边有两个黑人大高个，看得出来，他已经有三成醉了。他是来找麻烦的。他歪倒在一张坐了三个水兵的桌子上，撞翻了一杯啤酒。双方立刻怒气冲冲地争执了起来，酒吧老板走上前，要蛮汉比尔出去。老板脾气暴烈，是个大块头，从不姑息客人闹事。蛮汉比尔有些犹豫，这里的老板他可不想招惹，因为警察是老板的后台，肯定会向着老板，于是他咒骂了一句，转身要走，但他忽然间看见了斯特里克兰。蛮汉比尔摇摇晃晃地朝他走了过去，一句话也没说，嘴里嘬了一口唾沫，狠狠地啐到了斯特里克兰的脸上。斯特里克兰抄起酒杯，朝他砸了过去。跳舞的人忽然间停了下来，那一瞬间，酒吧里安安静静，但蛮汉比尔朝斯特里克兰扑过去的时候，所有人都忽然有了打架的欲望，转眼间酒吧里就一片混乱。桌子掀翻了，酒杯砸烂了，这里陷入了地狱。女人们向门外和吧台后面四散奔逃。路人从街上涌了进来。你只听见咒骂声、打斗声、哭喊声，屋子中间，一群人打得热火朝天。忽然，警察们冲了进来，凡是能跑的人，立刻往门外跑了出去。酒吧里很快就空了下来，只有蛮汉比尔躺在地上，失去了知觉，头上有一道很深的伤口。尼科尔斯船长拖着手臂还在流血，衣服已经被撕烂了的斯特里克兰跑到了街上。他的鼻子被打了一拳，脸上也满是鲜血。

“你最好赶在蛮汉比尔出院之前离开马赛。”他对斯特里克兰说，那会儿他们已经回到了中国烟馆里，正在把自己清理干净。

“这比斗鸡强多了。”斯特里克兰说。

我仿佛可以看见他脸上那个嘲讽的笑。

尼科尔斯船长有些焦虑。他知道蛮汉比尔有多恶毒。斯特里克兰已经招惹了这个混血儿两次，他在清醒的时候可不是那么好对付。他会暗暗地等待时机，不会急于动手，但某天夜里，斯特里克兰背后就会被捅上一刀，过了一两天，港口的污水里就会捞上来一具无名流浪汉的尸体。第二天晚上，尼科尔斯去了蛮汉比尔家打听情况。他还在医院，他的妻子已经去看过他了，据说他发誓一出院就要干掉斯特里克兰。

一个星期过去了。

“所以我总是这样说，”尼科尔斯船长想了想，“要动手伤人，就最好让那人伤筋动骨，至少你可以有时间看看情况，想想接下来该怎么办。”

好在斯特里克兰运气不错。一艘要去澳大利亚的船派人去了水手之家，要找一名司炉，船上原来那个司炉工由于急性戒酒引发神志不清而在直布罗陀跳海自杀。

“你这次必须得走了，兄弟，”船长对斯特里克兰说，“签字吧。你那儿有文件。”

斯特里克兰立刻出发了，那就是尼科尔斯船长最后一次看见他。这艘船只在港口停留了六个小时，当天晚上，尼科尔斯船长看着那艘船徐徐划破寒冬里的海面，向东驶去，烟囱里冒出的黑烟在海面渐渐消失。

我已经尽量生动地讲述了一切，因为我喜欢看到这段经历与斯特里克兰住在阿什利花园从事股票证券的那段生活所形成的反差，但我很清楚，尼科尔斯船长是个很不靠谱的骗子，而且我敢说，他告诉我的事没有一个字是真的。就算我发现他从未见过斯特里克兰，对马赛的了解也全是从某本杂志上看来的，也一点都不会觉得惊讶。

# 第四十八章

写到这里，我原本要结束这本书。我最初的想法是，把斯特里克兰最后几年在塔希提岛的生活以及他的惨死作为这个故事的开端，然后再回到从前，写写我所知道的他的早年生活。我要这样写并非出于任性，而是因为我想在结尾处让斯特里克兰带着他那孤独的灵魂中不为人知的幻想起航，前往后来激发了他想象力的那座未知岛屿。我喜欢这样一幅景象，在他四十七岁那年，在大多数人已经舒舒服服地安居乐业之时，他开始去寻找一个新的世界。在瑟瑟北风的吹拂下，大海灰蒙蒙一片，白沫四溅，我仿佛看见他眺望着逐渐消失的法国海岸线，看着那片他注定再也见不到的地方，我觉得他的行为蕴含着英勇，灵魂包含着无畏精神。我曾希望把这个故事终止在一个希望的音符上，这样似乎能突出人类不可征服的精神。但是我做不到，我莫名其妙地写不下去。尝试过一两次之后，我不得不放弃了这个想法，转而采取普通的方式，从最初写起，并打定主意，关于斯特里克兰的生活，我只能按照我所知道事实的顺序，讲述我所知道的那部分内容。

但我现在已经掌握的事实都是些碎片。我的处境很像是一名生物学家，必须根据一根仅有的骨头来重新构造一种已经灭绝的动物，不仅要还原它的样貌体态，还要还原它的生活习性。斯特里克兰没有给塔希提岛上和他有过联系的人留下什么特别的印象。对那些人而言，他不过是个一直很需要钱的流浪汉，仅仅由于画画这个特别之处才显得与众不同，然而画画在他们看来是件可笑的事。直到他去世几年后，有些代理人从巴黎和柏林的画商那儿过来，要寻找岛上可能还留存着的画时，他们这才明白过来，在他们中间曾经住着一个重要人物。然后他们意识到，本来只要花上一小笔钱，就能买到现在已经价值连城的画，于是无法原谅自己错失了这个机会。有位名叫科亨的犹太商人倒是通过绝无仅有的方式得到了斯特里克兰的一幅画。他是一个法国的小老头儿，长着一双温和的眼睛，还总是带着愉快的笑容，他是半个商人，也是半个海员，自己有一艘快艇，经常大胆地穿梭于包莫图斯岛、马克萨斯岛和塔希提岛之间，把货物拿去贩卖，再带回来一些干椰肉、贝壳和珍珠。我去见他是因为听说他有一颗巨大的黑珍珠想便宜卖出去，但我发现这东西我完全买不起之后，就开始和他聊起了斯特里克兰。他和斯克里克兰很熟。

“你瞧，我对他感兴趣，是因为他是个画家，”他告诉我，“我们这些岛上没有多少画家。但很可惜，他画得太糟糕了。我给了他第一份工作。我在这座半岛上有个种植园，想找个白人监工。没有白人看着，那些当地人根本就不干活儿。我对他说：‘你会有大把的时间画画，还能赚点儿钱。’我知道他快要饿死了，而我给了他不错的薪水。”

“我没法想象他会是个让人满意的监工。”我笑了起来。

“我也不计较。我对艺术家一直都很体谅。要知道，这是我们的天性。但他只干了几个月，一攒够买颜料和画布的钱，他就离开了。那时候，这里已经让他觉得束手束脚了，所以他想离开，去个荒僻的地方。但我还会偶尔见到他。每过几个月他就出现在帕皮提，并在那儿待上一小段时间。他会找人要点钱，然后再次消失。有那么一次，他找到了我，想借两百法郎。他看起来像是一个星期没吃过东西了，我实在不忍心拒绝他。当然，我从不指望还能再看到我的那笔钱。话说，一年之后他又来见我了，这次他带了一幅画来。他只字没提欠我钱的事，只说了一句：‘这是一张种植园的画，我为你画的。’我看了一眼那幅画，也不知道该说什么，但我还是感谢了他，等他走后，我把这幅画拿给了妻子看。”

“画得怎么样？”我问。

“别问我。我完全摸不着头脑。我这辈子还从没见过这样一幅画。‘这幅画咱们怎么办呢？’我问妻子。‘绝不能挂起来，’她说，‘会被人笑话的。’于是她把画拿到了阁楼里，和各种各样的杂物摆在了一起，因为我妻子从来不扔任何东西。这是她的癖好。然后你猜怎么着，就在战争爆发之前，我哥哥从巴黎写了信来，他说：‘你听过一位住在塔希提岛的英国画家吗？他似乎是天才，他的画能卖出一大笔钱呢。你看能不能找几幅寄给我，这可以赚上一笔。’于是我对妻子说，‘斯特里克兰给我的那幅画呢？还放在阁楼里吗？’‘那是当然，’她回答，‘你知道，我从来不扔任何东西。这是我的癖好。’我们上了阁楼，就在那儿，在我们住进这屋里三十年间逐渐堆积起来的零碎东西当中，就放着那幅画。我又看了看，然后说，‘谁会觉得我们的种植园监工，一个找我借了两百法郎的人有天分啊？你从这幅画里看出什么了吗？’‘没有，’

她说，‘这一点儿也不像我们的种植园，我从没见过长着蓝色叶子的椰子树，但巴黎的人都很疯狂，也许你哥哥能把这画卖出去，赚回你借给斯特里克兰的那两百法郎。’于是我们把画包好，寄给了我哥哥。最后，我收到了他写来的一封信。你知道他怎么说吗？‘我收到了你的画，’他说，‘我承认当时觉得你在跟我开玩笑，还后悔为这幅画给了邮寄的钱。我几乎不敢把画拿给之前跟我打听的那位绅士看。你无法想象他说这是一幅杰作还出价三万法郎时我有多么吃惊。我敢说他还可以出更高的价格，但说实话，当时我已经吓蒙了，所以还没明白过来怎么回事就接受了他的出价。’”

然后，科亨先生了说了句让人敬仰的话。

“我真希望可怜的斯特里克兰还活着。我想知道，当我把两万九千八百法郎卖画的钱交到他手里时，他会说些什么。”

# 第四十九章

我那时住在弗勒旅店里，女主人约翰逊太太给我讲了个悲惨的故事——她是如何白白错失了大好的机会。在斯特里克兰死后，他的一些遗物被拿到了帕皮提市场上拍卖，她当时亲自去了一趟，因为那堆杂物里有个她想要的美式炉子。她花了二十七法郎买了下来。

“拍卖品中有十多幅画，”她告诉我，“但没有镶嵌画框，谁都不想要。有些画卖到了十法郎，但大多数只卖了五、六法郎。你想想，我当时如果买了那些画，现在就是个有钱的女人了。”

但蒂亚雷·约翰逊在任何情况下都不会有钱，她根本存不住钱。她是某个定居在塔希提岛的英国白人船长和当地女人生下的女儿，我认识她的时候，她已经五十五岁了，但看上去还不止这个年龄。她个子很高，又极为结实，显得五大三粗，若不是她那张慈眉善目的脸让她只有一副和蔼的表情，她本来会是相当威严的模样。她的胳膊粗得像羊腿，胸脯像两颗巨大的卷心菜，她那张宽阔的肉脸几乎给你一种不雅的赤裸感，肥硕的下巴一层叠着一层，不知道究竟有多少层，嘟噜地垂落到她的巨大胸脯上。她常常穿着一件粉红色的哈伯德大妈款长袍，整天都戴着一顶巨大的草帽。但是，当她把头发披下来的时候——她时常这样做，因为那让她颇感自豪——你会看见那头发又长又黑，打着小卷；而她的眼睛依然年轻，充满了活力。她的笑声是我听过最有感染力的，起初只是嗓子里一串清澈的铃声，然后这笑声越来越大，直笑得她浑身抖动起来。她喜欢三样东西：笑话、红酒和英俊的男人。能与她相识是一件很荣幸的事。

她是这座岛上最好的厨师，而且她喜欢美食。你能看见她从早到晚坐在厨房里的一张矮矮的椅子上，身边围着一个中国厨师和两三个当地女孩，而她一边发号施令，一边愉快地和大家伙儿聊着天，还不时尝尝自己设计烹饪出来的食物。她想对某个朋友表示敬意时，会亲自为那人做一顿晚餐。她总是那么殷勤好客，所以只要弗勒旅店有吃的，这座岛上就没人需要忍饥挨饿。她从来不会因为客人付不出房钱而把他们赶出去，她总想着他们有钱付的时候自然会付给她。曾经有个陷入了困境了的人住在她那儿，她给他提供了好几个月的食宿。店里的中国洗衣工拒绝无偿给他清洗衣物，她就把他的衣服和自己的混在一起送去洗。她说，她不能让这个可怜的家伙总是穿着一件脏兮兮的衬衫。她还说，既然他是个男人，而男人必须抽烟，她就每天给他一个法郎去买香烟。她对他，就像对那些每周支付一次房钱的客人一样亲切。

年龄与过度肥胖已经让她不适合恋爱了，但她对年轻人的恋爱绯闻有着强烈的兴趣。她把情爱追求看作男女之间自然而然的事，所以随时都能给你几个从自己的丰富经验中总结出来的事例与准则。

"我父亲发现我有情人的时候，我还没到十五岁，"她说，"他是鹲鸟号上的三副。一个长得很好看的男孩。"

她轻轻地叹了一口气。人们说女人会永远记得她的初恋，但她也许不会一直记住那个男人吧。

"我父亲是个很理智的人。"

"他做了什么？"我问。

"他狠狠揍了我一顿，差点要了我的命，然后，他让我嫁给了约翰逊船长。我倒也无所谓。当然啦，他更老一点儿，但他也长得很英俊。"

蒂亚雷——她父亲给她取的这个名字来自一种芬芳的白色鲜花，听人说那种花儿你一旦闻过就会一直吸引着你最终回到塔希提岛来，无论你曾经流浪到多远的地方——蒂亚雷对斯特里克兰记得很清楚。

"他以前偶尔会来这里坐坐，我也常见他在帕皮提溜达。他那么瘦，又一直没什么钱，真让人难过。我每次听说他在城里，都会让人去找他，让他来和我一起吃晚餐。有一两次，我给他找了份工作，但他做什么都坚持不下去。过不了多久，他还是想回到那个荒僻的地方去，然后某个大清早他就不见了。"

斯特里克兰离开了马赛大约六个月后到了塔希提岛。他在一艘从奥克兰驶往旧金山的帆船上做工来抵到塔希提的路费，抵达时身边只带着一箱颜料、一个画架和一打画布。他口袋里还揣着几英镑，那是他之前在悉尼干活儿挣的。然后，他在城外一户土著的家里租了个小房间。我想，他踏上塔希提的那一刻，感觉应该像回到家了一样吧。蒂亚雷告诉我，有一次斯特里克兰曾对她说：

“我还在擦洗着甲板，忽然有个家伙对我说：‘瞧啊，就在那儿。’于是我抬起头，看见了这座岛屿的轮廓。我立刻明白了那就是我终生在寻找的地方。后来船又靠近了一些，我似乎认出那里就是我曾经待过的地方。老实说，有时候我在岛上散步，觉得这里的一切都似曾相识。我敢发誓，我以前真的在这里生活过。”

“有时候这里的确会让他们有那种感觉，”蒂亚雷说，“我认识过一些人，他们趁着轮船在装货，上岸待了几个小时，就再也离不开这个地方了。我还认识一些人，他们只是来这儿工作一年，来的时候怨天怨地，走的时候还发毒誓，宁愿上吊也不再回来；但是半年之后，你看见他们又踏上了这片土地，他们还会告诉你说，他们再也无法在其他地方生活下去了。”

# 第五十章

我想，有些人可能对他们的出生地并没有归属感吧。他们偶然降临在了某个地方，却心心念念地想着一个不知在何处的家乡。他们是自己出生地的陌生人，而那些他们从小熟知的林荫小巷和他们嬉戏过的热闹街道，对他们来说，不过是人生旅途中的中转站。他们在亲人之间活了一辈子，却始终像是个外来人；他们身处于唯一熟知的环境里，却始终与之格格不入。也许正是这种陌生感让他们远走他方，去寻找自己可以依附的某种永恒。也许有一种根深蒂固的返祖意识，催促着这位游子回到他祖先最初离开的那片土地。有时候，一个人会对初来乍到的地方产生一种神秘的归属感，认为那就是他一直在寻找的家；于是他会在以前从未见过的景象、在他完全不了解的人当中安顿下来，仿佛生来就对这里很熟悉；而最终，他在这里找到了平静。

我给蒂亚雷讲了一个故事，说的是我在圣托马斯医院认识的一个人。他是犹太人，名叫亚伯拉罕，长着一头金发，是个矮胖的小伙子，人有些腼腆，为人谦逊，但才华出众。他领到一笔奖学金，进入了这家医院，在五年学习期间，他得到了所有能拿的奖项。他先是当上了内科住院医师，后来又当了外科住院医师。他的才华得到了所有人的承认。最后他被选进领导机构，事业有了稳定的根基。照此发展下去，他肯定会在自己的职业道路上走向巅峰，荣誉和财富指日可待。在他即将进入新的岗位之前，他想去度一次假，但苦于没有闲钱，他便在一艘开往勒旺岛的不定期货轮上找了个医生的职位。这艘船一般不带医生，但医院里的一位高级外科医师认识这条航线上的一位主管，他帮了个忙才让亚伯拉罕上了船。

几个星期之后，医院收到了他的辞职信，得知他要放弃这个令人垂涎的职位。这件事引起了震惊，各种流言甚嚣尘上。无论谁做了出乎意料的举动，他的同伴们总会将其归咎于某种最不可思议的动机。当然，时刻都有人正等着接替亚伯拉罕的位置，于是亚伯拉罕逐渐被人遗忘了。再也没有人听过他的消息。他就这样从人们的记忆中消失了。

大概是十年后吧，有一次我乘船到亚历山大港。即将登陆前，早上我被叫去和其他乘客一起排队，等着医生来检查身体。来的医生是个矮胖子，穿得破破烂烂，等他把帽子摘下来，我发现他秃得厉害，但我觉得自己似乎在哪儿见过他。忽然，我想起来了。

“亚伯拉罕。”我说。

他转过身来，一脸迷惑，然后认出了我，立刻抓住了我的手。我们彼此惊讶了一番，他听说我要在亚历山大港过夜，便邀请我去英国俱乐部和他共进晚餐。我们再次会面时，我对在这里发现他表示了惊讶。他做着一份很不起眼的工作，而且境况似乎也很窘迫。他对我讲述了自己的故事。当年，他去地中海度假后，曾一度想着要回到伦敦，去圣托马斯医院就职。有天早上，那艘不定期货轮停在了亚历山大港，他站在甲板上看了看这座阳光下的白色城市，看了看码头上的人群，他看见有穿着破旧华达呢的当地人，有来自苏丹的黑人，有嘈杂拥挤、成群结队的希腊人与意大利人，有戴着塔布什帽的土耳其人，还有灿烂的阳光和蔚蓝的天空，忽然之间，他有了某种触动。他无法描述那一刻。事情来得太突然了，他形容说就像一声响雷，然后不太满意这个形容，又说像是得到了什么启示——突然间，他心里一动，感到一阵狂喜，那是一种美好的自由感。他感觉自己回到了家，于是就在那一瞬间，他当机立断，下半辈子要生活在亚历山大港。他没费多少工夫就离开了这艘船，二十四小时后，他带着自己的全部行李上了岸。

“船长肯定觉得你疯了吧。”我笑了起来。

“我不在乎别人怎么想。做出这件事的其实并不是我，而是我内心某种更强大的力量。我想着要去投宿一家希腊人开的小旅店，四下里看了看，便知道往哪儿走可以找到。你知道吗，我径直走到了过去，然后就看见了那家旅店，我立刻就认出了那个地方。”

“你以前到过亚历山大港吗？”

“没有，我从小到大一直没离开过英国。”

他很快就在公立医院找到了工作，然后一直生活到现在。

“你后悔过吗？”

“从来没有，一分钟都没有后悔过。我现在的收入刚能维持生计，但我已经很满足了。我没有别的奢求，只想这样过下去，直到离开人世。我的生活很美好。”

第二天，我离开了亚历山大港，后来一直忘了亚伯拉罕，直到前不久和另一位行医的老朋友亚历克·卡迈克尔共进晚餐才想起来。卡迈克尔当时回英国短期度假。我在大街上碰巧遇见了他，还祝贺他在战争期间的出色工作得到了嘉奖，并被授予了爵士封号。我们约了时间，打算一起消磨一个晚上，好好地叙叙旧，于是我答应了和他一起吃晚餐，而他提议不再约请他人，好让我们畅快地聊一聊。他在安妮女王街有栋漂亮的老房子，而且他的品位也不错，把屋里布置得令人赞叹。在餐厅的墙壁上，我看见了一幅迷人的贝洛托[1]画作，还有两幅让我嫉妒的佐法尼画作。等他的妻子——那个穿着金丝衣服、个子高高的可爱女人——离开我们之后，我笑着感叹，他如今的生活环境与我们同在医学院读书的时候已经大不一样了。那时候，即便去威斯敏斯特大桥街的一家破意大利餐厅吃晚餐，我们也看成是一次奢侈的行为。现在，亚历克·卡迈克尔在六家医院兼任要职，我猜他每年大概有一万英镑的收入吧，而他的爵士封号只不过是注定要授予他的许多荣誉之中的第一个。

“我干得还不错，”他说，“但奇怪的是，这一切都得益于当初的一点运气。”

“这话是什么意思？”

“喏，你还记得亚伯拉罕吗？他曾是个大有前途的人。我们都还是学生的时候，他一直碾压我。他得到了我曾申请过的所有奖项和奖学金，我每次都是第二名。如果他一直走下去，就会走到我现在的这个位置。那家伙有做外科手术的天赋，没有人能和他一争高下。他被分到托马斯医院当专科住院医师那会儿，我根本没有机会进入领导机构。我本来只会成为一名普通的医生，你也知道，一个普通开业行医的人想要出人头地能有多少可能性。但亚伯拉罕却让位了，于是，我得到了这份工

① 贝洛托（1721—1780），意大利画家，擅长画城市风景。

作。那件事给我带来了机遇。”

“确实如此。”

“运气好而已。我猜亚伯拉罕是出了什么岔子吧。可怜的家伙，他完全毁了。他在亚历山大的医疗部谋了份杯水车薪的差事——卫生检查员吧，还是其他什么。我听说他和一个又老又丑的希腊女人住在一起，还有半打歪瓜裂枣的孩子。我觉得，事实证明，只有脑子是不够的。重要的是个性。亚伯拉罕没什么个性。”

个性？我倒认为，一个人因为看到另外一种生活方式更有重大意义，只考虑半个小时后就抛下事业前途，这才需要相当的个性呢。更何况，他从不后悔这个突如其来的决定，就需要更强的个性了。但我没有吭声，而亚历克·卡迈克尔还在若有所思地继续说：

“当然，如果我假装对亚伯拉罕的做法表示遗憾，那就太虚伪了。毕竟，我得到了这一切。”他很享受地抽着长长的科罗纳雪茄，舒适地喷着烟圈，“但如果与我个人无关，我会为他如此浪费才华感到惋惜。一个人如此糟蹋生命实在是让人心痛。”

我很怀疑，亚伯拉罕是否真的糟蹋生命了。难道做自己最想做的事，生活在让自己快乐的环境里，与自己和睦相处是在糟蹋生命；而成为一名杰出的外科医生，有一万英镑的年收入和一位漂亮的妻子就是成功吗？我想，这取决于一个人对生活赋予了什么意义，对社会认可了哪些义务，以及自己有什么需求吧。当然了，我仍然没有吭声，因为，我哪有什么资格与一位爵士争论呢？

# 第五十一章

蒂亚雷听我讲完故事，称赞了我的审慎，然后有好一会儿，我们都一声不吭地忙着剥豆子。很快，她那双永远警觉盯着厨房的眼睛落在了中国厨师的身上，他似乎做了什么让她不能接受的事，她转身狠狠地骂了他一顿。但这个中国佬毫不退让地据理力争，两人鸡飞狗跳地吵了起来。他们说的都是方言，我只听得懂几句话，那声音听起来像是世界末日快到了，但很快一切又恢复了平静，蒂亚雷给厨子递了一根烟。他俩都舒舒服服地抽了起来。

“你知道吗，是我给他找了个妻子。”蒂亚雷忽然说道，她那张大脸上露出了笑容。

“给这位厨师吗？”

“不，斯特里克兰。”

“但他已经有妻子了。”

“他也这样说，但我告诉他，那女人在英国，而英国在世界的另一端。”

“的确如此。”我回答。

“每过两三个月，当他需要颜料、烟草或者钱的时候，就会到帕皮提来，然后到处游荡，像一条流浪狗。我觉他很可怜。那时候，我这里有个女孩，名叫阿塔，负责收拾房间。她算是我的一个亲戚吧，父母都死了，所以我收留了她。斯特里克兰有时候会到这里来饱餐一顿，或找个人跟他一起下下棋。我发现他来的时候，阿塔总是看着他，于是我问她，是不是喜欢上他了。她说自己非常喜欢他。你也知道这些女孩是什么样的人，她们都喜欢跟白人交往。”

“她是当地人吗？”我问。

“是的，她身体里一滴白人的血也没有。就这样，我跟她聊过之后，就派人把斯特里克兰找了来，我对他说：‘斯特里克兰，你也该成个家了。你这把年纪的男人不该去跟海边的那些女孩儿们鬼混。她们都是些坏胚子，你跟她们在一起不会有什么好事儿。你身无分文，做什么工作都不超过一两个月。现在已经没人想请你了。你说你可以永远住在丛林里，随便和哪个土著在一起，而他们会很高兴见到你，就因为你是个白人；但对一个白人来说，那样生活可不体面。现在我给你出个主意，斯特里克兰。’”

蒂亚雷说话的时候，法语和英语混杂着，这两种语言她都说得很好，而且说起来有一种唱歌的腔调，听起来非常悦耳。你会觉得，如果一只小鸟能说英语的话，大概也是这种腔调吧。

“听着，你觉得和阿塔结婚怎么样？她是个好女孩，只有十七岁。她从来没有像其他女孩那样乱来过——也许和某个船长或大副什么的要好过吧，但她从来没有被当地的男人碰过。你知道，她很自爱。瓦胡号的事务长上次告诉我，他在这座岛上没见过像她那么好的女孩儿。她也到了该成家的时候了，而且那些船长和大副们总喜欢时不时换换口味。我不会让我的女孩儿们干太久的。她在塔拉沃河边有点儿产业，是在你来这座岛之前置办下的，以目前的干椰子肉行情，你可以在那儿过得很舒服。那里有栋房子，你可以把所有的时间都用来画画。你觉得怎么样？”

蒂亚雷停下来喘了一口气。

“就在那时，他告诉我，他的妻子在英国。‘我可怜的斯特里克兰，’我对他说，‘那些人在其他地方都有妻子，那一般就是他们来这座岛的原因。阿塔是个通情达理的女孩，她不指望在市长面前办个仪式。她是个新教徒，你知道，他们看待这些事并不像天主教徒那样。’

“然后他说：‘但阿塔是怎么想的？’‘看起来，她很迷恋你呢，’我说。‘只要你愿意，她就愿意。要我喊她过来吗？’他呵呵地笑了起来，有些滑稽，又有些干巴巴地，就像他平常笑起来那样。于是，我把阿塔喊了过来。她知道我在说什么，这个小蹄子，我用眼角的余光瞧见她听得全神贯注呢，虽然她假装在熨一件刚给我洗过的罩衫。她走了过来，一直在笑，但我能看出来，她有点儿害羞，斯特里克兰打量了她一阵子，什么都不说。”

“她漂亮吗？”我问。

“还不错。你一定看过她的画像。他画她画了不知多少遍，有时候穿着一件帕里欧[①]，有时候什么都不穿。没错儿，她漂亮极了，而且还会做饭。我亲自教她的。我见斯特里克兰在考虑，于是对他说：‘我一直给她很优厚的薪水，她都存了起来，她认识的那些船长和大副们有时候也会给她一点小东西。她已经攒了好几百法郎了。’

---

① 帕里欧是塔希提岛的传统服饰，类似缠腰布。

“他揪了揪自己的一大把红胡子，笑了起来。

“‘好吧，阿塔，’他说，’你想让我做你的丈夫吗？’

“她什么都没说，只一个劲儿地咯咯笑。

“‘我不是告诉你了吗，亲爱的斯特里克兰，这个女孩儿迷恋你嘛。’我说。

“‘我会打你的。’他看着她说。

“‘要不然，我怎么知道你爱我呢。’她回答。”

蒂亚雷讲到这儿便打住了，她若有所思地对我说起了自己的故事。

“我的第一任丈夫约翰逊船长以前常常会打我。他是个男子汉，长得很帅，身高六尺三，他一喝醉了，什么都拦不住。有时候我会伤痕累累地过上好些日子。哦，他死的时候，我痛哭了一场。我想我再也没法振作起来了。但直到我嫁给了乔治·雷尼，我才明白自己失去了什么。你永远看不出一个男人是什么样儿的，直到你和他生活在一起。我看哪个男人都没有像看乔治·雷尼一样错得那么离谱。他也是个正直的好人，长得差不多和约翰逊船长一样高，看上去身强力壮。但这一切都是表面现象。他从来不喝酒，也从来没有对我动过手。他也许可以当个传教士了。我和岛上停靠过的每艘船的长官们都厮混过，但乔治·雷尼从来就看不到。最后，我厌恶他了，于是，我离了婚。要一个那样的丈夫有什么好处呢？有些男人对待女人的方式真可怕。”

我安慰了一下蒂亚雷，并由衷地说男人向来都是些骗子，然后请她继续把斯特里克兰的故事讲下去。

“‘好吧，’我对他说，‘别操之过急，慢慢来吧，你可以仔细想想。阿塔在侧楼有间不错的房子，去跟她住上一个月

吧，看看你喜不喜欢她。你在这里有吃有喝，到了月底，如果你决定要娶她，那就去她那块产业上安顿下来吧。’

“就这样，他同意了。阿塔继续做着家务活儿，而我给他提供了之前说好的每日三餐。我教阿塔做了一两样他爱吃的菜。他没有总是画画。他经常上山溜达，泡在泉水里。他还会坐在靠海的地方眺望那片潟湖，日落的时候，他会走到海边，去看看穆雷亚岛。他常常坐在礁石上钓鱼。他喜欢在港口闲荡，找当地人说说话。他性子好，是个安静的家伙。每天晚上吃过晚餐，他就会去侧楼，和阿塔在一起。但我发现他很想离开，很想回到丛林里，到了那个月底，我问他打算怎么做。他说如果阿塔愿意的话，他可以跟阿塔一起走。于是，我给他们办了一次结婚晚宴。我亲自下厨，给他们做了豌豆汤、葡式龙虾、咖喱饭，还有椰肉色拉——你从来没尝过我做的椰肉色拉，不是吗？在你离开之前，我要给你做一次——然后我还给他们做了一份冰淇淋。我们尽情地喝香槟，接着又喝了甜露酒。哦，我早就打定主意要把事情办得风风光光。后来，我们还在客厅里跳了舞。那时候我还没有那么胖，而且，我一直都喜欢跳舞。”

弗勒旅店的客厅不大，放着一台小型立式钢琴，沿着墙壁还摆了一套裹着压花丝绒的红木家具。屋里的圆桌上放着几本相册，墙壁上还挂着几张放大的照片，上面是蒂亚雷和她的第一任丈夫，约翰逊船长。蒂亚雷虽然又老又胖，但我们有时候仍然会把地上的布鲁塞尔地毯卷起来，再请来几名女佣和蒂亚雷的一两个朋友，大家一起跳跳舞，不过现在留声机像是害了气喘病似的，播出的音乐都像是在喘息。屋外的门廊里弥漫着蒂亚雷身上浓烈的香水味，头顶上的南十字星座在无云的天空中闪闪发光。

蒂亚雷回忆着多年前的快乐时光，笑得很沉醉。

“我们那天玩到了凌晨三点，等大家都去睡觉的时候，我想没有谁还非常清醒吧。我还跟他们说，要用我的双轮马车送他们一程，一直送到马车不能通行的地方，因为他们还得走很长一段路。阿塔的房子在深山里，远着呢。他们赶着那天黎明就出发了，而我派去送他们的小伙子第二天才回来。

“没错儿，斯特里克兰就这样结了婚。”

# 第五十二章

我想，接下来的那三年是斯特里克兰一生当中最快乐的一段时光吧。阿塔的房屋距环岛公路大约八公里，去到那儿要经过一条蜿蜒的小径，一路上有茂盛的热带树丛遮天蔽日。这栋小屋是用原木搭成的平房，里面有两间小房，外面还有一间当厨房用的棚屋。平房里没什么家具，只有一张他们当床用的垫子和一把立在门廊上的石椅。房屋旁边长着香蕉树，树上那些参差的大树叶像女王落难时身上穿着的破烂礼服。屋后有一棵结着鳄梨的树，周围是一片椰子林，它们就是这块土地上的年收入。阿塔的父亲曾在房屋周围种了一圈巴豆，现在这些巴豆长成了花花绿绿的一大片，艳丽而多彩，像一道围住了这片土地的火篱笆。房屋前面长着一棵芒果树，空地边上有两棵连理凤凰树，它们开着火红的花朵，和金色的椰子争奇斗艳。

斯特里克兰在这儿靠着地里的作物为生，很少再到帕皮提去了。不远处有一条小溪流过，那里是他洗澡的地方，有时候也会有一群鱼顺流而下。那时候，土著们会带着长矛围追而来，呼呼喝喝地赶在鱼群奔向大海之前，把那些受了惊吓的鱼儿叉住。有时候，斯特里克兰会去海边有暗礁的地方，回来的时候带着一篮子五颜六色的小鱼，然后阿塔会用椰子油把这些鱼煎熟，或配上一只大虾，有时候她会抓住从脚下溜走的螃蟹，做一顿美味的螃蟹大餐。这里的山上有些野橘树，阿塔隔三岔五地会跟两三个村里来的女人一起上山，然后带着这些甘美多汁的绿色水果满载而归。接着，那些椰子就熟得可以采摘了，而她的同族兄妹们（像所有的土著一样，阿塔有一大群亲戚）会爬上椰子树，把熟透了的大椰子扔下来。他们把椰子剖开，放在太阳底下晒干。然后他们再把干椰肉切开，放进袋子里，女人们会把袋子拿到潟湖边那个村庄里的商人那儿，那人会给她们大米、肥皂、罐头肉和一点钱作为交换。有时候村里大摆筵席，会杀一头猪。人们都会过去吃，一直吃到撑了，然后大家一起跳起舞，唱起赞美诗。

但阿塔的这栋房屋离村庄很远，塔希提人又都很懒散。他们喜欢旅行，喜欢闲聊，但就是不喜欢走路，所以有时候，斯特里克兰和阿塔会孤零零地住在那里。白天，他会画画和读书；而到了晚上，天黑之后，他们会一起坐在门廊上，一边抽烟，一边看着那片夜色。后来，阿塔有了一个孩子，那个服侍她坐月子的老婆婆便一直住了下来。没过多久，老婆婆的孙女儿也过来跟她一起住了，然后又出现了一个年轻人——没人知道他是从哪儿来的，也没人认识他的家人——但他逍遥自在地在他们那儿住了下来，于是，这些人一起生活了下去。

# 第五十三章

“你瞧，那就是布吕诺船长。”蒂亚雷说，那天我正在梳理她讲的斯特里克兰的故事，“他和斯特里克兰很熟，以前去他家里探望过。”

我看见了一位中年法国男人，长着一大把黑胡子，中间几缕已经灰白，他有一张晒得黝黑的脸，和一双闪闪发光的大眼睛，身上穿着一套干净的帆布衣服。其实吃午餐的时候我已经见过他了，听店里的中国伙计阿林说，他坐船从包莫图斯岛过来，那艘船那天刚刚靠岸。蒂亚雷把我介绍给他认识，他递了一张名片过来，那是一张硕大的卡片，正面印着“勒内·布吕诺”，反面印着“长征号船长”。当时我和蒂亚雷正坐在厨房外面的小露台上，蒂亚雷正忙着为旅店里的一个女孩缝制礼服。于是，他和我们坐在了一起。

“是的，我很了解斯特里克兰，”他说，“我非常喜欢下棋，而他总是很高兴跟人下一盘。我来塔西提是为了做生意，每年三到四次，而他在帕皮提的时候，就会到这儿来，然后我们会一起下棋。在他结婚以后，”——说到那两个字，布吕诺船长笑着耸了耸肩——“总之，他和蒂亚雷给他介绍的那个女孩住在了一起，他便邀请我去看他。我是参加那次婚宴的宾客之一。”他看着蒂亚雷，两人都笑了起来。“再后来，他就很少到帕皮提来了，过了大约一年吧，我刚好为了生意上的事要到那儿去一趟，等事情都办妥之后，我对自己说：‘嘿，我为什么不去看看可怜的斯特里克兰呢？’我向一两个当地人打听他们知不知道这个人，然后发现他就住在离我不到五公里的地方。于是我便去了。那次探访给我留下的印象我永远也不会忘记。我住在一片环状珊瑚岛上，那是一座低矮的小岛，有一片狭长的土地环绕着一座潟湖，它的美在于海天茫茫，在于潟湖的色彩斑斓与椰子树的优雅；而斯特里克兰的住处是那种伊甸园的美。啊，我真希望能让你看到那地方的迷人之处。那是一处世外桃源，头顶上是蔚蓝的天空，身边是茂密的树丛。那是一片色彩斑斓的地方，而且芳香四溢，凉爽宜人。简直无法用语言来描述那样的天堂。他就住在那儿，不问世事，也被世界遗忘。我想，在欧洲人的眼里，那地方也许凄凉得让人吃惊。他们的房子破旧不堪，到处都脏兮兮的。有三四个土著躺在门廊上。你知道，土著都喜欢扎堆儿在一起。有个年轻人大剌剌地躺在那儿抽烟，身上除了一件帕里欧什么都没穿。”

帕里欧就是一块长条形的棉布，红色或蓝色，印着白色图案。这块布一般围在腰间，垂至膝盖。

“一个大概十五岁的女孩儿正在用露兜树叶编帽子，还有个老女人蹲在那儿抽烟斗。然后，我看见了阿塔。她正在给一个刚出生的孩子喂奶，还有一个光着屁股的孩子正在她脚边玩儿。她看见我来了，立刻喊了一声斯特里克兰，于是他走到了门口。他身上除了一件帕里欧也什么都没穿。他的样子很特别，红红的胡子，凌乱的头发，毛茸茸的胸脯。他的脚很粗糙，到处是伤疤，我知道他一直是光着脚的。他已经彻底变成了一个土著。他看见我似乎很高兴，还告诉阿塔去杀只鸡来做晚餐。他把我领到屋里，让我看他刚才正在画的画儿。房间的角落里有张床，中间是一个铺了画布的画架。我因为很同情他，于是花了一小笔钱，买了几张他的画，还把其中几张寄给了我在法国的朋友。虽然我买这些画是出于同情，但看得久了也逐渐喜欢上了。我确实发现这些画里有一种特别的美感。每个人都觉得我疯了，但结果证明我是对的。在这片群岛上，我是他的第一个崇拜者。”

他不怀好意地朝蒂亚雷笑了起来，于是她又哀叹地讲述了自己如何在斯特里克兰的遗物拍卖会上错过了他的画，却花二十七法郎买了一个美式烤炉。

“你还留着这些画吗？”我问。

“是的。我会留着它们，等我女儿到了结婚的时候，我就把这些画卖掉。这些画将会成为她的嫁妆。”然后，他继续讲述自己去探望斯特里克兰的经历。

“我永远忘不了和他一起度过的那个夜晚。我本不想在他那儿逗留太久，但他坚持要留我过夜。我有点犹豫，因为说老实话，他建议晚上睡的那张床垫，我看着觉得不太舒服，但最后我还是耸了耸肩，留下了。当我在包莫图斯岛上建房子时，已经在外面睡了几个星期了，而且睡过更硬的床，还没有什么遮挡物，周围都是灌木丛，至于寄生虫什么的，我粗糙的皮肤应该还挡得住。”

“阿塔准备晚餐时，我们一起去小溪里泡了个澡；等吃过晚餐，我们都坐在露台上，一起抽抽烟，聊聊天。那个小伙子有个六角手风琴，他弹奏着音乐厅里十多年前流行的乐曲。在远离文明的热带丛林里，这些曲调听着有些怪异。我问斯特里克兰这样混住着会不会让他感到不开心。他回答说不，他喜欢那些模特就在身边。过了一会儿，那些土著们大声地打起了哈欠，都去睡觉了，只有斯特里克兰和我还待在那儿。我真的无法向你描述那里夜的寂静。在我生活的包莫图斯岛，我还从来没有在夜晚感受过那种完全的寂静。在包莫图斯岛，海滩上有各种动物的沙沙声，许多小小的壳类动物总在不停地爬着，还有陆地蟹匆匆奔过的声音，你有时候会听见潟湖中鱼儿跳跃的声音，有时候会听见一大群鱼儿在棕鲨的追赶下噼里啪啦地窜游。但首当其冲的还是浪花拍打在礁石上的轰隆巨响，那声音如同时间一样永不停歇。但这里却没有一丝声音，空气中弥漫着在夜里盛放的白色花朵的香气。这是一个那么美丽的夜晚，让你的灵魂几乎难以再忍受身体的禁锢。你感觉灵魂随时可以随着无形的空气飘走，而死亡就像是一个亲切的朋友。”

蒂亚雷叹了一口气。

“唉，我多希望自己还是十五岁啊。”

然后，她看见一只猫要去吃厨房桌子上的一盘虾，于是身手敏捷地飞了一本书过去，扔向那只仓皇而逃的猫。

“我曾问他和阿塔在一起幸不幸福。

“‘她让我可以一个人待着，’他说，‘她给我做吃的，还自己照顾孩子。我让她做什么，她就做什么。我想从女人那儿得到的，她都能给我。’

“‘但你从来没有后悔过离开欧洲大陆吗？难道你不会怀念一下巴黎或伦敦的街灯，怀念一下朋友和同辈们的陪伴，问

问自己“我懂什么”[1]吗？不会去怀念那些剧院和报纸、怀念公共马车轰隆隆驶过鹅卵石路的声音吗？’

“他沉默了很久，然后说：‘我会一直待在这里，直到离世。’

“‘但你从来没有厌倦过，没有孤独过吗？’我问。

“他呵呵一笑。

“‘我可怜的朋友，’他说，‘你显然不知道，当艺术家是怎么回事。’”

布吕诺船长向我转过身来，脸上带着一个亲切的笑容，他那双善良的黑眼睛露出炯炯有神的目光。

“他那样对我不公平，因为我也知道有梦想是怎么回事。我也有自己的追求。我也是个艺术家，只不过方式不同罢了。”

我们都沉默了一会儿，然后蒂亚雷从她的大口袋里掏出了一大把香烟。她给我俩每人递了一根，于是，我们三个人一起抽起了烟。最后，蒂亚雷说：

“既然这位先生对斯特里克兰很有兴趣，你为什么不带他去见见库塔斯医生呢？库塔斯医生能跟他讲讲斯特里克兰的病，还有他去世的那些情况。”

“乐意之至。”船长看着我说道。

我对他道了谢。然后，他看了看手表。

“现在已经六点多了。如果你想现在去的话，我们应该可以在他家里找到他。”

我毫不迟疑地站了起来，于是，我俩一起沿着那条去医生

① 这句法语出自蒙田，是他的座右铭。蒙田用这句话来提醒自己，人类知道的是如此之少，应该对一切事物抱以怀疑的态度。

家的路走了过去。医生住在城外，但弗勒旅店就靠在城边，所以我们很快走进了郊区。这条宽阔的道路在胡椒树的树荫下延伸，路两边有椰子树和香草种植园。那些偷吃的鸟儿们从棕榈树叶中间飞过。我们走到了一条小河的石桥上，逗留了几分钟，看当地的小男孩们在水里嬉戏。他们笑着，喊着，相互追逐着，棕色的小身体湿漉漉的，在阳光下熠熠生辉。

# 第五十四章

正在路上走着，我忽然想到了斯特里克兰到这里以后的境况，好像最近听到关于他的所有事都和以前不一样。在这里，在这座遥远的小岛上，他似乎不像在故乡那样招人厌恶，反而得到了大家的同情。他的异常行为在这里被人们十分宽容地接受了。对于这些人，对于这里的土著和欧洲人而言，虽然他依然是个怪异的人，但他们早已习惯，见怪不怪了。世上有许多奇怪的人在做着许多奇怪的事。也许这里的人更能理解，大多数人，往往都并非是他自己想做的那种人，而是他不得不做的那种人。在英国与法国，他就是一个塞在了圆孔里的方塞子，而这里的孔形状各异，也就没有不适合的塞子了。我不清楚他到了这里会不会变得温和些，不再那么自私与野蛮，但这里的环境更适合他。如果他从小就生长在这种环境中，人们也不会觉得他有什么比别人更恶劣的地方。他在这里得到了他在自己的同胞中从未期望会得到，也不想去得到的一样东西——同情。

我对布吕诺船长道出了自己对这个想法的惊讶，他久久没有回答。

“这并不奇怪，我肯定会同情他，”他终于说道，“因为我们有同样的追求，尽管我们也许并不知道。”

“你和斯特里克兰差别那么大，如此不同的两个人却有同样的追求，那到底是什么呢？”我笑着问。

“美。”

“这是个艰巨的任务。”我低声说。

“你知道人们为什么如此痴迷于爱，以至于对其他一切都闭目塞听吗？他们几乎无法主宰自己，就像被锁在帆船里摇桨的奴隶一样，而束缚着斯特里克兰的冲动同样那么专横跋扈，丝毫不逊于爱。”

“你也有此一说，真是奇怪！”我回答，“很久以前我就在想，他可能受到了魔鬼的掌控。”

“掌握了斯特里克兰的，是一种创造美的冲动。这种冲动让他无法平静，使他四处奔波。他是个永恒的朝圣者，受困于一种神圣的归属感，而操纵着他的魔鬼对他残酷无情。世上有些人对真理的渴望太过强烈，以至于他们为了得到真理而不惜去颠覆自己的世界。斯特里克兰就是这样一种人，只不过在他那里，对美的追求取代了真理。我只能对他抱以深深的同情。”

“这又很奇怪。有个被斯特里克兰狠狠伤害过的人也曾对我说，他很同情斯特里克兰。”我沉默了半晌，“我在想，你也许已经找到了原因，可以解释这种让我一直觉得费解的性格。你是怎样想到这一点的呢？”

他转过头来，对我一笑。

“我不是告诉过你吗，我也是个艺术家，只不过方式不同罢了。我在自己身上也发现了那种渴望，和激励着他的一样。

只不过，他的途径是画画，而我的是生活。”

然后，布吕诺船长给我讲了个故事，我想我应该在这里也说一说。因为这故事，也许是通过对比吧，让我对斯特里克兰的印象更加丰满了，而且在我心中，这个故事本身也很美。

布吕诺船长是布列塔尼人[①]，曾在法国海军服役。结婚后，他从部队退伍，回到了坎佩尔市附近，在一小片祖业上定居了下来，过着平静的生活，但他的律师出了个岔子，忽然让他变得身无分文，而他和妻子都不想在自己曾经过得很风光的地方过起穷日子。他在之前的远洋航行中曾去过南太平洋，于是决定要去那儿找些财路。他在帕皮提消磨了几个月，一边制定计划，一边积累经验，后来靠着从法国的一位朋友那儿借来的钱，他买下了包莫图斯的一座小岛。那是一座环形岛，围绕着一片深深的潟湖，岛上荒无人烟，只有密密麻麻的灌木丛和野生番石榴。他带着勇猛无畏的妻子和几名土著上了岛，他们建起了一栋房屋，清理了灌木丛，还种上了一些椰子树。二十年过去了，现如今，那座贫瘠的小岛已经变成花园。

“最开始，这是个艰辛难熬的活儿，但我们都干得很卖力，我们俩。我每天天不亮就起床去除草、种树、搭建房屋，晚上回来，一倒在床上便睡着了，沉沉地一觉睡到次日清晨。我的妻子也一样忙活得非常辛苦。后来我们有了孩子，最初是儿子，接着是女儿。我和妻子一起教他们读书，他们所有的知识都是我俩教的。我们还让人从法国寄来了一架钢琴，我妻子教他们弹琴，说英语，我教他们学拉丁语和数学，我们还一起读历史。他们会驾船，游起泳来跟土著们一样。岛上的事儿他

① 布列塔尼位于英吉利海峡与法国比斯开湾之间的一座半岛上，历史上曾是独立的公国，后于1532年并入法国版图。

们样样都很精通。我们的树也长得很茂盛，暗礁下还有蚌壳。我到塔希提买了一艘双桅帆船，这样就可以打捞到足够多的蚌壳，把买船的钱赚回来，而且谁知道呢？说不定还会发现一些珍珠呢。我白手起家拥有了现在的一切。我也创造了美。啊，你是不知道，看着那些高大挺拔的椰子树，想到每一棵都是我亲手种下的，心里有多美。”

“我想问问你也问过斯特里克兰的那个问题。难道你从来没后悔过离开法国，离开你在布列塔尼的老家吗？”

“等有一天我的女儿结了婚，儿子也娶了妻子，等他可以在这座小岛上接替我了，我们就会回去，在我出生的那栋老房子里过完余生。”

“你会回忆起自己的幸福生活。”我说。

“显然，我在小岛上的生活没那么让人兴奋，我们都远离了这个世界——你想象一下吧，我得花四天时间才能到塔希提——然而，我们在那儿都很快乐。世上只有少数人有机会开创事业，并取得成就。我们的生活朴素而单纯。我们毫无野心，即便我们为之骄傲，也只是因为我们用双手的劳作换来了生活的前景。人世间的恶意触及不到我们，嫉妒也攻击不了我们。啊，我亲爱的先生，人们谈起劳动给人幸福感时，都说这是胡言乱语，但对于我，这句话是相当有意义的。我是个多么幸福的人啊。”

“我可以肯定地说，这是你应得的幸福。”我笑了起来。

“但愿如此。我不知道自己何德何能会有这样一位好妻子，她不仅是最完美的朋友与伴侣，也是最完美的情人和最完美的母亲。”

我还在思考船长让我浮想联翩的那种生活。

“很明显，要过这样的生活，还过得如此成功，你不仅要有坚强的意志，还得有坚毅的性格吧。”

“也许。但没有另一个因素的话，我们可能会一事无成。”

“什么因素？”

他有些刻意地停下脚步，伸出了双臂。

“对上帝的信仰。若没有信仰，我们早已迷失了方向。”

话音刚落，我们就到了库塔斯医生的住处。

# 第五十五章

库塔斯先生是个上了年纪的法国人，他身材高大，体格魁梧，身形像个巨大的鸭蛋，他那双锐利而和善的蓝眼睛时不时地落在自己的大肚腩上，眼中还带着些志得意满。他面色红润，配着一头花白的头发，是个会让人立刻产生好感的人。他在一间布置得像法国小城市住宅的屋子里招待了我们，那里还摆着一两件波利尼西亚的古董，样子很奇特。他把我的手握在了他的两只手中——好大的手掌啊——又亲切地看了我一眼，然而，目光中却透着十足的精明。他和布吕诺船长握手时，礼貌地问候了他的夫人和孩子们。我们彼此寒暄了一会儿，又聊了聊岛上的近况，交流了干椰肉和香草作物的行情，这才谈起了我此次来访的目的。

我不会原话照录库塔斯医生对我讲述的一切，我只会用自己的话来写，因为他讲述得如此绘声绘色，我是无法复述出来的。他的嗓音浑厚而低沉，与他庞大的体形非常相称。他在说话时还很善于表演。听他讲话，就像在看戏那么有趣，而且比大多数戏剧演得更为精彩。

有一天，库塔斯医生去了塔拉瓦奥村，给一位生病的老酋长看病，他栩栩如生地描述了那个胖女人的样子，她当时躺在一张巨大的床上，一边抽着香烟，身旁还围着一群黑皮肤的佣人。他给她看过病之后，被领到另一间房里，享用了一顿丰盛的晚餐——什么生鱼啦、油炸香蕉啦、鸡肉啦之类的——我懂什么，反正是当地土著吃的那种晚餐——吃饭时，他看见门口有个女孩眼泪汪汪地被赶了出去。他当时并没有多想，但等他出了门，上了马车，正要回家时，他又看见了那个女孩，她就站在不远处的一条小路上，正楚楚可怜地看着他，眼泪一个劲儿地往下淌。他找人打听那女孩怎么了，方才得知她刚刚从山上下来，想请他去看看一个生了病的白人。但他们对她说，医生这会儿不能被打扰。于是，他把女孩喊了过来，亲自问她要做什么。她告诉他说，是阿塔让她来的，就是以前在弗勒旅店里的那个阿塔，因为“红毛”生病了。她把一张皱巴巴的报纸塞进了他的手里，他打开报纸，发现里面有张一百法郎的钞票。

“红毛是谁？”医生问一个站在旁边的人。

他被告知那是他们对一位英国画家的称呼，那人和阿塔一起住在山谷里，在距此七公里的地方。他从描述中得知那人就是斯特里克兰。但那条路必须得走着过去，他们知道他不可能去，所以才把这个女孩打发了。

“我承认，”这位医生对着我说，“我有些犹豫。我并不想在一条崎岖小路上来回走十四公里，而且当晚也没法赶回帕皮提了。此外，我对斯特里克兰也没什么好感。他只不过是个游手好闲的人，一个没用的无赖，他宁愿靠着一个土著女人生活，也不愿意像我们其他人那样靠工作谋生。我的天哪，我怎么知道有一天全世界会说他是天才？我问那个女孩，他是不是病得很厉害，能不能下山到我那儿去看病。我还问她斯特里克兰是什么症状。但她不肯说。我逼问了几句，也许还对她发了火，但她低下头就哭了起来。我只能耸耸肩，无可奈何。我毕竟是个医生，有责任去一趟，于是我没好气地吩咐她带路。”

走到那儿时，库塔斯医生已经大汗淋漓、口渴难耐了，脾气肯定不会好到哪儿去。阿塔已经走了一小段路来接他，正在那里焦急地张望着。

“我得先喝点什么才能去给人看病，不然我肯定会渴死，”他嚷嚷着，“看在上帝分上，给我摘个椰子吧。”

她喊了一声，有个男孩一溜烟儿地跑了过来。他爬上一棵树，扔了个熟椰子下来。阿塔在壳上开了个洞，医生痛痛快快地喝了一气。然后，他给自己卷了一根香烟，心情也好了许多。

“好吧，红毛在哪儿？”他问。

“他在屋里呢，正画着画儿。我还没告诉他你来了，进去看看他吧。”

“他不是不舒服吗？如果他还能画画，就病得没那么厉害，可以下山去塔拉瓦奥，也免得我大老远跑一趟。你们是觉得我的时间不如他的那么珍贵？”

阿塔没说话，和那个男孩一起跟着他进了屋子。那个带他来的女孩这会儿坐在露台上，那里还躺着一个老太婆，她背靠着墙，正在做土烟。阿塔指了指那扇门。医生不知道他们为什么举止那么怪异，有些生气地走了进去。走进屋子后，他发现斯特里克兰正在清洗调色板。画架上有一幅画。斯特里克兰只裹了一件帕里欧，正背对着门站在那里，他听见了靴子的响声，转过身来。他恼怒地看了医生一眼，有些吃惊，他很厌恶有人闯了进来。医生看见他，倒抽了一口气，脚下生了根似的站在那儿，眼睛瞪得滚圆。他没想到会看见这样一幅场景。他被吓住了。

“你不敲门就进来了，”斯特里克兰说，“有什么事？”

医生缓过了劲儿来，但费了很大工夫才能开口说话。他的怒气已经全然不见了，他甚至觉得——好吧，是的，我不否认——他觉得有一种难以抗拒的怜悯。

“我是库塔斯医生。我刚才在塔拉瓦奥给老酋长看病，阿塔请我过来给你也看看。”

“她就是个蠢货。我只是最近疼过几次，有点儿发烧，这都没什么，很快就过去了。下次有人去帕皮提的时候，我让他带点奎宁[1]回来就没事了。”

“你还是照照镜子吧。”

斯特里克兰瞥了他一眼，笑了笑，然后走到一面挂在墙上、镶嵌着小木框的劣质镜子前面。

“怎么了？”

“你没看见你脸上有一种奇怪的变化吗？你没看见你的五官都肿了起来吗？还有你的表情——我该怎样形容呢？——书上说，这叫作狮子脸。我可怜的朋友，我必须跟你明说，你得了一种可怕的疾病。”

“我？”

“当你照镜子的时候，你看见的是麻风病患者的典型症状。”

“你在开玩笑吧。”斯特里克兰说。

“我也希望自己是在开玩笑。”

“你是要告诉我，我得了麻风病吗？”

“很不幸，这一点毫无疑问。”

库塔斯医生已经判过许多人死刑，但他永远无法克服这带

① 一种治疗热病的药物。

给他的恐惧。这位理智而健康的医生享有不可估量的主宰生命的权利，当一个被判死刑的人拿自己与他相比较的时候，一定会陷入强烈的憎恨之中，而他总是能感觉到这种恨意。斯特里克兰默默地看着他，脸上没有任何表情，这种让人恶心的病已经让他的脸变了形。

“他们知道吗？”他终于开口问道，一边用手指了指露台上的那些人，他们这会儿都坐在那儿，安静得有些反常。

“当地人都很了解这种病的症状，”医生说，“他们只是不敢告诉你。”

斯特里克兰走到门口，往外看了看。他的脸上肯定有什么很可怕的地方，因为那些人忽然都大哭了起来，不断哀号着。他们的声音越来越大，哭得越来越厉害。斯特里克兰没有说话。他看了他们一会儿，又回到了屋子里。

“我还能活多久？”

“谁知道呢？这种病有时候会拖上二十年。如果结束得快，倒是一种慈悲。”

斯特里克兰走到画架前面，若有所思地看着上面的画。

“你远道而来，带来了重要的消息，理应得到报酬。拿着这幅画吧。它现在对你来说也许不算什么，但有一天你或许会很高兴拥有这幅画。”

库塔斯医生谢绝说，他不需要什么报酬，就是那一百法郎他也已经还给了阿塔，但斯特里克兰坚持让他收下这幅画。然后，他们一起走出了屋子，来到了露台上。那几个土著还在痛哭。“安静点，女人。擦干你的眼泪吧，”斯特里克兰对阿塔说，“没什么大不了的，我很快就会离开你们。”

“他们不会把你弄走吧？”她哭喊着。

那时候，岛上还没有严格的隔离制度，所以麻风病人，只要他们愿意，可以行动自由。

“我要到山里去。”斯特里克兰说。

然后阿塔站了起来，面对着他。

“他们谁想走就让他们走吧，但我不会离开你。你是我的男人，我是你的女人。如果你离开我，我会到屋后的那棵树那儿去上吊自杀。我可以对上帝发誓。”

这番话她说得很决绝。她不再是那个温顺、柔和的当地女孩了，而是个意志坚定的女人。她完全变了一个样子。

“你为什么要和我在一起呢？你可以回到帕皮提去，你很快可以再找个白人。这个老妈子可以照顾你的孩子们，蒂亚雷会很高兴你能回到她那儿。”

“你是我的男人，我是你的女人。无论你去哪儿，我都会跟着你。”

忽然间，斯特里克兰的坚强意志动摇了，他的眼泪涌了上来，慢慢滑落脸庞。但他很快又露出了他惯有的讥讽笑容。

“女人真是些奇怪的小野兽，”他对库塔斯医生说，“你可以像对待狗一样对待她们，也可以打她们打到你觉得手疼，但她们仍然会爱你。”他耸了耸肩。“当然了，基督教认为女人有灵魂，这是一个最荒谬的幻象。”

“你在和医生说什么？”阿塔疑惑地问，“你不会走吧？”

“只要这让你开心，我就留下来，可怜的孩子。”

阿塔扑通一声在他面前跪了下来，双手紧紧抱住了他的腿，亲吻着。斯特里克兰看着库塔斯医生，脸上带着微微的笑容。

“最终，他们还是抓住了你，你在他们的手中无可奈何。无论是白人，还是土著，大家都一样。”

库塔斯医生觉得，在如此可怕的灾难中，说任何惋惜的话都很荒唐，于是他告辞离开。斯特里克兰吩咐那个男孩塔内，把医生送回村里去。

说到这里，库塔斯医生停住了一会儿，然后对我说了一番话。

“我不喜欢他，我已经告诉过你了，我对他没有什么好感，但在慢慢走下山去塔拉瓦奥村的路上，我不得不对他那种坚韧的勇气产生了一种敬佩之情，这份勇气让他承受住了也许是人世间最可怕的苦难。塔内走的时候，我告诉他说，我会送些可能用得上的药过去，但斯特里克兰多半不肯吃药，至于这种药他服了会不会好起来，我就更不抱希望了。我让这个男孩给阿塔带个话儿，不管她什么时候需要我，我都会去的。生活是艰辛的，而大自然有时会以折磨她的儿女为乐。我乘着马车回到了在帕皮提温暖舒适的家中，一颗心却十分沉重。”

过了很长时间，我们谁都没有说话。

“但阿塔没有再请我去看病，”医生终于讲了下去，“而且凑巧的是，我很长时间都没再去过岛上的那一带。我没有斯特里克兰的消息。我有一两次听说阿塔来到了帕皮提买画画用的材料，但我没有遇见过她。两年多之后，我再次去了塔拉瓦奥，仍然是给那位老酋长看病。我问他们有没有听到过斯特里克兰的任何消息。那时候，所有人都知道他得了麻风病。最先离开他们的是那个男孩塔内，过了不久，老妈子和她的孙女也走了。只剩下斯特里克兰和阿塔孤零零地带着他们的孩子。没有人再靠近那座种植园，因为，你也知道，当地人对这种病怕得要命，很早以前，人们一发现这种病，就会把患者处死。有时候，村里的男孩们在山上乱跑的时候，偶尔看见有个长着一大把红胡子的白人在附近晃悠，他们都吓得飞奔而逃。有时候，阿塔会半夜下山，到村里叫醒商贩，找他买些急需的东西。她知道当地人看她像看斯特里克兰一样避之不及，所以她也躲着他们。有一次，几个女人大着胆子走近了他们的种植园，看见她在小溪里洗衣服，于是她们都朝她扔石头。后来，人们让那个商贩转告她，如果她再用那条小溪，大家就会上山来，一把火烧了她的房子。”

“真是残忍。”我说。

“别这样说，我亲爱的先生，人们从来就是这样。恐惧会让人变得残酷……于是，我决定去看看斯特里克兰。我给那位老酋长看完了病，想找个小伙儿为我带路，但没人愿意陪我过去，我只能自己摸索着过去。”

库塔斯医生走到那座种植园之后，忽然有种很不安的感觉。虽然他走得浑身发热，却打了个哆嗦。周围似乎充满了敌意，这让他有些迟疑，他感觉有种看不见的力量阻挡着他的路，似乎有双看不见的手正在把他往回拽。现在没有人会来这里摘椰子树了，那些椰子都烂在了地上。这里一片荒芜。灌木丛渐渐侵占了这里，看上去似乎再过不久，原始森林就会重新占领这片曾经有人花了许多力气才从它那儿夺去的土地。他感觉这里是痛苦的家园。当他走近那栋房屋的时候，他惊讶地感受到了那种超凡的寂静，一开始他还以为这里被遗弃了，但他很快就看见了阿塔。她正蹲在那间用作厨房的棚屋里，看着锅里正在煮的东西。她身边有个小男孩在安安静静地玩泥巴。她看见医生走了过来，脸上却没有一丝笑容。

“我来看看斯特里克兰。”他说。

“我去告诉他。”

她走向那栋房屋，上了几级台阶，走过了露台，进了屋子。库塔斯医生跟在她身后，但遵照她的手势，等在了外面。当她开门进屋时，他闻到了一股甜腻的味道，在麻风病人的住处周围总是有这种令人作呕的气味。他听见了她说话，然后听到了有人回答，但他并没有认出来那个声音。那声音很沙哑，而且含混不清。库塔斯医生扬了扬眉。他断定这病已经破坏了斯特里克兰的声带。很快，阿塔出来了。

“他不想见你。请你离开。”

库塔斯医生再三坚持，她却把他拦在了外面。库塔斯医生只好耸耸肩，过了一会儿，见没人再理睬他，只好转身离开。她走在他的身边。医生觉得，她也很想摆脱他。

“难道我什么忙都帮不上吗？”他问。

“你可以送他一些颜料，”她说，“他不想要别的东西。”

“他还在画画吗？”

“他在屋子的墙壁上画画。”

“你的生活太可怕了，可怜的孩子。”

这时候，她终于笑了起来，眼里露出了一种超脱人世的爱。库塔斯医生被那目光吓了一跳，旋即感到惊讶。他感到深深的敬畏，一时间说不出话来。

“他是我的男人。”她说。

“你的另一个孩子呢？”他问，“我上次来这里的时候，看见你有两个孩子。”

“是的。另一个死了。我们把他埋在了那棵芒果树下。”

阿塔送了他一段路，然后说她必须回去了。库塔斯医生猜测，她是害怕走远了会遇见村里的人。他再次告诉她，如果她需要他，只要捎个话儿，他会立刻赶来。

# 第五十六章

此后，又过了两年，也许是三年吧，因为在塔希提岛，时间不知不觉就过去了，你很难记得清楚；然而，终于有个消息被带给了库塔斯医生：斯特里克兰快要死了。阿塔在半路上拦住了去帕皮提送信的马车，并恳求驾车的人立刻去找库塔斯医生。但这个召唤到来的时候，医生出去了，当天晚上他才得知了消息，但时间已经太晚了，他没法儿立刻启程，只能等到次日一早再出发。他赶到了塔拉瓦奥，最后一次踏上了那条通往阿塔家的七公里山路。这条路越发荒僻了，显然已经多年没人走过，找到方向不是件容易的事，有时候，他得沿着河床深一脚、浅一脚地走，有时候还得穿过茂密荆棘的灌木丛。有好几次他不得不攀岩而上，好避开挂在头顶树枝上的马蜂窝。密林里一片寂静。

最后，他终于走近了那栋现在已经破破烂烂而且污浊不堪的小木屋，不由得长舒了一口气，但这里迎接他的仍是难以忍受的寂静。他走上前去，那边有个男孩儿，正在阳光下无忧无虑玩耍，一看见他走过来，吓了一跳，立刻飞奔而去：对他来说，这个陌生人是敌人。库塔斯医生有种感觉，这个孩子正躲在一棵树后暗暗地盯着他。屋门敞开着。他喊了一声，但没有人回答。他走了进去，敲了敲屋里的另一扇门，但还是没人回答。他转动门把手，进入房间。恶臭扑面而来，让他恶心得想吐。他掏出手帕，掩住鼻子，强行走了进去。房间里很昏暗，他从刺眼的阳光下走进来，有好一会儿什么都看不见。然后，他愣了一下，分辨不出自己身在何处。他隐约觉得自己在一大片原始丛林中，还有些赤身露体的人在树下走动。这时候，他发现，那是墙上的画。

“上帝啊，但愿不是太阳把我晃瞎了眼。”他喃喃自语。

一个轻微的动静吸引了他的注意，他看见阿塔正躺在地上默默地流泪。

“阿塔，”他喊了一声，“阿塔。”

她没有理会。又是一阵浓烈的恶臭几乎把他熏晕了，他点燃了一支方头雪茄。随着眼睛逐渐习惯了黑暗，他看清楚了墙上的画，忽然感到一阵不可抑制的感动。他不懂绘画，但这幅画里却有某种不同寻常的东西打动了他。在地板与天花板之间，这几面墙壁上覆盖着一幅新颖而精致的作品。这幅画有一种无法形容的奇妙与神秘感，让他不能呼吸，让他有种既无法理解、又无从分析的情感。他感觉到一个人面对天地初开濛才会有的那种敬畏与喜悦。这作品震撼人心，既是肉欲的，又充满无限热情，然而也有某种令人惊骇的成分，某种让他感到害怕的东西。画出这幅作品的人潜入了大自然不为人知的深处，发现了那些不仅美丽也很骇人的秘密。画出这幅作品的人知道那些不适宜让人知道的东西。这幅画里有某种原始而可怕的感觉。这不是凡俗之物。这画让他隐约想起了黑暗魔法。它很美丽，却很堕落。

“上帝啊，这是天才之作。”

这句话是从他嘴里溜出来的，他不知道自己说了什么。

很快，他的目光落在了墙角的床垫上，他走了过去，看见了那个触目惊心、残缺不全的可怕躯体，那曾经是斯特里克兰。他死了。库塔斯医生强忍着不适，俯身看了看这具受到重创的恐怖身躯。这时，他猛然吓了一跳，恐惧一刀划过他的心，他感觉有人在他身后。是阿塔。他没听见她起身的动静。她就站在他的手肘旁边，看着他在看的地方。

“啊呀呀，我都要神经错乱了，”他说，“你差点把我吓死了。”

他又看了看这具曾经是个活人的凄惨死尸，然后沮丧地退了回去。

“但他的眼睛已经瞎了啊。”

“是的，他已经失明了快一年了。”

# 第五十七章

正在这时，库塔斯太太的出现打断了我们的谈话，她刚刚外出访友回来。库塔斯太太走了进来，像一艘扬起了风帆的船。她是个很魁梧的女人，个子高大，身材结实，上身丰满，腰围肥大，却有些危险地束缚在直筒紧身胸衣里。她长了一个高挺的鹰钩鼻，下巴上耷拉着三圈肥肉。尽管热带气候让人萎靡不振，但对她却没有丝毫影响。库塔斯太太精力充沛，老于世故，行动敏捷果断，在这让人昏昏欲睡的热带，谁也不像她样有精力。除此之外，她还非常健谈，自踏进屋门起，她就一股脑儿地说出了许多轶事和评论，让我们刚才的谈话似乎变得非常遥远、极不真实了。

不一会儿，库塔斯医生转向了我。

“我仍然那张斯特里克兰给我的画将放在我的诊疗室里，”他说，“你想看看吗？”

“乐意之至。”

我们站起来，他带我穿过屋子周围的走廊。我们停下来看了看花园里盛放的鲜花。

“长久以来，我一直无法忘记斯特里克兰在他屋里的墙壁上画的那幅画。”他若有所思地说。

我也一直在想那幅画。在我看来，斯特里克兰在那幅画里似乎终于把他自己完全表达出来了。他默默地画着，心里知道这是他最后的机会了。我想，在那幅画里，他一定说出了所有关于生命的认识，也说出了他的所有预言。所以我想，也许在那幅画里，他最终找到了内心的平静。那个一直操纵着他的魔鬼终于被驱逐了，而完成了这幅画——为之他的一生都成了一场痛苦的准备——他那远离尘嚣又备受折磨的灵魂终于得到了安息。他愿意就这样死去，因为他已经履行了自己的使命。

“画的主题是什么？”我问。

“我不太清楚。那幅画很奇怪，又很奇妙。那是天地初开时的景象，画的是伊甸园，有亚当和夏娃——我怎么知道的呢？——这是对男人与女人的人体美的一首赞歌，是对崇高、冷峻、可爱而又残酷的大自然的赞颂。这幅画让你对无限延伸的空间和无穷无尽的时间产生了敬畏感。由于他画的都是我每天可以在身边看到的树木，那些椰子树、榕树、凤凰树、鳄梨树之类的，从那以后，我看那些树的眼光再也不一样了，仿佛那些树都有了灵魂，有了某种秘密，我似乎一伸手就能抓住，却每次都扑了个空。那些色彩都是我熟悉的颜色，然而又有所不同。它们有完全属于自己的意义。那些赤裸的男人和女人，他们都是凡人，却又远离尘世。他们既都是尘寰的，是属于揉捏而成的尘土的，可却又有神灵的感觉。然而，看见画里的人处于赤身裸体的原始状态，你会觉得害怕，因为你看见了你自己。”

库塔斯医生耸耸肩，笑了笑。

“你会笑话我吧。我是个唯物主义者，还是个粗俗的胖子——有点像福斯塔夫①，对吗？——这种抒情模式不适合我。我让自己显得有点滑稽了。但我从未见过哪幅画能给我留下如此深刻的印象。真的，看那幅画的感觉就像走进了西斯廷教堂，那个在教堂穹顶上作画的人太伟大了，同样让我深感敬畏。那是天才之作啊，气势恢宏，不可抗拒，让我觉得自己很渺小。但米开朗基罗的伟大你是早有耳闻的。可我从来没有想过，在塔拉瓦奥村上面的山谷里，在远离人类文明的地方，那栋土著小屋里的壁画会让我如此震撼。米开朗基罗是个神智健全、身体健康的人，他那些伟大的作品有一种庄严肃穆的感觉；但这幅画，尽管美，却让人扰动不安。我说不清楚，但它让我心神不宁。它给我的感觉就像是，你正坐在一间房间里，你知道隔壁有间空房，但不知道为什么，你总感觉那间房里有人。你责怪自己，你知道只是太紧张了——但仍然会想，而且一直在想……没过多久，你就扛不住了，恐惧感一把抓住了你，你无能为力地陷入了一种看不见的恐惧之中。是的，我承认，当我听说那幅诡异的杰作被毁了之后，我并没有那么遗憾。”

“画被毁了？”我喊了起来。

“是啊，你不知道吗？”

“我怎么知道？我真的从来没有听说过这幅作品，我还以为它也许落到了某个私人收藏家手里。斯特里克兰究竟画了多少画，直到今天也还没有一张完整的清单列出来。”

“他失明了以后，会一个小时接一个小时地坐在他作画的屋子里，用那双盲眼看着他的作品，也许看见的东西比他有生以来见过的都要多。阿塔告诉我，他从来没有抱怨过自己的命运，他从未失去过勇气。临终前，他心里清澈而宁静。但他让她发过

① 福斯塔夫，莎士比亚《亨利四世》中的喜剧人物。

誓，等她安葬完他之后——我告诉过你吗，我亲手给他挖了一个墓，因为那些土著没有人愿意靠近那栋受了感染的屋子，后来我们把他埋在了芒果树下，我和阿塔又在他的尸体上裹了三件缝在一起的帕里欧——他曾让她发过誓，她会一把火烧了这栋屋子，而且看着它烧成灰烬才离开，连一根木棍也不留。”

我好一会儿没说话，陷入了沉思。然后，我说：

“那他自始至终都没有变过。”

“你能理解得了吗？我得说，我有责任劝她不要这样做。”

“哪怕你刚刚说过那样的想法吗？”

“是的，因为我知道，这是一幅天才之作，我觉得我们没有权利让它从世界上消失。但阿塔不听我的。她已经许下了诺言。我不可能留在那儿去亲眼见证这件野蛮的事，只是后来我听说她真的这样做了。她把煤油倒在了干燥的地板和草席上，然后点起了火。不到一会儿，这座房子就变成了焦炭，什么都没有留下来，一件伟大的作品就此化为灰烬。”

“我想，斯特里克兰应该知道这是一件杰作。他已经做到了他想做的事。他的人生已经圆满了。他创造了一个世界，也知道那有多美好。然后，他带着骄傲与不屑，把它毁了。”

“但我一定要让你看看他给我的那幅画。”库塔斯医生说着，继续往前走。

“阿塔和那个孩子怎么样了？”

“他们去了马克萨斯群岛。她在那里有些亲戚。我听说那个孩子在卡梅伦的一艘帆船上工作。人们都说，他长得很像他父亲。”

医生走到了从走廊通往诊疗室的门前，他停下脚步，冲我一笑。

“这是一张画着水果的静物画。你可能会觉得把这幅画放在医生的诊疗室里不太合适，但我的妻子不愿意把它挂在客厅里，她说这幅画很碍眼。”

“一张水果静物画啊！”我吃惊地感叹道。

等我们进了房间，我一眼就看到了那幅画。我盯着它看了很长时间。

画上有一堆芒果、香蕉、橘子，和我叫不出名字的一些东西，乍看起来，这是一幅很简单的画。若放在某个后印象派的画展上，这幅画很容易被粗心大意的人当成是一幅虽然画得很好但算不上印象派杰出范例的画而错过。但他以后也许会常常想起这幅画，却不知道为什么会这样。我觉得他以后可能永远也忘不掉这幅画了。

画上的色彩那么奇怪，几乎没有语言能说出那些色彩给人带来的困惑情感。那画上忧郁的蓝色是不透明的，有如刻工精细的青金石雕盘，又像是有光泽颤动，让人想起不可思议的生命的悸动；那画上有一些紫色，像腐烂的生肉一样可怕，然而又带着热情洋溢的肉欲冲动，让人依稀想到了罗马皇帝赫利奥巴鲁斯①；那画上有一些红色，如同冬青树上的浆果一样鲜艳——这种树让人想到了英国的圣诞节，想到了皑皑的白雪，欢声笑语和孩子们的快乐——画家却又用自己的魔笔，让这种光泽柔和下来，让它呈现出有如乳鸽胸脯上的那种至柔之感；那画上的深黄色，有些突兀地逐渐变成了绿色，像春天一样散发着芳香，像波光粼粼的山泉一样清澈。

① 据维基百科资料，他是在公元218至222年之间统治罗马的皇帝，其性取向一直是史界争论的主题，他曾先后娶过五任妻子，但与他关系最稳定的却是一个为他驾驶战车的男性金发奴隶，此人被他称为丈夫。

谁能说得上来，是怎样一种痛苦的想象创造出了这样一些水果呢？它们属于赫斯珀里得斯仙女们[①]的一座波利尼西亚花园。这些水果有种奇怪的生动感，仿佛它们诞生在地球混沌初开时的某个阶段，那时候世间万物都尚未不可逆转的固定形态。这些水果穷奢极欲的丰美，散发着浓郁的热带气息，好像具有一种独特的忧伤。这是被施了魔法的水果，吃下它们可能会打开通往灵魂中只有天知道的那些秘密的大门，就可以走进幻境的神秘宫殿。它们阴沉沉的，带着不可预知的危险，吃下去可能会把人变成野兽或神灵。凡是健康与自然的，凡是淳朴的人所拥有的简单的快乐与融洽的关系，在它们面前都沮丧地退缩了。但这些水果却有一种可怕的吸引力，正如伊甸园中能分辨善恶的智慧之果一样，它们有开启未知世界的可能性，因而让人感到害怕。

最终，我转身离去了。我感觉斯特里克兰把他的秘密带进了坟墓。

“哎，勒内，亲爱的，”库塔斯太太欢快而响亮的声音传了过来，“你一直在折腾什么呢？这儿有几杯开胃酒。问问那位先生，他想不想来一小杯奎宁杜本内酒[②]。”

“乐意之至，夫人。”说着，我走出房间，来到了走廊上。

咒语解除了。

① 希腊神话中负责守护金苹果园的三仙女，园中的那棵金苹果树是宙斯与赫拉的结婚礼物。

② 奎宁杜本内酒，该酒带奎宁味且较甜，是以葡萄酒为基酒的一种法国开胃酒，酿造时加入了金鸡纳树皮。奎宁，俗称金鸡纳碱。

# 第五十八章

转眼我就要离开塔希提岛了。根据这座岛上殷勤好客的习俗，凡是与我有过联系的人都送了礼物给我——有椰树叶子编成的篮子，有露兜树垫子，还有几把扇子。蒂亚雷给了我三颗小珍珠和三罐她用一双胖手亲自做的番石榴酱。从惠灵顿开往旧金山的邮轮，在途中停留了二十四小时后，拉响了提醒乘客们登船的汽笛。这时，蒂亚雷一把抱住了我，似乎让我沉入了波涛汹涌的大海，还将她的红唇紧贴在我的嘴唇上，泪花在她的眼里盈盈闪动着。我们的船缓缓地从潟湖中驶出，小心翼翼地穿过了暗礁中的豁口，然后转舵驶向那片开阔的大海。此时，一阵突如其来的忧伤笼罩了我。海风中依然满满地带着那片土地的芳香。塔希提太遥远了，我知道，我再也不会看到它了。我生命中的一个篇章结束了，我感觉向不可避免的死亡又迈近了一步。

一个多月后，我已身在伦敦。等把某些亟待解决的问题都安排好了之后，我想到斯特里克兰夫人也许会想听到丈夫最后几年的情况，于是给她写了一封信。我在战前就已经很长时间没见过她了，不得不从电话簿中寻找她的地址。她在回信里定了个日子，我如约去了她现在居住的坎普登希尔区，找到了那栋整齐漂亮的小房子。如今，她已经将近六十岁了，但保养得很好，谁也不会相信她五十开外了。她的脸很瘦削，没什么皱纹，是那种优雅老去的面孔，会让你觉得她年轻的时候一定是个很漂亮的女人，尽管事实并非如此。她的头发没有完全灰白，很有风韵地梳了起来，她的黑裙子漂亮时尚。我记得之前曾经听说，她的姐姐麦克安德鲁太太在丈夫死后没几年也过世了，她给斯特里克兰夫人留下了一笔财产。如今，看看这栋房屋，还有那位来开门的整齐利落的女佣，我断定这笔钱可以让这位寡妇过得还算舒服。

我被领进客厅，才发现斯特里克兰夫人正在会客，当我发现那人是谁以后，我便猜到了她把时间约在这个时候肯定不是毫无用意的。这位来访者是范·布舍·泰勒，一个美国人，斯特里克兰夫人给我讲起了他的详细情况，她嫣然一笑，向他致以歉意。

“你知道，我们英国人都太孤陋寡闻了。如果有必要做些解释，您可得原谅我。”然后她转向我。“范·布舍·泰勒是位著名的美国评论家。如果你还没读过他的书，学识就太欠缺了，得立刻着手弥补不足。他正在写点东西，和亲爱的查理有关，所以来问问我能否帮助他。”

范·布舍·泰勒先生很瘦削，有个光秃秃的大脑袋，油光锃亮的，在他浑圆的脑壳下，他那张面色焦黄、皱纹纵横的脸看起来非常小。他安静沉稳，彬彬有礼，说话时带着新英格兰口音，而行为举止却有一种苍白冰冷的感觉，这让我心里觉得好奇，他究竟为什么要给自己揽上斯特里克兰这档子事儿呢。斯特里克兰夫人提到丈夫的名字时喊得那么亲昵，让我觉得有点好笑，趁着两人说话的当儿，我仔细瞧了瞧屋里。斯特里克兰夫人一直都与时俱进。那些莫里斯壁纸不见了，朴素的印花布不见了，她在阿什利花园那间客厅的墙壁上装点的一些阿伦德尔印制品[①]也不见了。这间房焕发着绚烂的色彩，我好奇她是否知道，她为了赶潮流而用上的那些缤纷色彩，其实都源自南太平洋岛屿上一个穷画家的梦想。而很快，她亲自把答案告诉了我。

“你的靠垫真棒啊。”范·布舍·泰勒先生说。

“喜欢吗？”她笑着说，“你知道，这是巴克斯特[②]的设计。”

墙上还挂着一些彩色的名画复制品，那是斯特里克兰画得最好的几幅画，这得归功于一位柏林印画商的企业家精神。

“你在看我的画，”她沿着我的视线看了过去，“当然啦，原作我是得不到的，但拥有这几幅也是个安慰吧。那位印画商主动把画送给了我。它们对我是莫大的安慰啊。”

“有这些画在身边，生活肯定很开心吧。”范·布舍·泰勒先生说。

“是的，它们很有装饰效果。”

“这是我最确信不疑的一件事，”范·布舍·泰勒先生说，“伟大的艺术总是很有装饰性。”

他们一齐望着画上那个哺育孩子的裸体女人，母子身旁还跪着一个女孩，她正把一朵花儿递向那个神情漠然的婴儿。远远望着他们的是一个满脸皱纹、骨瘦如柴的老太婆。这是斯特

---

① 1849年成立于伦敦的阿伦德尔协会，为了向大众普及古典艺术知识，以彩色平板印刷术印制了许多意大利艺术品，尤其是壁画和大师作品。

② 巴克斯特（1866—1924），俄罗斯画家、舞台布景与戏剧服装设计师。

里克兰诠释的神圣家庭。我怀疑他们就是寄居在塔拉瓦奥村上方他那栋房屋里的人，而那个女人和她怀中的婴儿就是阿塔和他的第一个儿子。我暗自寻思着斯特里克兰夫人对这些事是否毫不知情。

他们的谈话仍在继续，我对范·布舍·泰勒先生的谈话技巧感到惊叹，他回避了所有可能引起一丁点儿尴尬的话题；斯特里克兰夫人的高超回答也让人惊叹，她没说半句不真实的话，但弦外之音却表明她与丈夫的关系一直很完美。最后，范·布舍·泰勒先生起身告辞了。他握住了女主人的手，做了一番优美动听却未免有些矫揉造作的致谢感言，然后离开了我们。

“希望他没让你觉得无聊。”当房门在他身后关上时，她对我说，“当然，有时候这是件很麻烦的事，但我觉得，只有把我知道的有关查理的情况都告诉大家才是正确的做法，做一个天才的妻子就要承担一定的责任。”

她用一双愉快的眼睛看着我，那双眼睛仍像二十年前一样坦率而真诚。我在想她是否在愚弄我。

“看来你没有再经营以前的事业了。”我说。

“哦，是的，”她轻快地回答，“我当年那样做更多是出于爱好，而不是任何其他的原因，后来孩子们都劝我卖出去，他们都觉得我透支了自己的精力。”

我发觉斯特里克兰夫人已经忘了，她曾不得不自谋生计工作那段不光彩的历史。她有那种贤惠女人的真实本能，对她而言，只有靠别人的钱活着才是真正的体面。

“孩子们今天都在，”她说，“我想，他们会很愿意听你说说他们父亲的消息。你还记得罗伯特，对吧？我很高兴能告诉你，他已经被推荐为陆军十字勋章的候选人了。”

她走到门边去喊他们。很快，进来一个高个子男人，他穿着卡其制服，脖子上系着牧师戴的硬领，有一种壮健的美，但一双坦诚的眼睛仍然是我记忆中那个男孩才有的。跟在他身后的是他的姐姐。她和她的母亲一样，看不出来年龄的变化，长得也非常像她的母亲。她也给人这样的印象，似乎小时候长得更漂亮。当然了，事实也并非如此。

"我猜你肯定一点儿都认不出他们了吧，"斯特里克兰夫人说，她笑了起来，一脸的自豪，"我的女儿现在是罗纳尔森太太，她的丈夫是炮兵团的少校。"

"他是通过一等兵的方式得到提拔的，你知道，"罗纳尔森太太欢快地说，"那就是为什么他还只是一名少校。"

我记得很久以前我就预想过，她会嫁给一名军人。看来，这件事早已经注定了。她具备军人妻子的所有气质。她彬彬有礼，和蔼可亲，但她很难掩饰心里的一个信念，那就是，她和别人是不太一样的。罗伯特显得轻松活泼。

"真是巧啊，你这次来我刚好在伦敦。"他说，"我只有三天的假。"

"他急着要回去呢。"他的母亲说。

"也好，我不介意说实话，我在前线过得可带劲了，交了许多好朋友。这是一流的生活。当然啦，战争很可怕，那种事都这样，但战争确实磨炼出了男人最好的品质，谁也不能否认。"

然后，我把之前了解到的关于查尔斯·斯特里克兰在塔希提岛上的情况告诉了他们。我想，关于阿塔和她儿子的事就不必说了，但其他部分，我尽量做到了准确无误。我讲了他如何凄惨地死去之后，就停了下来。足足一两分钟，大家都沉默着。然后，罗伯特·斯特里克兰划亮了一根火柴，点燃了一支香烟。

“上帝的磨盘转得很缓慢，却碾磨得很细致。”罗伯特说得颇有些语重心长。

斯特里克兰夫人与罗纳尔森太太都低着头，神情中带着些虔诚，我可以肯定她们都以为这句话出自《圣经》。说真的，我怀疑连罗伯特·斯特里克兰都有这样的错觉。我不知道自己为什么忽然想起了斯特里克兰和阿塔的儿子。人们曾告诉我，他是个快乐的年轻人，无忧无虑。我仿佛看见了他，在他工作的那艘帆船上，身上什么都没有穿，除了一条粗布裤子。在夜里，那艘船乘着一阵微风，轻松地在大海上航行，水手们都聚集到了甲板上，船长和押运人懒洋洋地靠在躺椅上，抽着他们的烟斗，这时候，我仿佛看见他和另一个小伙子跳起了舞，跳得奔放狂野，伴随着那台六角手风琴演奏出来的喘息似的音乐。头顶上是一片墨蓝色的天空，群星熠熠，太平洋烟波浩渺，一望无垠。

《圣经》里的某句话涌到了我的嘴边，但我强忍着没有说出来，因为我知道，牧师们会觉得这有些亵渎神明，这是俗人在侵犯他们的领域。我的叔叔亨利在惠茨特布尔[①]当了二十七年的教区牧师，他每次碰上这样的情况就会习惯性地说，魔鬼要干坏事时总是会引证《圣经》。但他只记得过去那些好日子，那时候只要花一个先令，你就能买到十三只大牡蛎。

① 一座海边城市，位于英格兰东南部的肯特郡，盛产生蚝，每年都会举办生蚝节庆祝。

**图书在版编目（CIP）数据**

月亮和六便士 / （英）毛姆著 ； 任梦译. -- 南京 ： 江苏凤凰文艺出版社，2018.1（2023.3重印）

ISBN 978-7-5594-1227-0

Ⅰ. ①月… Ⅱ. ①毛… ②任… Ⅲ. ①长篇小说一英国一现代 Ⅳ. ①I561.45

中国版本图书馆CIP数据核字(2017)第252200号

| | |
|---|---|
| **书　　名** | 月亮和六便士 |
| **作　　者** | ［英］毛姆 |
| **译　　者** | 任　梦 |
| **选题策划** | 栗子文化 |
| **策划编辑** | 钱　丽 |
| **责任编辑** | 姚　丽 |
| **责任监制** | 刘　巍　江伟明 |
| **封面设计** | 刘　军 |
| **版式设计** | 段文婷 |
| **出版发行** | 江苏凤凰文艺出版社 |
| **出版社地址** | 南京市中央路165号，邮编：210009 |
| **出版社网址** | http://www.jswenyi.com |
| **印　　刷** | 北京中科印刷有限公司 |
| **开　　本** | 880毫米×1230毫米　1/32 |
| **字　　数** | 205千字 |
| **印　　张** | 9 |
| **版　　次** | 2018年1月第1版，2023年3月第6次印刷 |
| **标准书号** | ISBN 978-7-5594-1227-0 |
| **定　　价** | 39.80元 |